नेम प्लेट

(कहानी-संकलन)

नेम प्लेट

क्षमा शर्मा

राजकमल प्रकाशन
नयी दिल्ली इलाहाबाद पटना

मूल्य : रु. 200.00

पहला संस्करण : 2006
पहली आवृत्ति : 2010

प्रकाशक : राजकमल प्रकाशन प्रा. लि.
1-बी, नेताजी सुभाष मार्ग
नई दिल्ली-110 002

शाखाएँ : अशोक राजपथ, साइंस कॉलेज के सामने, पटना-800 006
पहली मंजिल, दरबारी बिल्डिंग, महात्मा गांधी मार्ग, इलाहाबाद-211 001

वेबसाइट : www.rajkamalprakashan.com
ई-मेल : info@rajkamalprakashan.com

आवरण : राजकमल स्टूडियो

मुद्रक : बी.के. ऑफसेट
नवीन शाहदरा, दिल्ली-110 032

NAME PLATE
Stories by Kshama Sharma

ISBN : 978-81-267-1217-5

हमारी बेहद मजबूत
नन्ही-सी पूर्णिमा
के लिए

अनुक्रम

नेम प्लेट

दादी माँ का बटुआ

नीला स्क्रीन उभरता है। एक अर्धचन्द्राकार मेज़ जिसके नीचे लिखा है–"दादी माँ का बटुआ।" बीच में एक फूलदान रखा है। सामने दर्शक (स्त्री और पुरुष) बैठे हैं। कैमरा उन्हें क्रास करता है तो वे हाथ हिलाते हैं। टाइटिल म्यूजिक बजता है। इन दिनों पश्चिम में प्रचलित काले रंग के टाइट और लो कट टाप पहने, गहरी लिपस्टिक लगाए वी जे माइक हाथ में पकड़कर बोलने लगती है–

'यों तो हर रोज आपके लिए हम नए-नए प्रोग्राम लेकर आते रहते हैं। भाइयो, बहनो, ग्रांड पा, पेरेंट्स एंड चिल्ड्रन, हम आप सबको यह बता देना चाहते हैं कि हर रोज हमें आपके ढेरों खत मिलते हैं। सच पूछिए तो उन्हीं से हम जान पाते हैं कि आपको हमारा प्रोग्राम कैसा लगा ? एंड टु टैल यू द ट्रुथ हमारी हमेशा कोशिश रहती है कि हम कोई न कोई ऐसा प्रोग्राम आपको दिखाएँ जो आज, कल, परसों नहीं पूरे जीवन भर आपके काम आए।'

क्यों ग्रांड माँ आपका भी तो हमेशा ही यह कहना रहा है। और क्यों न हो आखिर आप हम सबकी चहेती जो हैं। भारत भर की दादियों के बीच हमारा यह प्रोग्राम बहुत पसन्द किया जाता है। इसलिए चलिए शुरू करते हैं आपका मनपसन्द प्रोग्राम–"दादी माँ का बटुआ।"

आज हम चारों ओर नई तकनीक, कम्प्यूटर क्रान्ति, सैटेलाइट, माइक्रोवेव, मोबाइल, ई-मेल, इंटरनेट, माइक्रोसर्जरी, जीन इंजीनियरिंग और न जाने क्या-क्या सुन रहे हैं। लेकिन अच्छी बात तो वह है जिसमें हमारा खर्च भी कम और काम भी हो जाए। तभी हम अपनी प्राचीन परम्पराओं को जीवित रख सकते हैं। परम्पराएँ बचेंगी तभी हम बचेंगे। यू नो, नो वन इज रूटलैस, आखिर कोई पेड़ बिना जड़ों के जीवित नहीं रह सकता, इसीलिए आज हमने अपने बीच खरखूशटी देवी को बुलाया है। इनकी विशेषता यह है कि यह अपना उदाहरण आप ही हैं। जिस काम में इन्हें महारत हासिल है उसका प्रशिक्षण इन्होंने कहीं से नहीं लिया। बेचारी बहुत गरीबी में रहीं। बहुत कम उम्र में विधवा हो गईं, पैसा पास नहीं था। क्या करतीं ? तभी इन्हें ईश्वर की कृपा से लगा कि कोई ऐसा काम करें जिससे सिर्फ इनका ही नहीं, इनके परिवार और समाज का

भला हो सके।

सॉरी, सॉरी आप सोचेंगे बहुत लम्बा भाषण हो गया। अब मैं अपने मेहमान का असली परिचय दे दूँ—खरखूशटी देवी जी को यों तो अपने काम के लिए कोई बड़ा सम्मान नहीं मिला। लेकिन यह इनाम की हकदार हैं। दरअसल आजकल इनामों में इतनी राजनीति है कि सही काम करनेवाले को इनाम नहीं मिल पाता। इनका काम है—माताओं को अनचाहे गर्भ खासतौर से मादा भ्रूण से मुक्ति दिलाना। (तालियाँ)

खरखूशटी देवी आती हैं। एक बड़ी मेज के पीछे पड़ी कुर्सी पर बैठ जाती हैं। आमन्त्रित महिलाएँ और पुरुष तालियाँ बजाते हैं। वी जे माइक लेकर इठलाती हुई कहती है—

मेरा यहाँ उपस्थित दर्शक वर्ग से अनुरोध है कि वे इनके सामने अपनी समस्याएँ रखें। प्रोग्राम के बाद मैं आपसे एक इनामी सवाल पूछूँगी। इस सवाल का सबसे अच्छा उत्तर देनेवाले को मिलेगा—लंदन जाने-आने का टिकट और ढेर सारे गिफ्ट हैम्पर्स। तो खरखूशटी देवी जी आपसे पहला सवाल—

—आखिर आपके मन में इस काम को करने का विचार कैसे आया ?

—प्रेरणा तो जी मुझे आप जैसे लोगों के प्रोग्राम देखकर ही मिली। आप ही लोग बताते थे कि देश की जनसंख्या बढ़ती जा रही है। एक दिन ऐसा आएगा कि जनसंख्या के कारण चलना-फिरना तक दूभर हो जाएगा। लोगों को न खाने को मिलेगा न पीने को पानी, न साफ हवा, पढ़ाई-लिखाई की बात कौन करे ? तो मैंने सोचा कि फिर इस काम से बड़ा काम कौन-सा है। देश की बढ़ती जनसंख्या भी कम होगी। वी जे कुछ सोचती हुई पूछती है—लेकिन जनसंख्या कम होना तो ठीक, आपने लड़कियों से ही छुटकारा दिलाने की क्यों सोची ?

—इसलिए कि कौन-सी माँ है जो लड़कियाँ ही लड़कियाँ जनना चाहे, जब से 'कम्पलीट फैमिली' वाली बात चली है तब से तो जिसकी पहली छोरी है वो दूसरा छोरा ही चाहे है। मैंने सोचा कि जब छोरियों को कोई चाहे ही नहीं तो वे धरती पर आएँ ही क्यों ? बड़े होकर कोई दहेज के लिए मार दे, या इज्जत लूटकर कत्ल कर दे, तो बेहतर ही है, पैदा होने से पहले ही मरना।

एक दर्शक पूछती है—लेकिन आपको ये पता कैसे चलता है कि पेट में लड़का है या लड़की।

—आप तो पढ़ी-लिखी हो जब से अल्ट्रासाउंड वाली मशीन आई है तब से सब आसान हो गया। पहले वाली मशीन तो महँगी थी। अब तो परेशान औरतों को थोड़े-से पैसे खर्च करने पर ही पता चल जाता है कि का है, वैसे आगे लाखों खर्च करो और छोरी खुश न रहे ता ते तो जेई अच्छा।

खुशी के मारे वी जे का चेहरा दमक रहा है, वह इधर-उधर देखती हुई कहती हैं—दर्शको, जैसा कि आपको खरखूशटी देवी के उत्तर से पता चल गया होगा यह तकनीक का इस्तेमाल तो करती हैं जैसे कि अल्ट्रासाउंड। लेकिन महँगी तकनीक का

नहीं जैसे कि अमीनो-सेंटेसिस। जिसे हम आम भाषा में सेक्स डिटेक्शन टैस्ट भी कहते हैं। तकनीक लाभकारी वही हो सकती है जो सस्ती हो और जिसका आम आदमी भी लाभ उठा सके। अच्छा, उधर कोने में बैठी मैडम इनसे कोई सवाल करना चाहती हैं। करिए मैडम सवाल !

धनुषाकार भौंहों वाली जेवरों से लदी मोटी औरत पूछती है—

—मेरा सवाल यह है कि हमारा पाँच हजार साल पुराना देश है। इसकी इतनी महान परम्पराएँ हैं। अतीत में हम वज्र और पुष्पक बना चुके हैं। कहते तो यह भी हैं कि ब्रह्मास्त्र आज का अणुबम था तो क्या हमारे यहाँ एक भी देसी पद्धति मौजूद नहीं है जिससे महिलाओं को अनचाही लड़कियों से मुक्ति मिल सके। विदेशी अल्ट्रासाउंड क्यों ?

वी जे बीच में बोलती है—खरशूशटी देवी जी इन बहन ने जो सवाल किया आप क्या कहना चाहेंगी ?

—अजी देसी इलाज क्यों ना है। पर जब नल लगा हो तो कुएँ से पानी खींचने कौन जावे ? ट्यूबवैल के जमाने में रहट को कौन पूछे ? अब अल्ट्रासाउंड तो गाम-गाम में मिल जाते हैं। और फिर का देसी का विदेसी, असली मकसद तो काम हो जाने का है। (दर्शक तालियाँ बजाते हैं)। वी जे कहती है, वाह क्या जवाब दिया है। एक बार और तालियाँ। दोबारा तालियाँ बजती हैं।

लेकिन वी जे सावधान करती हैं—हम शायद ट्रैक से बाहर जा रहे हैं। मेरी गुजारिश है कि वे ही सवाल पूछें जो विषय से सम्बन्धित हैं। हमारा एक-एक मिनट कीमती है, करोड़ों दर्शक हमें देख रहे हैं। हाँ तो आप पीछे की मैडम कुछ पूछना चाहती हैं। पूछिए।

कुछ सकुचाती-सी पेंट-टी शर्ट पहने लड़की खड़ी हो जाती है—

—मैं यह नहीं कह रही कि अल्ट्रासाउंड का इस्तेमाल गलत है या सही। लेकिन पूछना चाहती हूँ कि जब अल्ट्रासाउंड नहीं था तब यह कैसे पता चलता था कि पेट में लड़की है...

खरखूशटी देवी अज्ञानी के सवाल पर इस अदा से मुस्कराती हैं—अरे यह भी नहीं पता तब थोड़ी मुश्किल होती थी। पर पहले बच्चे के सिर को देखकर पता चल जाता था कि अगला बच्चा छोरा होगा या छोरी ?

कैसे—पैंट-टी शर्ट वाली बहस पर उतर आती है।

—देखो अगर बच्चे के सिर पर भौंरा हो यानी कि पीछे से बाल सीधे हाथ की तरफ घूमें तो अगला बच्चा छोरा। उलटे हाथ की तरफ घूमें तो भौंरी यानी कि छोरी।

यह तो कोई टाइम टैस्टेड बात नहीं हुई। मेडिकल साइंस भी इसे प्रूव नहीं कर सकती। कभी गलती भी हो जाती होगी।

—हाँ हो तो जावे थी। मगर अक्सर तो सही ही होता था और मेडिकल साइंस का क्या ! वो तो अपनी ही बात पर कायम नहीं रहते। पहले कहते थे बच्चे को पैदा होते ही पानी पिलाओ। अब कहते हैं तीन महीने तक पानी मत दो।

वी. जे पैंट-शर्ट वाली को पीछे धकेलती अपना महत्त्व और भूमिका साबित करती हैं।

—देवी जी एक सवाल मैं आपसे और करना चाहती हूँ। मान लिया कि मादा भ्रूणों को मारने में आप सिद्धहस्त हैं। लेकिन ऐसे भी तो माता-पिता आपके पास आते होंगे जिनकी लड़कियाँ पैदा हो चुकी हैं, लेकिन वे उनसे निजात पाना चाहते हैं।

—हाँ, अभी परसों ही एक बाबू जी की दूसरी लड़की को मैंने बूटी पिला दी।

(देर तक तालियाँ)

चहकती हुई वी जे अपने लो कट टाप पर लम्बे नीले पालिश लगे नाखून गड़ाते बोलती है—ओह ग्रेट, तो दर्शको, नोट कीजिए यदि आपके यहाँ लड़कियाँ जरूरत से ज्यादा है, आप सिर्फ लड़के ही लड़के चाहते हैं तो अपनी लड़कियों को बूटी भी पिला सकते हैं। खरखूशटी जी इस बूटी का नाम क्या है ? यह कहाँ मिलती है ?

(हँसी) अब अगर मैं सारी बातें यहीं बता दूँगी तो मेरे पास कौन आएगा ? मैं तो भूखी ही मर जाऊँगी।

—मैं देख रही हूँ बीच की कुर्सी पर बैठी हमारी बहन बहुत देर से कुछ पूछना चाह रही हैं। पूछिए, मगर छोटे-से एक ब्रेक के बाद !

—आप अपने उनको शादी के बीस वर्ष बाद भी अपनी ही तरफ देखने को मजबूर कर सकती हैं। पेट के जरिए। नूडल्स खिलाकर, टू मिनट नूडल्स। कट...

—स्पीड किल्स बट थ्रिल्स। यू कैन बाई वन सुपर सोनिक कार। फिर वह भी कपड़े उतारकर खिंची कट...चली आ सकती है...योर कार, योर बैडरूम। यू नो व्हाट इज द मीनिंग ऑफ स्पीड !

—एज ऑफ द लिबरेटेड वुमैन। नो लुकिंग बैक, अगर व्हिस्पर हो। कट...

—गोइंग टू द नैक्स्ट मिलेनियम-विदाउट माला डी. कट...

—टुगैदरनैस इज नाट ए क्राइम बट विद सहेली।

इंजाय योर पार्टनर...कट...

—नीले स्क्रीन के बाद वी जे का मुस्कराता चेहरा उभरता है। हाँ, तो एक बार फिर अपनी बातचीत शुरू करने से पहले हम आपको बता दें कि खरखूशटी देवी जी ने लड़कियों को मारने के लिए जिस बूटी का जिक्र किया है वह हमारी ईजाद की हुई, भारतीय है। मैं भारत सरकार से रिक्वेस्ट करूँगी कि जितनी जल्दी हो सके इस बूटी को पेटेंट करा लिया जाए। कहीं ऐसा न हो कि हल्दी, जामुन, बासमती, नीम, करेले आदि की तरह इसे भी पहले ही अमरीकियों ने पेटेंट कर लिया हो।

हाँ तो ब्रेक से पहले जो बहन अपना सवाल पूछना चाहती थीं पूछें। माँग में सिन्दूर भरे, बड़ी बिन्दी लगाए महिला लगभग चीखती है—

—पिछले दिनों जब जयललिता जी की सरकार थी तो उन्होंने कहा था कि जो माता-पिता अपनी-अपनी लड़कियों को नहीं पालना चाहते वे उन्हें सरकार को दे दें। क्या यह सच है ? सरकार लड़कियाँ पाल सकती है ?

खरखूशटी देवी मुस्कराती हैं—अजी राम का नाम जिसकी आफत वही जाने। सरकार पै सड़क तो बनती नहीं, बिजली तो आती नहीं, लोगों को नौकरी तो मिलती नहीं। ऊपर से लड़कियाँ पैदा करो और सरकार को दे दो। और अनाथालयों में उनके साथ क्या नहीं होता, इससे पैदा ही क्यों करो ? फिर आजकल की सरकारें तो दिखावे के लिए भी बहुत कुछ कह देती हैं और जो कहती हैं उसे पूरा नहीं करतीं। सरकार पिछले पचास साल से दहेज खत्म कर रही है। हो गया दहेज खत्म, बलात्कार करनेवाले को मिलती है कोई सजा। सरकार लड़कियों को शिक्षा दिलवाना चाहती है, हो गई क्या शिक्षित लड़कियाँ। एक इन्दिरा गांधी के हो जाने से क्या सब लड़कियाँ प्रधानमन्त्री बन जाती हैं। इसलिए मेरा तो बहनों को यही सुझाव है कि वे सरकार के भरोसे न रहें। अपनी आफतों से आप ही निबटे।

एक आदमी पीछे से हाथ उठाता है। लम्बी टाँगें दिखाती वी जे माइक लेकर उसके पास पहुँचती है।

—बताइए आपका सवाल क्या है ?

—जैसा बूटी के बारे में कहा गया, हमने सुना है पंजाब में खौलते दूध में डालकर या चारपाई के नीचे दबाकर लड़कियों को मार देते थे। क्या इनका इस्तेमाल अब भी किया जा सकता है ?

खरखूशटी देवी जम्हुआई लेते कहती हैं—क्यों नहीं ? यह भी कोई पूछने की बात है। दूध भी सबके घर आता है। उसे खौलाया भी जाता है और लड़कियाँ भी सबके घर पैदा होती हैं। गरीबों के घर! दूध चाहे उनके यहाँ न आता हो मगर चारपाइयाँ तो हर एक के घर में होती हैं। (ठहाका) वैसे ही बात यह है कि भारत इतना बड़ा देश है। यहाँ हर जाति, हर धर्म के लोग मिल-जुलकर रहते हैं। मगर सब जाति, सब धर्म अपनी-अपनी तरह से लड़कियों से छुटकारा पाना चहाते हैं। हर जगह के रीति-रिवाज, परम्पराएँ अलग-अलग होती हैं। अब जो जैसा चाहता है वैसा करे।

वी जे अपनी यादों में खो जाती है—

—मेरी दादी बताती थीं कि उनकी तीन बड़ी बहनों को घरवालों ने जमीन में जिन्दा दफन कर दिया था। उनके पड़ोस में पैदा होते ही लड़की की नाक या गरदन दबा दी जाती थी। आज हमें लगता है कि ये तरीके ज्यादा आसान हैं। इनमें कोर्ट, कचहरी, पुलिस का चक्कर भी नहीं रहता। लड़की ही तो थी मर गई तो क्या हुआ ?

उम्मीद है हमारे दर्शकों को यह प्रोग्राम पसन्द आया होगा। खरशूशटी देवी जी हम आपका धन्यवाद करते हैं। गिव हर ए बिग हैंड।

अब हमारे दर्शकों के लिए इनामी सवाल। आज बताई गई लड़की मारने की पद्धतियों में से अपने घर में आप क्या अपनाते हैं, या अपनाना चाहेंगे। यदि कोई नई पद्धति आप जानते हैं तो तुरन्त लिख भेजिए। लड़की मारने की सबसे अच्छी प्रविधि बतानेवाले को मिलेगा लन्दन का एक महीने का ट्रिप। ज्यूलर्स की तरफ से डायमंड सेट तथा और भी बहुत कुछ। यहाँ मैं आपको यह भी बता दूँ कि हमारे प्रोग्राम हिट हो

रहे हैं। हमारी टी आर पी रेटिंग लगातार बढ़ रही है।

अब हमारे प्रोग्राम का वक्त समाप्त होता है। अगले हफ्ते हम ऐसी ही कोई उपयोगी जानकारी लेकर फिर हाजिर होंगे तब तक के लिए नमस्कार, सलाम और बाय, टा-टा करती वी जे स्क्रीन पर गायब हो जाती है।

खेल

जैसे-जैसे रात बढ़ती है छोटे रेलवे स्टेशन तक ऊँघने लगते हैं। सुनसान और वीरान। एक-आध कोई गाड़ी आती है तो वे गहरी नींद से जाग जाते हैं। अन्यथा तो तेज़ गति वाली गाड़ियाँ उनकी उपेक्षा करती दौड़ी चली जाती हैं। गाड़ी चले जाने की लय दूर तक गूँजती रहती है।

लेकिन बड़े स्टेशनों पर ऐसा नहीं होता। वहाँ हर समय आपा-धापी मची रहती है। लोगों का समुद्र अचानक राजस्थान के समुद्र की तरह वाष्पित हो जाता है फिर एक नया समुद्र उग आता है। पल-पल सब कुछ बदलता हुआ। बदलने में करोड़ों वर्ष नहीं लगते। 'गति से उपजी दिक्कतें, शोर, प्रदूषण, भीड़ सब कुछ—फिर भी लोग बढ़े चले जाते हैं'—जीवन की गति में शामिल होने के लिए। एक सोया समाज जब गति में शामिल होता है तो वहाँ तेजी से कितना कुछ बदल जाता है।

'तो तुम कैसे जाओगे ? गाड़ी दो घंटे लेट है। कितनी देर हो जाएगी ? बस मिल जाएगी ?' मैंने विभु से कहा।

'हाँ-हाँ रातभर बसें चलती हैं। और मैं कोई छोटा बच्चा भी नहीं हूँ।' वह बोले।

'न हो तो ऑटो कर लेना। आधी रात तो यहीं बीत जाएगी। बस के चक्कर में पड़ोगे तो कब तक पहुँचोगे ? कब सोओगे ?'

'ओफ यार तुम तो बस...ठीक है मैं देख लूँगा। लेकिन तुम पहुँचते ही फोन कर देना। मैं पूरे दिन घर में ही रहूँगा।'

'मेरे फोन के इन्तजार में। दिखा तो ऐसे रहे हो जैसे अभी-अभी ब्याह कर लाए हो।' मैंने कहा फिर हम दोनों जोर से हँसे। वहाँ के शोर में किसी तक हमारी आवाज़ नहीं पहुँची। जोर से हँसना असभ्यता की निशानी ठहरी।

हँसी के भी कितने बिन्दु बस यों ही मिल जाते हैं। गपशप और इधर-उधर की बातें निकलते समय का अहसास ही नहीं होने देतीं।

गाड़ी आ गई थी। सामान के नाम पर एक थैला ही था मेरे पास। मैंने थैला नीचे रखा और खिड़की के पास आकर बैठ गई। गाड़ी ने पहली सीटी दी तो वह नीचे उतर गए।

'इतवार की शाम चलोगी न, वहाँ से।'

'हाँ, सेमिनार वैसे तो पाँच बजे तक का है। लेकिन कुछ देर पहले निकलूँगी।'

एक दिन के लिए कहीं जाना दुश्वार है। ऐसा लगता है जैसे युगों बाद लौटना होगा। जो जाता है, लेकिन जो पीछे छूट जाता है वह लगातार गए व्यक्ति के बारे में आशंका से घिरा रहता है। पता नहीं वह ठीक-ठाक लौट भी पाएगा या नहीं। कहीं रास्ते में ही तो कुछ नहीं हो जाएगा। कोई बुरी खबर तो नहीं मिलेगी। विभु के चेहरे पर प्रायः ऐसी आशंकाएँ लिख जाती हैं।

गाड़ी आगे खिसकने लगी तो मैंने कहा—'तुम जाओ।' मगर मुझे पता था कि गाड़ी जब तक आँखों से ओझल नहीं हो जाएगी, वह वहीं खड़े रहेंगे। मैंने खिड़की से पीछे मुड़कर देखने की कोशिश की मगर कुछ भी नज़र नहीं आ रहा था सिवाय प्लेटफार्म की तेजी से पीछे छूटती रोशनियों के। कहीं जाते वक्त न जाने मन में क्या होने लगता है। घर एक बिछड़े हुए साथी की तरह याद आता है। तब और भी अधिक जबकि घर में सिवाय दो जनों के कोई और न हो।

रात के समय गाड़ी की यात्रा बेहद डरावनी लगती है। बाहर का सब कुछ कितना एकसार लगता है। बिलकुल भयावह। जहाँ कोई गति स्पन्दन ही न हो। एक अन्धा कुआँ। दिन में जो चीज़ें बेहद आकर्षक लगती हैं, वे रात के वक्त एकाएक क्योंकर गतिहीन और डरावनी लगने लगती हैं।

मेरे सामने एक और सज्जन थे अखबार में डूबे हुए। एक मुसीबत, कोई स्त्री होती तो उससे बात की जा सकती थी...परिचय के सूत्र ऐसे ही मिल जाते हैं।

गाड़ी में खूब चहल-पहल थी। शोर की ऐसी मद्धिम आवाज़ें जो किसी खामोश स्कूल के बीच में से जब-तब आती हैं। यात्रा की खुशी में लोगों के चेहरे बेहद तरोताजा और खूबसूरत दिखाई देते हैं। यात्रा के लिए साथ लाए खाने की गन्ध यात्रियों के सामान में रच-बस गई थी। गाड़ी में खाने का ऑर्डर लेनेवाला आ पहुँचा था। मैंने मना किया। एक अखबार पढ़नेवाले सज्जन ने अखबार हटाया और खाने के लिए ऑर्डर दिया।

छोटी आँखें, कुछ उठी हुई नाक, घुंघराते बाल...मैंने देखा और आँखें बन्द कर लीं। गाड़ी में कभी नींद भी नहीं आती ठीक से। पता नहीं वह कैसे गए होंगे—बस में या ऑटो में। अब तक घर भी पहुँचे होंगे या नहीं। अखबार पढ़नेवाले सज्जन फिर से अखबार में डूब गए थे हालाँकि रोशनी बहुत कम थी।

'तुम निर्मल हो।' मुझे किसी की आवाज़ सुनाई दी। आवाज़ फिर आई—'निर्मल हो न !'

'हाँ, हाँ मगर आप...' वाक्य पूरा नहीं हुआ। मेरी नजरें उस चेहरे पर टिक ही गईं। दोबारा पहचानने में देर लगती है। बीस वर्ष। एक के बाद एक ढेर सी पर्तें।

'इतनी देर से अखबार के पीछे से मैं तुम्हें ही पहचानने की कोशिश कर रहा था। जब ठीक से पहचान लिया तभी पूछा।' वह हँसा—'इतने दिनों में तुम बहुत अधिक नहीं बदली हो।' आदमियों का चिर-परिचित वाक्य—'अरे तुम तो बिलकुल पहले जैसी हो।'

एक छल। जिसे स्त्रियाँ अक्सर समझ नहीं पातीं।

उसके दाँतों में एक दरार दिखी। उम्र भी मनुष्य को कैसे-कैसे छकाती है। उस जमाने का वह घुँघराले बालोंवाला नवयुवक, एक प्रौढ़, उड़े हुए बाल और कुछ झुकी हुई कमर में बदल गया था। मैं भी बदल गई हूँ। उसे वैसे ही बदली हुई दिखती होऊँगी। लेकिन उसने कहा कुछ और है। इसलिए अतीत को हमेशा स्मृतियों में जिन्दा रहने देना चाहिए। वहाँ वह सुरक्षित रहता है। जब मन आए उसे निकाल कर जस का तस देखा जा सकता है, फिर वापस रख देने के लिए। लेकिन गुज़रे ज़माने से दो-चार होना। वहाँ कितनी बदसूरती, बेडौल पजैसिवनैस और खुरदुरापन छिपा रहता है...एक कष्टप्रद यात्रा। पीछे की ओर। जहाँ कभी लौटा नहीं जा सकता, उसकी कामना। अतीत में लौटना...वक्त के पर्दे में कुछ छेद जिनसे बीते हुए कल की आधी-अधूरी तस्वीरें ही देखी जा सकती हैं। रंगहीन, बेआवाज। उन्हें कभी पकड़ा नहीं जा सकता।

लेकिन यों एकाएक पहचानना क्यों ? मैंने उसकी बात का कोई जवाब नहीं दिया तो वह बड़े नाटकीय अन्दाज में बोला—'यह तो सोचा ही नहीं था कि तुम अचानक ऐसे ही मिल जाओगी।'

'अगर सोचते तो ?...' मैंने हँसते हुए कहा। उसे अन्दाज नहीं था कि बढ़ती उम्र में भी कोई इस तरह खिलंदड़ा बना रह सकता है। वक्त की मार क्या कोई भी इनोसेंस बचने देती है।

मुझे हँसते देख उसके चेहरे पर बेतरतीब उग आई तनाव की रेखाएँ गायब हो गईं। उसने मुस्कराने की कोशिश की—'इतने दिनों से, दिनों से क्या सालों से बस सोचता ही तो रहा हूँ कि एक दिन तुम बस यों ही मिल जाओगी।'

'मिलने पर क्या करना था, अब जब मिल ही गई तो।' मुझे अपनी आवाज़ बेहद तेज़ और कठोर लगी।

'काश ! कि तुम सचमुच मिल जातीं' उसके चेहरे पर एक बदसूरत मुस्कराहट फैल गई। वे बातें जो मुझे कभी बहुत अच्छी लग सकती थीं, उन्हें सुनकर अब कुछ झुरझुरी-सी हुई।

'वन कैन नॉट फारगेट द पास्ट।' वह आगे कहता कि तभी खाना आ गया था। उसने कहा, 'तुम नहीं खाओगी।'

'नहीं।'

'थोड़ा-सा शेयर कर लेतीं मेरे साथ।'

'मेरे साथ' यानी कि फिर वही पजैसिवनैस जबकि उस जमाने की मामूली-सी कोमल भावनाएँ भी अब मेरे लिए जिन्दा नहीं थीं।

'नहीं।'—मैंने दृढ़ता से कहा।

'चलो तुम नहीं खातीं तो मैं भी नहीं खाऊँगा।' उसके दरार वाले दाँत फिर से दिखे।

समझ में नहीं आ रहा था कि इस आदमी की अतिरिक्त केयर का जवाब कैसे दूँ ?

फिर भी मैंने आवाज़ को संयत करते हुए कहा—'इन इतने सालों से मेरे बिना क्या आपने कुछ नहीं खाया।'

'कह सकती हो कि खाते हुए भी नहीं खाया।'

'मि. वर्मा तब ऐसा किया ही क्यों था ? लगता है वक्त हमेशा आपके हाथ से छूटता रहा है। किसी ने आपको रोका था कि मेरा विवाह आपके साथ न होता ? और आज आप ऐसे दिखा रहे हैं कि जैसे इस सदी के सबसे बड़े मजनूँ आप ही हैं। झूठ और नाटक की भी कोई हद होती है।' क्रोध से मेरी जबान लड़खड़ा रही थी।

उसने मेरी बात का जवाब नहीं दिया। फिर वेटर को चाय लाने का आदेश दिया—'दो कप चाय।'

'आप एक ही कप मँगवाइए। मैं रात को चाय नहीं पीती।'

'दो कप ही ले आना।' वेटर चला गया तो उसने कहा—'पूरी जिन्दगी मैंने खुद को कभी इस बात के लिए माफ नहीं किया। तुम्हारे जाने के बाद लगा कि मैंने क्या खो दिया है लेकिन तुमने मुझे अभी तक माफ नहीं किया है न !'

'माफी कितनी सुविधा का शब्द है लड़कों के लिए। सारे पाप करके माफी माँग लो, चलो छुट्टी।'

'तुम्हारे अन्दर क्रोध अभी जिन्दा है, अच्छी बात है। यही चीज़ तुम्हें जिलाए रखेगी वैसे भी क्रोध में तुम कुछ-कुछ पहले जैसी लगती हो।'

क्रोध...खिलंदड़ापन...हँसी...चारों ओर से घिराव...पहले जैसा कुछ ढूँढ़ने की कोशिश। मगर क्यों ? पहले जैसा कुछ ढूँढ़ना...पीछे लौटना...अतीतजीवी होना उस जगह, उस उम्र उस मन की तलाश जहाँ यह आदमी कभी जिन्दा था। अपने विवाह के वक्त की इसकी वह बक्र मुस्कान...जिसमें कितना अपमान छिपा था। वह क्रूर बरताव...एक लड़की को जब चाहे तब छोड़ जाने का अहंकार।

'पहले जैसा कुछ ढूँढ़ने के लिए ही आपने कुछ दिन पहले मुझे वह ग्रीटिंग भेजा था जिसमें शुभकामनाएँ दी गई थीं। अधूरा नाम लिखा गया था और तारीख कहीं नहीं लिखी गई थी। जिससे कि वक्त पड़ने पर बचाव का एक आसान-सा रास्ता ढूँढ़ा जा सके कि यह ग्रीटिंग तो उन्हीं दिनों का है जब आप मुझे पत्र लिखा करते थे।'

मेरी बात और आरोप सुनकर भी वह खामोश रहा। मन-ही-मन मैंने कहा—'धोखेबाज तब मुझे धोखा दिया था, अब अपनी पत्नी को दे रहा है।'

उसके विकृत चेहरे और पुरुष होने के अभिमान को देखकर मुझे हैरत हुई कि क्या सचमुच मैं कभी इस आदमी के साथ जीवन बिताना चाहती थी। सोचती थी कि इसके बिना जिन्दा नहीं रहूँगी। यह फिर एक खेल खेल रहा है—जीतने की शुरुआत का।

बाहर फैले अँधेरे में खोजने के लिए ऐसा कुछ नहीं था जहाँ इतनी देर से नज़रें गड़ाए था। वह चोर नज़रों से कभी-कभी देखता। उसके चेहरे पर उदासी थी जो क्रोध के कारण मुझे बनावटी लग रही थी। डिब्बे में खाना खाकर लोग ऊँघ रहे थे। बच्चे लुढ़के पड़े थे। सोते हुए लोगों के बीच कोई-कोई जग भी रहा था। उसका खाना वैसे

ही रखा था।

चायवाला चाय ले आया तो उसने वहीं ट्रे रखवा ली और खाना उठा ले जाने के लिए कहा। फिर उसने कपों में चाय उड़ेली। दूध-चीनी मिलाई। टी बैग्स को बाहर निकाला और कप मेरी तरफ बढ़ा दिया। मैंने कप पकड़ा और एक झटके से खिड़की के बाहर फेंक दिया।

'तू सोचता है जीत हमेशा तेरी ही होनी चाहिए क्यों ?' कहते हुए अपना थैला उठाया और टी.टी. के पास चल दी, यह कहने के लिए वह मुझे कहीं और बिठा दे।

वह हक्का-बक्का बस मुझे देखता रह गया।

टिकट चेकर ने मुझसे कारण जानना चाहा क्योंकि कोई और सीट खाली नहीं थी। उसने कहा—'आप वहीं बैठ जाइए। जैसे ही कोई सीट खाली होगी मैं आपको दिलवा दूँगा।'

'क्या मुझे दोबारा वहीं जाना पड़ेगा उसी नर्क में। जिसे छोड़े इतने वर्ष हो गए। मैं उस आदमी को दोबारा देखना भी क्यों चाहूँ बात करना तो दूर।'

'ठीक है, वहाँ बैठने के बजाय मैं खड़े रहकर जाना पसन्द करूँगी।' मैंने कहा और दरवाजे के पास दीवार से पीठ लगाकर खड़ी हो गई। गाड़ी तेज़ रफ्तार से भागी जा रही थी।

एक अधूरी प्रेम कहानी

तो बोर्ड के इम्तिहान आ ही गए। हवा कितनी सर-सर करती है इन दिनों। सूखे पत्ते इधर-उधर उड़े-उड़े फिरते हैं। धूल अलग से। कल तक कँपा देनेवाली हवा कितनी तेज़ी से मिज़ाज बदलती है।

बच्चों की पूरी टोली की टोली...कुछ सूखे चेहरे जैसे चिन्ताओं का पहाड़ किसी ने लाद दिया हो। साथ में फिसलकर गिरने का ख़तरा भी, फ़ेल हो जाने का। पहले इम्तिहान देनेवाले बच्चे शुभ-अशुभ की चिन्ता में अपनी स्याही को जान-बूझकर फैला लेते थे। आजकल ऐसा नहीं होता। अख़बारों में छपे भविष्यफलों पर इनकी निगाहें ज़रूर तेज़ घोड़े की तरह दौड़ती हैं, इसीलिए इन दिनों भविष्यफलों में स्टूडेंट्स के लिए अलग से एक वाक्य होता है—'आप इम्तिहान में अच्छा करेंगे या सफलता मिलेगी, थोड़े श्रम की ज़रूरत है।'

परीक्षा के दिन...लड़कियाँ आगे चलती हैं। लड़कों का हुजूम उनके पीछे-पीछे। कुछ लड़के-लड़कियाँ एक-दूसरे से कन्धा भिड़ाए भी दिखते हैं।

इम्तिहान के दिनों में कभी जब लड़के-लड़कियाँ यूँ चलते दिखते हैं तो कुछ वर्ष पहले की घटना याद हो आती है, अपने ही पड़ोस की।

उन दिनों हमारे घर से कुछ दूर मि. सक्सेना रहते थे। विनोद उनका बेटा था। बहुत चंचल, शरारती और पढ़ने में होशियार। मुझसे कुछ सीनियर था। कभी मिलता तो पढ़ने से लेकर खेलने तक की बातें एक्सप्रेस गति से बताता। तब मैं हँसकर कहती—"इतनी तेज़ बातों में तुम्हें साँस लेने का समय कब मिल जाता है ?"

एक बार परीक्षा के दिनों में मैंने देखा उसने अपने पूरे चेहरे पर स्याही पोत रखी है और लड़के-लड़कियाँ उसे घेरकर चल रहे हैं। पता चला कि दूसरे लड़के-लड़कियों की अँगुलियों पर स्याही लगी देखकर उसे यह उत्तम विचार आया कि क्यों न मुँह पर स्याही पोत ली जाए। विनोद ऐसी हरकतें अक्सर किया करता था, जिन्हें करने के बारे में दूसरे लड़के-लड़कियाँ सोच भी नहीं सकते थे।

एक बार कक्षा चल रही थी। अचानक दरवाज़े पर एक लड़का बड़ी-बड़ी मूँछें लगाकर आ पहुँचा। मूँछें कुछ इस तरह से लगाई गई थीं कि पता चले कि वे नक़ली

हैं। सबको पहचानते देर न लगी कि वह विनोद ही है। जब उस लड़के ने 'मे आई कऽम इन सर' कहकर कक्षा में आने की इज़ाजत माँगी तो अध्यापक के न उगलते बना न निगलते, अध्यापक ने बाक़ी स्टूडेंट्स पर नज़र डालकर विनोद की तरफ देखा तब तक उसने अपनी एक मूँछ उखाड़कर हाथ में पकड़ ली थी। दूसरी मूँछ बार-बार नीचे गिरना चाहती थी, जिसे वह उलटे-सीधे मुँह बनाकर और नाक सिकोड़कर गिरने से बचा रहा था। और पूरी क्लास; वहाँ ठहाकों का तांडव हो रहा था। अध्यापक ने जब इस घटना का ज़िक्र प्रिंसिपल से किया तो उनकी भी समझ में नहीं आया कि वह विनोद को इस बात की सज़ा कैसे दें। न उसने कोई हंगामा किया था, न किसी को गाली दी थी, न किसी लड़की को छेड़ा था।

इसी तरह कॉलेज के एनुअल डे के दिन सबने दूर से देखा, विनोद चला आ रहा है। कॉलेज के लाउडस्पीकर की आवाज़ें हवा में तैर रही थीं, विनोद को आता देख लड़के-लड़कियाँ रुक गई थीं। सब हैरान कि आख़िर उसके क़द को क्या हुआ है ? पता चला कि उसने पैंट की जगह निक्कर पहना हुआ है और वह अपने घुटनों को इस तरह मोड़कर चल रहा है कि उसका क़द आधा रह गया है। हालाँकि बाद में कई दिनों तक वह घुटनों के दर्द के मारे कॉलेज नहीं आ सका था।

यहाँ इन सब हास्य-प्रसंगों को बताने की वजह यह है कि आगे जो कुछ बताया जाएगा, उससे उस विनोद का चेहरा बिलकुल दूसरा होगा, एकदम भिन्न।

जैसा कि होता है इस तरह के हँसोड़ लड़के साथ पढ़नेवाली लड़कियों में ही नहीं, उनके माता-पिता के दिलों में भी जगह बना लेते हैं। विनोद भी ऐसा ही था। लड़कियों के माता-पिता बेटा विनोद, बेटा विनोद कहते न अघाते। वह लड़कियों के घर चाहे जब टपक पड़ता और लड़कियों की माताएँ निहाल हुई जातीं। हलवा, पूरी, अचार तथा और भी न जाने क्या-क्या उसके स्वागत में तैयार रहते।

अचानक साथ पढ़नेवालों ने देखा कि विनोद ने दाढ़ी बढ़ा ली है। पहले तो सबने यही समझा कि ज़रूर यह भी उसका कोई नया टोटका होगा। मगर एक हफ़्ता बीता, दूसरा हफ़्ता बीता और उसकी दाढ़ी बढ़ती ही गई तो साथियों में खुसर-पुसर होने लगी। शेरो-शायरी का शौक रखनेवाले विद्यार्थियों ने अपनी अक्ल का बड़ा भाग ख़र्च करते हुए अन्दाज लगाया कि अवश्य ही कुछ इश्क-विश्क का मामला है। पहले तो बात साथ के लोगों में सर्कुलेट हुई। फिर वहाँ से हर एक के पास यात्रा करती जा पहुँची। फिर विनोद के कई शुभचिन्तक मित्रों ने उसके मुँह से उगलवाने के लिए बड़ा दबाव डाला। यह भी कहा कि आख़िर वह कौन है जिसने उस जैसे हँसोड़ लड़के की हँसी छीन ली है। देख लेने और ईंट से ईंट बजाने की बात भी कही गई। यह भी आश्वासन दिया गया कि वह बिलकुल चिन्ता न करे। ज़रूरत पड़ी और किसी को घर-वर से भी उठाकर लाना पड़ा तो उस जैसे दोस्त की ख़ातिर यह सब भी कर दिया जाएगा।

मगर विनोद तो चुप, बिलकुल खामोश।

अब उसकी अनुपस्थिति में फिर एक बैठक हुई। एक ने कहा—"वह तो बिलकुल

गूँगा हो गया है।"

"गूँगा, अरे हाँ, न बोलता है न हँसता है।" दूसरे ने कहा।

"लेकिन विनोद भइया ऐसे क्यों हो गए हैं ?"—दो चुटिया लटकाए एक लड़की ने पूछा।

"आय हाय रे विनोद भइया, इस भइया के चक्कर में ही तो मारा गया है बेचारा। मान लो जिस लड़की से मोहब्बत कर रहा हो, उसी ने भइया कह दिया हो तो गया न काम से। ये लड़कियाँ भी न जाने क्यों राखी अपने पर्स में लिए घूमती हैं। जो लड़का पसन्द आया, बस उसी को राखी बाँध दी। मिल गया बातचीत का मौक़ा। माँ-बाप भी खुश कि बिटिया बेटे से बात कर रही है।"—कहकर तीसरा ज़ोर से हँसा। चौथा जो कि हर लड़की को देखते ही अपना दिल उसकी तरफ़ उछालकर फेंकता रहता था, हाय-हाय करता बोला—"है तो दिल तोड़नेवाली बात अगर माशूका भइया कह दे। इस संसार में आख़िर भाई का रिश्ता बनाया ही क्यों गया है ?"

"तुम लोग तो कुछ ऐसे डिस्कस कर रहे हो जैसे विनोद का प्रेम न हुआ, आधुनिक लैला-मजनूँ की दास्तान हो गई।" एक लड़की ने बोर होते हुए कहा कि बाक़ियों ने काफ़ी कड़वा मुँह बनाया। इतनी रसभरी बातों को एकाएक ब्रेक लग जाना। लेकिन रहस्य तो अब तक बना ही हुआ था—विनोद का यूँ बिना किसी के बताए दाढ़ी उगाने का रहस्य। उसकी आँखों का सूनापन, उसकी उदासी, उसकी डूबी हुई आँखें...जो फिल्मी पर्दे के आशिक की व्यथा को बतानेवाले प्रतीक थे—वे सब के सब विनोद पर लागू होते थे...लेकिन यदि उसकी कोई प्रेमिका है तो वह कहाँ है ? यहीं धरती पर, इसी शहर में और क्या इसी कॉलेज में ?

अब खोजी आँखों ने ढूँढ़ना शुरू किया...कॉलेज की हर लड़की पर नज़र रखी जाने लगी...गली-गली जासूस आँखें तलाशने लगीं और जैसा कि हमेशा होता आया है कि परिश्रम कभी व्यर्थ नहीं जाता। मेहनती से देवता भी घबराते हैं।

एक लड़की अपने छज्जे पर खड़ी विनोद की तरफ़ देखकर मुस्कराई थी। विनोद भी उसकी तरफ़ देखकर हँसा था। इतने दिनों बाद। शायद आँखों-ही-आँखों में कुछ कहा भी था।

आर्किमिडीज ने यूरेका-यूरेका कहकर वह खुशी न प्राप्त की होगी, जितनी कि विनोद के साथियों को इस बात से मिली कि उन्होंने उसे किसी से आँखों-ही-आँखों में बात करते देखा है। वे सबके सब गेट पर खड़े उसका इन्तज़ार कर रहे थे। सबके मन में यही था कि आने दो साले को आज ऐसी ख़बर लेंगे। साला कुछ बताता नहीं है, अब बताएँगे। अरे ये इश्क़-मुश्क़ क्या छिपाए छिपता है। हमें गाली दे रहा था। कल निकल रहा था पतली गली से पकड़ा गया न ! सोच रहा था कि कोई नहीं देख रहा। अब देखना कैसे दाएँ-बाएँ करेगा। यारों ने उसके इन्तज़ार में फर्स्ट पीरियड भी मिस कर दिया। पर उसका दूर-दूर तक पता न था। तभी उनमें से एक बोला—"क्या हो गया जो आज टपक ही नहीं रहा। कहीं उसे भनक तो नहीं लग गई कि रँगे हाथों पकड़ा

गया है।"

"अरे तुम लोग तो ऐसे कह रहे हो जैसे बिचारा कुछ करते पकड़ा गया हो। लड़की को देखकर सिर्फ़ मुस्कराया ही तो था। मुस्कराने पर क्या टैक्स लगता है।" दूसरे ने आपत्ति जताई।

"ओय चुप बे।" एक चीख़ा—"बड़ा आया उसका हिमायती। जैसे-तैसे तो चिड़िया जाल में फँसी है। अब क्या ऐसे ही निकल जाने दें। बड़ा सताया है। न जाने कितने जोड़े जूते घिस गए। इसके चक्कर में दिन-रात घूमे हैं। न घूमते तो बेचारे जूते बेमौत न मारे जाते। साल भर और चलते। एक-एक पैसे का हिसाब लिया जाएगा इससे।"

अचानक सबकी साँसें थम गईं। विनोद सामने से चला आ रहा है हँसता हुआ। इतने दिनों बाद की उसकी हँसी। सबके होश उड़ गए। वह हँस क्यों रहा है ? अरे जिसकी चाहत में इतने दिनों से हँसना भूल गया था, वह मिल गई है तो अब हँसे भी नहीं। रोएगा क्या ? लेकिन उन सबको लगा जैसे उनका प्लान चौपट हो गया है। ऐन वक़्त पर विनोद की हँसी सबको ले डूबेगी किसी को क्या पता था।

अरे हाँ, उसकी दाढ़ी कहाँ गई। चेहरा इतना साफ़-सुथरा कैसे निकल आया ?

विनोद पास आया तो जैसे किसी के मुँह से बोल नहीं फूटा। उससे किसी की पूछने की हिम्मत न हुई कि कल वह उस लड़की को देखकर क्यों हँसा था ? फिर किसी ने पूछ ही लिया—"यार तेरी दाढ़ी कहाँ गई।"

"जिसकी थी, वह ले गई ?" उसने कहा।

"किसकी थी, किसकी ?" लड़कों में चहक उभरी।

"नाई की।" वह ज़ोर से हँसा।

"मगर तुम्हारी वे डूबी आँखें, उदासी, हमें तो लग रहा था तुम किसी के प्यार में गिरफ़्तार हो गए हो।" दोस्तों ने पूछा।

"हाँ हो तो जाता। अगर बहन मिल जाती।"

"क्या मतलब, इश्क़ करने के लिए बहन क्यों चाहिए ?"

"अरे मूर्खो, प्रेमिका की सहेली को बहन बनाता तभी तो प्रेम के सन्देश और प्रेम-पत्र भिजवाता। हाय ऐसा कुछ नहीं हुआ।" और फिर ज़ोरदार ठहाका।

"मगर कल तुम जिस लड़की को देखकर हँसे थे, वह कौन थी ?"

"वह, वह तो सचमुच मेरी बहन है गधो।" और वे सब ज़ोर-ज़ोर से हँसने लगे। इस प्रकार श्री विनोद कुमार की प्रेमकथा उनके अनुसार शुरू न हो सकी। वे फिर किसी नई प्रेमकथा की तलाश में निकल पड़े।

लेकिन मित्रो कहानी यहाँ अधूरी है। अधूरी कहानी को पूरा करना एक लेखक का कर्त्तव्य भी है।

तो कहानी वहीं ख़त्म नहीं हुई। जब ये सारे लड़के-लड़कियाँ विनोद जी की प्रेमकथा को भुलाकर अपनी कक्षा की तरफ़ बढ़ने लगे तो उन्हीं में से एक लड़का बोला—"यार विनोद, तू झूठ भी बोलने लगा।"

"क्या मतलब," बाक़ी सब बोले।

"अरे कल यह जिस लड़की को देखकर नैन-मटक्का कर रहा था, उसी के भाइयों ने इसकी वो छराई की है कि याद रखेगा और इसे पकड़कर उन्होंने ही इसकी दाढ़ी मुड़वाई है।"

"मगर यह तो कह रहा है कि वह इसकी बहन है।" बाक़ी लड़के बोले।

"तो इसमें कौन-सी नई बात है लड़की से पिटने के बाद सारी दुनिया के लड़के उसे बहन ही तो बनाते फिरते हैं ?"

उस लड़के की बात सुनकर सारे भविष्य के प्रेमी-प्रेमिकाओं के हँसते-हँसते पेट में बल पड़ गए। मगर विनोद वहाँ नहीं था। वह गायब हो चुका था।

इन दिनों इम्तिहान देने जाते लड़के-लड़कियों के जीवन में भी तो अनन्त विनोद कथाएँ होंगी। कन्धे से कन्धा भिड़ाए ये वे ही बातें तो दोहराते होंगे या इनके जीवन में अब प्रेमकथाओं की कोई गुंजाइश ही नहीं बची। प्रेमकथाएँ कैरियर के बड़े पेट में समा गई हों, यह भी तो हो सकता है।

खलनायक

"फिर भी हम दोस्त तो रह ही सकते हैं।"

"हाँ।"

एक छोटी सी बातचीत और उसके बाद वर्षों गुजर गए। सत्यजीत जिसे सत्य कहलवाना ज्यादा अच्छा लगता था, फिर कभी नहीं मिला।

तब जब वह कहीं मिलने के लिए कहता और न आता। फिर अगली किसी बार आकर कहता, "पिताजी ने मुझे रेता लेने भेज दिया था, नहीं आ सका।"

तब जब वह तमाम बातों के बावजूद अपने विचार इस बात पर बनाए रखता कि किसी को भी मेरे बारे में कोई गलत बात नहीं कहनी चाहिए। कोई गलत बात कहेगा, तो कहनेवाला नहीं मैं ही जिम्मेदार होऊँगी या कि उसकी पत्नी के किसी से कोई भी सम्बन्ध रहे हों लेकिन वह उसे न बताए। तब सत्यजीत बहुत-बहुत अच्छा लगता था, जो अपने माता-पिता की बात इस हद तक नहीं टाल सकता है, जो अपनी प्रेमिका या पत्नी के प्रति अभी से इतना पजेसिव है, वह भला गलत कैसे हो सकता है ? उसकी हर बात अच्छी लगती। उसके बालों का ढंग, उसके बातचीत के तौर-तरीके।

वह मिलने न आता। मनाने में कभी कोई पहल न करता, मेरे मुँह से किसी का नाम सुनकर चौकन्ना हो जाता। वह आधुनिकता को चरित्रहीनता का पर्याय मानता।

उन्हीं दिनों एक बार वह चुपचाप बम्बई चला गया था।

लौटकर जब मिला तो सुगन्धित सा कार्ड लाया था।

"यह तुम्हारे लिए ले आया।"

"और क्या देखा वहाँ ?"

"लड़कियाँ। क्या खूब लड़कियाँ थीं—मॉडर्न और दिलफेंक।"

मैं हँसने लगी तो वह बोला, "ऐसी लड़कियाँ बिस्तर पर ले जाने के वाद किसी काम की नहीं रहतीं।"

मुझे कुछ खिसियाया-सा देख वह बोला था, "काम की तो वस तुम्हारी जैसी लड़कियाँ ही होती हैं।" उन दिनों सत्यजीत द्वारा कही गई कोई भी बात...जाने क्यों मैंने मान लिया था कि वह जो कहता है उसके दिल की बात नहीं होती। दिल से आखिर

वह ऐसी बातें कैसे सोच सकता है ? सभी लड़कियों को वह ऐसी कैसे मान सकता है ? शायद वह मेरा मन टटोलता है।

एक बार वह कानपुर से लौट रहा था। गाड़ी में उसे एक लड़की मिली थी। बाद में वह उसे एक-दो बार और भी मिली। सत्यजीत का ख्याल था कि वह चाहता तो उस लड़की के साथ कुछ भी कर सकता था, लेकिन मेरे कारण उसने ऐसा नहीं किया।

शायद अहसान किया हो उसने मुझ पर।

मेरे बारे में वह अपने एक-एक दोस्त और दोस्तों के दोस्तों को भी बता चुका था। वह प्रेम को ढोल बजाकर करने की चीज समझता था। शादी का मामला घरवालों पर छोड़ दिया था। आज सोचती हूँ तो याद आता है, सत्यजीत ने कभी इस बारे में मुझे नहीं बताया था। उसके घरवाले या कोई और बता देता तो बता देता।

उसने अपने घरवालों से कभी यह नहीं कहा था कि वह मुझे पसन्द करता है। जानते हुए भी घरवालों ने कभी यह नहीं जताया। उन्हें लगता था शादी से पहले एकाध चक्कर तो लड़के चला ही लेते हैं, फिर सब ठीक हो जाता है। मैं अपने विश्वास में थी कि जो भी होगा मेरे हित में होगा। सत्यजीत चाहे कुछ कहता रहे शादी वह मुझसे ही करेगा।

एक शाम जब सड़क बेहद सुनसान थी। रिक्शा-साईकिल तक नहीं चल रही थी। तब सत्यजीत ने पार्क की बैंच पर बैठकर कहा, "आज तुमसे मिलना बहुत जरूरी था।"

"क्यों, मुझसे मिलना भी कभी जरूरी हुआ है तुम्हारे लिए ?"

"हाँ, आज था।"

"क्या बात है ?"

"कल मेरी एंगेजमेंट होने जा रही है।"

मैं हँसने लगी तो वह बोला, "हँसो मत। आय एम वैरी सीरियस।"

"लेकिन...," मैं कुछ नहीं कह पाई। मैं अब भी सच नहीं समझ पाई थी।

"कल एंगेजमेंट होगी और शायद अगले महीने शादी," उसकी आवाज़ में पूरा धैर्य था।

"लेकिन फिर मेरा क्या होगा ?" मेरे पाँव काँप रहे थे।

"देखो, तुम्हें पता था मेरे माँ-बाप शादी की बात चला रहे हैं। तुम सब कुछ जानती थीं।"

"नहीं, मैं कुछ नहीं जानती थी।"

"क्या नहीं जानती थीं ? सब तो जानती थीं।"

"सब बातों को जानती थी, तुम्हें नहीं जानती थी।"

"यह फिलासफी झाड़ना बन्द करो। मैं नहीं समझता कि शादी कोई इतनी बड़ी चीज है जिसके कारण मेरी तुम्हारी भावनाओं में अन्तर आ जाए। वह प्यार ही क्या हुआ जो इन बातों से बदल जाए।"

छल, इतना बड़ा ! मुझसे नहीं, उससे जिसे यह ब्याह कर लानेवाला है।

एकाएक वह पास खिसक आया और उसने मेरे ओठों को चूम लिया, “तुम्हें नहीं खोना चाहता। तुम्हें खोकर मुझे कुछ नहीं मिलेगा।” इस आश्वासन की भीख चाहिए–तुम भी मेरी बनी रहो, वह तो मेरी हो ही जाएगी।

“हाँ, तुम मुझे नहीं खोओगे, यदि शादी भी मुझसे कर लो।”

“प्यार यह स्वार्थ बर्दाश्त नहीं कर सकता। शादी-वादी को माँ-बाप का हक समझ लो। मैं आज तक ऐसा ही समझता आया हूँ।”

पहली बार मेरा जी मिचलाने लगा...सूनी सड़कों पर जैसे आसमान से उतरकर तारे दौड़ रहे थे, बुझ रहे थे।

“या तुमने कोई और पसन्द कर लिया है। मेरे बाद उसे...अच्छा लगेगा। तुम खुश दिखोगी।”

जिस बात पर मुझे क्रोध आना चाहिए था, नहीं आया। रोना आना चाहिए था, नहीं आया। किस्मत को भी नहीं कोसा मैंने। मैं चुपचाप उठी और चल दी। वह पीछे-पीछे आया, “अच्छा, छोड़ो यह प्यार-व्यार का चक्कर। हम दोस्त ही बने रह सकते हैं।”

मैंने ‘हाँ’ कहा बेहद ठंडेपन से। और सत्यजीत हमेशा के लिए मेरे जीवन में ‘ना’ बन गया। हमारे परिवारों के रिश्ते मधुर थे। मेरे और सत्यजीत के रिश्ते मेरे परिवारवालों के सामने कम उजागर थे। उसकी शादी में सब गए थे। मैं जानबूझकर शहर से बाहर चली गई थी। लौटकर आई तो सब शान्त हो गया था। माँ और भाभी ने कहा भी कि सत्यजीत की शादी में यह हुआ वह हुआ, लेकिन मैंने कोई दिलचस्पी नहीं दिखाई।

पता नहीं कैसे मेरा मन उसके प्रति नफरत से भर उठा था–मैंने ही सच को भावुकता के समुद्र में डुबो दिया। उसे कभी ठीक-ठीक पहचानने की कोशिश नहीं की।

स्कूल से लौटकर मैं घर जा रही थी कि वह मिल गया, “तुम उस दिन आईं क्यों नहीं ? कमलेश मिलना चाहती है तुमसे।”

यानी कि शादी के पहले दिन ही इसने सारी रामायण गा दी। ऐसा कैसे हो सकता है कि मुझे ठुकराने और उसे अपनाने का कारण न बताया हो इसने ?

“अभी चलो घर। अम्मा भी तुम्हें बुला रही हैं।”

“नहीं, मैं घर जाऊँगी।”

“अब चलो भी। घर पर कहलवा दूँगा कि तुम देर से आओगी।” मैंने उसकी तरफ घृणा से देखा। इतना अपनापन किस अधिकार से ?

“मैंने कहा न मुझे घर जाना है। कई काम निबटाने हैं।”

“देखो, तुम मेरे साथ ऐसा बर्ताव नहीं कर सकतीं। आखिर हम वर्षों से जानते हैं एक-दूसरे को।”

वह जैसी बातें कर रहा था उनका कोई जवाब नहीं हो सकता। चिढ़ भी उसी का सम्बल बनती।

“अच्छा तुमने यह अँगूठी देखी।”

उसने उँगली से उतारकर अँगूठी मेरे सामने कर दी, "लो, पहनकर देखो।"

"नहीं।"

"क्या यह छोटा-सा उपहार मैं तुम्हें नहीं दे सकता ?"

"जरूरत नहीं।"

"तुम्हें नहीं मुझे तो है।"

"अब यह बकवास बन्द करेंगे आप ?" मैं पूरी ताकत से चिल्लाई। इतने वर्षों में पहली बार।

सत्यजीत हक्का-बक्का रह गया। उस पूरी रात मैं सो नहीं सकी थी। मन में बार-बार यह ख्याल भी आता रहा कि सत्यजीत इस वक्त अपनी पत्नी के साथ क्या कर रहा होगा ? कमरे में चाँद की किरणें आ रही थीं। मैंने उनको हथेली से दबाया, तो वे हथेली के ऊपर चमकने लगीं।

वह आखिर क्या चाहता है ? कई दिन मैं स्कूल नहीं गई। लगता था उम्र के बहुत से वर्ष ऐसे ही निकल गए। सब कुछ तो छूट गया हाथ से। जब गई तो एक मोटा लिफाफा मेरा इन्तजार कर रहा था। उसमें वे सारे पत्र थे जो सत्यजीत को मैंने लिखे थे कभी। लेकिन स्कूल के पते पर भला क्यों ? घर के पते पर भी भेजे जा सकते थे। उसमें एक छोटी-सी चिट भी थी जिसमें अपने पत्र लौटाए जाने का अनुरोध भी था।

इतने दिनों में पहली बार मेरी आँखें भर आईं। तो यह था सत्यजीत! स्कूल में पत्र भेजे जिससे किसी और के हाथ लगे तो अच्छा रहे। आखिर क्यों किया उसने ऐसा ? अगर कोई गलती पर था, तो वह था और मुझे गलत सिद्ध करना चाहता था। मैं उसके लिए इस्तेमाल करने के बाद फेंक दिए जाने योग्य चीज थी। फिर भी हमेशा सोचती रही कि जो जानती हूँ सच जानती हूँ—मैं सत्यजीत को क्यों न पहचान सकी ? क्या वह खलनायक था ? नहीं, वह जो मेरे आत्मसम्मान को बार-बार ठेस पहुँचाकर भी मन के कोने में एक स्थान सुरक्षित छोड़ गया था, क्या खलनायक हो सकता था ?

गन्दगी

तो आज फैसले का दिन आ ही गया है। यानी कि एक तारीख—सुबह से ही तैयारियाँ कुछ ऐसी हैं जैसे पाकिस्तान नया बनाया एटम बम लेकर हमले के लिए दौड़ा आ रहा हो, या यूनियन कार्बाइड की तरह फिर से कोई जहरीली गैस वातावरण में फैल गई हो...या अचानक मकान मालिक का बेदखली का नोटिस देख किराएदार भड़क उठा हो। ऊपर नीचे के बारह घरों में से ग्यारह के चेहरों पर रहस्यमयी मुस्कान है। बारहवें में इसलिए नहीं कि वहाँ रहनेवाली महिला अपने को कुछ प्रगतिशील या गरीबों का मसीहा समझती है।

हवा में सन्नाटा है। बच्चे बालकनियों से मुर्गे-मुर्गियों की तरह झाँक रहे हैं और किसी भी आवाज़ से इस तरह भड़क जाते हैं जैसे कसाई दराँती पकड़े उन्हें जिबह करने आ गया हो।

बड़े दाँतोंवाली, बाँस-सी पतली-दुबली और लम्बी हैप्पी की माँ नीचे मोनू की माँ को आवाज़ देती हैं—"और किसी से खतरा नहीं है, तुसी ही रास्ते बिच छोड़ जाते हो।"

मोनू की मुस्कराती माँ का चेहरा देख हैप्पी की माँ चली गई है।

मिसेज पाहवा इन दोनों की मुस्कराहट को देखकर वह दिन याद करती हैं जब इन दोनों में सिर्फ इसलिए महाभारत मचा था कि वरांडे में किस तरफ किस की चारपाई बिछे।

उधर ऊपर के कोनेवाले फ्लैट में रहनेवाली नीटू की माँ अक्सर शिकायत करती है कि शिवानी की माँ ने उसकी प्यारी कुतिया बाबी को जहर दे दिया। शिवानी की माँ का दुखड़ा यह है कि वह किन उजड्ड गँवार लोगों के बीच में आ फँसी, जबकि उसकी पड़ोसिन सरदारनी उससे बोलती तक नहीं। उसका कहना है कि शिवानी की माँ आजकल हर सरदार को आतंकवादी कहती है और अक्सर हिन्दुस्तान हिन्दुओं का है, जैसी बात कहती है। बबली के चेहरे पर औरत होते हुए भी बड़ी-बड़ी दाढ़ी-मूँछें हैं, इसलिए वह इन सबके बीच में हँसी का पात्र है। मगर इस वक्त सब एक हैं—सिर्फ मिसेज पाहवा को छोड़कर। मिसेज पाहवा दफ्तर में काम करती हैं। इन औरतों के हिसाब से वह काफी नकचढ़ी, घमंडी और फैशनेबल किस्म की हैं। अक्सर ये सब मिसेज

पाहवा और उसके पति के बारे में काफी हँस-हँस कर मजाक उड़ाने के अन्दाज में बातें करती हैं। बानगी देखिए—"आ गईं भाभी जी !"

'हाँ जी !'

"चाय तो भाई साहब ने बना ही ली होगी !" मिसजे पाहवा मुस्कराते हुए चली जाती हैं तो एक तीर और छूटता है—"चिकने घड़ों पर कोई असर नहीं होता। कुछ भी कह लो बस मुस्कराती ही जाती है।"

"यह तो बाप है बच्चों का, और माँ घर में रहती है।" अपनी बात कह कर वे देर तक हँसती हैं।

लेकिन इस मसले पर मिसेज पाहवा से बात करने की बजाय उनके पास धमकियाँ जैसी भिजवाई गई हैं—"नीचेवाले कभी हमारा साथ नहीं देते। इस बार इन्होंने अपनी अलग ढफली बजाई तो अच्छी बात नहीं होगी।"

मिसेज पाहवा सोचती हैं—सत्संग में जब स्वामीजी ने कहा था कि हिन्दू इसलिए तरक्की नहीं कर सकते क्योंकि उन्होंने अपने बड़े हिस्से को दूर काटकर फेंक रखा है। तब, लौटते हुए ये सब कितनी खुश हुई थीं कि स्वामीजी कितनी सच्ची बात कहते हैं। उस दिन अचानक शिवानी की माँ बोली थीं—"बजट में तो सब कुछ ही बढ़ गया। कुछ भी तो नहीं छोड़ा। क्या आदमी खाए क्या बचाए ?"

"बचाने की क्या जरूरत है ? जरूरत होगी तो राजीव गांधी रब के पास अर्जी भिजवा देगा।" हैप्पी की माँ ने मजाक करने की कोशिश की तो नीटू की माँ ने उसे आगे बढ़ाया—"अर्जी तो वह पहली-आखिरी अपनी ही भेजेगा।"

"अगर सच्ची में रब सुनता हो तो सब्जी-दालें ही सस्ती हो जाएँ।" शिवानी की माँ ने आसमान की तरफ हाथ जोड़े।

"दवाइयाँ भी महँगी हो गईं, बस के किराए भी बढ़ गए, सस्ता क्या है ?" मिसेज पाहवा बोलीं।

"सही कह रही हो जी, अब हमारी जमादारनी को ही देखो, कह रही थी महँगाई बढ़ गई है। अगले महीने से पाँच की जगह छः रुपए लेगी।"

"क्या ?" हैप्पी की माँ ने शिवानी की माँ की बात सुनकर ऐसे मुँह खोला मानो आसमान फट पड़ा हो।

"महँगाई क्या उसी के लिए बढ़ी है ! ऐसे हम सबका एक-एक रुपया बढ़ाएँगे तो क्या होगा ?"

खैर, उस दिन रास्ता खत्म हो गया। तय हुआ कि अगले दिन सब औरतें इस बात का फैसला करेंगी।

अगले दिन मिसेज पाहवा तो दफ्तर चली गईं। दफ्तर में जाते ही सबसे पहले उनकी नजर नोटिस बोर्ड पर पड़ी। मैनेजमेंट का कहना था कि वह कर्मचारियों का महँगाई भत्ता नहीं बढ़ा सकता। महँगाई सरकार बढ़ाती है तो मैनेजमेंट और मुनाफे में हिस्सा क्यों दे ? वह दिन गुजर गया। मिसेज पाहवा लौटीं तो पता चला कि सभी

महिलाओं ने सर्वसम्मति से निर्णय दिया है कि एक रुपया तो क्या एक पैसा नहीं बढ़ाएँगी। आज एक रुपया बढ़वाएगी तो कल दो रुपए अगले साल दस रुपए। इन लोगों को शुरू में न रोका जाए तो इनके मुँह सुरसा की तरह फैलते ही जाते हैं।

मिसेज पाहवा अपने दफ्तर में लगे नोटिस के बारे में सोचती रहीं। तभी उनके जाली के दरवाजे पर एक छाया दिखाई दी। मिसेज पाहवा ने दरवाजा खोला, शिवानी की माँ थीं।

"आइए भाभी जी !" मिसेज पाहवा ने औपचारिकता निभाई।

"अब आएँ क्या ! आप तो हर वक्त इतनी बिजी रहती हैं कि लगता है आपके पास जाएँगे तो आपका वक्त भी खराब होगा।"

"नहीं-नहीं ऐसा क्या है ? दरअसल मेरी जिन्दगी तो मशीन की तरह है। सुबह से शाम तक लगे रहो।" मिसेज पाहवा विनम्र हो उठीं।

शिवानी की माँ थोड़ी देर चुप रहीं। फिर बोलीं—"भाभी जी आपने कुछ सुना ?"

नहीं सुना के अन्दाज में जब मिसेज पाहवा ने उनकी तरफ देखा तो बोलीं—"अरे वही बात—जमादारनीवाली..."

"जमादारनीवाली नहीं तो !" मिसेज पाहवा जानकर अनजान बनीं।

"सबको मालूम है। जमादारनी कहती है पाँच की जगह छः रुपए दो। अब ऊपर के सब लोगों ने तय किया है कि पैसे न बढ़ाए जाएँ। मैं तो कहती हूँ कि एक-दो रुपए से क्या फर्क पड़ता है। मगर अब मोहल्ले में तो रहना ही है, इसलिए...बात भी सुननी पड़ती है। आप क्या सोचती हैं ?"

"मैं..." मिसेज पाहवा सोच में पड़ गईं। मोनू की माँ पहले ही बता गई थी कि पैसे न बढ़ाने के मुहिम में शिवानी की माँ ही हैं। जो सबसे आगे हैं—"अभी तो मैंने कुछ नहीं सोचा। अपने हस्बेंड से पूछकर बताऊँगी।"

तभी बाहर से जोरदार आवाजें आने लगीं। एक आवाज़ इस मोहल्ले के परिचित सब्जीवाले की थी। और दूसरी आवाज़ हैप्पी की माँ की थी। सब्जीवाला सड़क पर खड़ा था और हैप्पी की माँ तीन मंजिल पर बने फ्लैट के सामने से चिल्ला रही थी—"तेरी भी टाँगें न तुड़वाईं तो मैं अपने बाप से पैदा नहीं।"

"जा-जा...मेरा मुँह क्यों खुलवाती है। तेरा लड़का एक-दो खीरे चुरा कर भाग गया। निकाल उसे घर में से।"

"मैं भगवान की कसम खाती हूँ जो वो यहाँ आया हो। तू खुद आकर देख ले। हम तेरे खीरों के भूखे हैं ! आज तक एक पैसे की भी बेइमानी की है ?"

"पैसे से क्या होता है ? जब-जब ठेले के पास आती है, कभी खड़े-खड़े चार-छह गाजर खा लेती है, कभी मूली कभी टमाटर। अब बन रही है हरिश्चन्दर !"

"तू दो कौड़ी का आदमी बड़-बड़कर रहा है। बताऊँ क्या आकर !"

"बताएगी क्या ? कोहनी पर से हाथ तोड़ दूँगा।"

दीपू की माँ सब्जी का भगौना हाथ में लिए खड़ी थी। कल इस सब्जीवाले से जो घीया खरीदा था वह निहायत ही कड़वा था। आज अगर हैप्पी की माँ बीच में न आई

होती तो वह जरूर इस सब्जीवाले से पैसे ले लेती। मगर अब...दीपू की माँ भगौना समेत अन्दर खिसक गई।

मगर सब्जीवाले का साहस वहाँ चारपाइयों पर उपस्थित कुछ महिलाओं को ऊपरी तौर पर काफी नागवार गुजरा। इस सब्जीवाले की यह मजाल ! हम सब्जी न खरीदें तो इसे रोटी के भी लाले पड़ जाएँ। सभी औरतों का सामूहिक क्रन्दन सुन सब्जीवाले ने वहाँ से भागने में भलाई समझी। जब सब कुछ ठीक हो गया तो खीरे के छिलके टोकरी में डाल हैप्पी पार्क की तरफ खेलने चला गया। बहुत देर तक इसी बात पर चख-चख होती रही, मगर हैप्पी की तरफ किसी का, शायद उसकी माँ का भी ध्यान नहीं गया।

इन दो वर्षों में मिसेज पाहवा समझ चुकी थीं, युद्ध और शान्ति का बना-बनाया कोई नारा यहाँ नहीं चलता। कल ये ही महिलाएँ होंगी, यही सब्जीवाला होगा। सब्जी के लिए खूब मोल-तोल होगा, हँसी-मसखरी होगी। आज की घटना को पक्ष-विपक्ष दोनों ही कुछ न हुआ के अन्दाज में भूल चुके होंगे। दरअसल मिसेज पाहवा काफी प्रैक्टीकल महिला हैं। मोनू की माँ से उन्होंने कहा भी था—"अब एक रुपए को देखें या एक घंटे को। सुबह तो वैसे ही मरने की फुर्सत नहीं मिलती है। इसने कूड़ा उठाना बन्द कर दिया तो हम कहाँ-कहाँ कूड़ा फेंकते फिरेंगे ?" वह जानती है मोनू की माँ ने यह बात सब तक पहुँचा दी होगी, इसीलिए सब औरतें मुस्कराते हुए भी उन्हें घर की भेदी जैसी नजरों से देख रही हैं।

खैर संयोग, इतवार पड़ा पहली तारीख को। मिसेज पाहवा घर पर थीं। बीस-इक्कीस बरस की वह लड़की इन्द्रा झाड़ू हाथ में लिए सबसे पहले मिसेज पाहवा के दरवाजे पर ही आ खड़ी हुई। मिसेज पाहवा युद्ध भूमि में सबसे पहला शहीद नहीं बनना चाहती थीं। सो बोलीं—"बंटी के पापा बाहर गए हैं। अभी तो सौ का नोट है। तू पहले ऊपर से ले ले। मैं तो दे ही दूँगी।"

आश्वासन पा वह सीधे ऊपर पहुँची और जैसी आशंका थी ऊपरी मंजिलों पर रहनेवाली तमाम वीरांगनाओं और जमादारनी की मिली-जुली आवाजें गूँजने लगीं और दृश्य का पटाक्षेप कुछ इस प्रकार से हुआ कि छबड़े में भरा सारा कूड़ा उस इन्द्रा ने सीढ़ियों पर फैला दिया और घोषणा करती हुई चली गई कि जब तक बढ़ा हुआ रुपया नहीं मिलेगा वह काम नहीं करेगी।

जमादारनी तो चली गई, मगर शाम तक वह कूड़ा बदबू फैलाता वहीं सीढ़ियों पर पड़ा रहा। सवाल यह था कि जमादारनी के काम की पहल कर कौन महिला अपनी नाक नीची करे ! जनता पार्टी के शासनकाल की तरह, विरोधी दलों की एकता की तरह यह एकता भी जल्दी ही टूटती नजर आने लगी।

"सारी गन्दगी घरों में जा रही है। हमसे अच्छे तो नीचेवाले रहे।" हैप्पी की माँ कह रही थी। डाँट पड़ी सो अलग कि वे जमादारनी के मुँह क्यों लगी ?

कल फिर से इन्द्रा काम करेगी। महिलाएँ कभी उससे लड़ेंगी कभी चाय पिलाएँगी।

बूढ़ी औरत

पहाड़ के पेट से बहुत जगह धाराएँ बह रही थीं। माँ डगमगा रही थी। एक जगह बछिया से बचने के लिए माँ ने पैर रखा और वह धड़ाम से गिर पड़ी।

कहीं कोई चोट-फोट लग गई तो इस अनजानी जगह की मुसीबत। हे ईश्वर—दौड़। उठा-उठा। माँ उठ खड़ी हुई और फिर से चल दी। अस्सी के आसपास पहुँची इस बुढ़िया के पैर में पहिए लग गए थे एकाएक। एक डॉक्टर टी.वी. इन्टरव्यू में बता रहा था उस दिन—मनुष्य को यदि ईश्वर का सहारा न हो तो आधे लोग हार्ट अटैक से मर जाएँ। सचमुच ऐसा क्यों ? जो लोग बेमौत मारे जाते हैं उनके पास भी तो होता है अपने-अपने हिस्से का ईश्वर। माँ उसी ईश्वर के सहारे चल रही थी। उसकी लाठी का कहीं अता-पता न था। माँ बार-बार पकड़े हुए हाथ को छुड़ा लेती। कहती उसकी चिन्ता छोड़ मैं अपनी बेटी को सँभालूँ। वह थी, मैं, मेरी बेटी और चक्करदार पहाड़ी रास्ता। नीचे की दुनिया जहाँ से बिलकुल गतिहीन और सोई हुई नजर आती थी, बच्ची को सँभालने के चक्कर में माँ मुझसे बार-बार दूर बहुत दूर छूट जाती थी। माँ बहुत बूढ़ी...बच्ची बहुत छोटी...माँ जिन रास्तों को छोड़ आई थी उसका कुंछ हिस्सा मैं अब भी इस उम्र में देख सकती थी। बच्ची आगे-आगे जहाँ जा रही थी दौड़ती किलकती...एक रास्ते का छोर ओझल हो चुका था। बीते समय को देख पाना कितना मुश्किल था। जैसे बहुत कुछ पीछे छूट गया हो। अस्सी साल पहले वह कैसे रहा होगा। माँ से पूछूँ तो वह टुकड़े-टुकड़े जोड़ सके। शायद दूसरे रास्ते का तो छोर भी नहीं था, सामने फिर भी एक आशा थी। चलते जाओ—जीवन की गति में पीछे छूटे कि सब समाप्त...

हर बार पीछे मुड़कर आती हुई माँ को देखती। उसके कन्धे पकड़ती आशा बँधाती, बस थोड़ी-सी दूर, उसका कन्धा थपथपाती। उसकी हँफनी को रोकने की कोशिश करती। गठिया के कारण न चल पाने की मुसीबत और बुढ़ापा। उसकी पुतलियाँ सफेद हो रही थीं। चेहरे पर व्याकुलता और दीनता उभरती थी। पल-पल साँस गले के नीचे ही कहीं रुक जाती थी।

क्या यह वही माँ है जो बचपन में मुझे अपने कन्धे पर लादकर बीमारी की हालत में मीलों ले जाती थी। उस वक्त के थोड़े-बहुत चित्र ही तो बचे थे अब...काश कि माँ

फिर से वैसी ही हो जाती। वक्त फिर लौटा लाता युवा माँ को। अब माँ अक्सर कहती थी—मैं मुल्तान जाऊँगी तब पता चलेगा तुम लोगों को। 'मुल्तान' शब्द से डर लगता था उन दिनों। कोई भयावह जगह नजर आती थी वह। जिसमें कल्पना के लाखों साँप-बिच्छू दौड़ते थे। जहाँ रोशनी का नामोनिशां तक नहीं था। हमेशा राक्षस तथा भूत-प्रेत भी बच्चों को खाने के लिए आतुर रहते थे। माँ अक्सर हमें डराने और महत्त्व जताने के लिए ऐसा कहती थी। मुझे रोते देख वह चुप कराती थी—'अरी पागल, कहने से क्या मैं मर गई।' उन दिनों माँ का जिन्दा रहना किसी दैवीय कृपा-सा लगता।

अब लगता है सचमुच माँ मर जाएगी एक दिन। तब ईश्वर से मनाती हूँ, 'हे ईश्वर मेरी माँ को सुखभरी मौत देना। वह किसी की आश्रित होकर न मरे। वह कोई दुख न झेले।' मैं उसकी बेटी ! ईश्वर से उसके लिए जीवन नहीं एक सुखभरी मौत माँगती हूँ।

माँ भी न जाने कब से इस सच को स्वीकार कर चुकी है। वह जिन्दगी से उकता गई है। वह कहती है—'देखना तुम मैं हार्ट फेल से मर जाऊँगी। एक दिन। एक दिन...एक दिन।'

बहन कहती है—'उसे अपनी परिस्थिति देखकर बात करनी चाहिए। दूसरों के बीच में क्यों बोले ?' कौन-सा गणित अपने बच्चों को दूसरा बना देता है। माँ को एक बुत होना चाहिए। एक कोने में बैठा रहे चुपचाप। रिएक्ट ही न करे। बुत रिएक्ट नहीं करते न ! एक चलता-फिरता मनुष्य बुत हो भी तो कैसे ?

पंजाब, पहली बार नजरों के सामने से गुजरता हुआ पंजाब..दूर तक हरियाली... सूरजमुखी के सूखे काले फूल, धान और यूक्लिप्टस। खेतों के बीच बड़ी-बड़ी कोठियाँ...खेतों के बीच ही उगे छोटे-छोटे कनाट प्लेस, अब कोई कनाट प्लेस का हजार बार नाम बदल दे तो भी क्या।

रास्ते में पड़नेवाली नदियों को देखकर माँ हर बार एक ही वाक्य दोहराती है—'गंगा जी में पानी ही नहीं है। जब हम छोटे थे तो गंगा जी में कितना पानी था और जंगल तो ढेर के ढेर। मैंने बोरी भरकर शिव की बटिया इकट्ठी कर ली थीं। कल की सी बात लगती है। मगर अब कहाँ वो दिन रहे ! हमारे बाप कितना प्यार करते थे। मैं चली आती तो दो-दो दिन रोटी भी नहीं खाते थे।' माँ की बूढ़ी आँखें चमक से भरीं...वह अपने बचपन में कुलाँचें भर रही है। 'एक बार तो बीमारी में मैं बिलकुल मर गई थी। ऐसा लगा जैसे चिड़िया बनकर बाग में चली गई और वहाँ बैठे सबको रोता देखती रही...'

फिर एक सूखी नदी पड़ी तो माँ बोली—'गंगा जी ने भी सोच लिया है कि जब आदमियों को ही मेरी परवाह नहीं तो मैं आदमियों की परवाह क्यों करूँ ?

'अरे माँ इस रास्ते पर गंगा जी कहाँ से आई ?' मैं माँ को टोकना चाहती हूँ पर चुप लगा जाती हूँ, क्यों कहूँ ? ठीक है अगर वह हर एक नदी को गंगा जी मानना चाहती है तो माने। मैं क्यों अपने सही होने, अधिक जानने का प्रमाण उसके सामने

पेश करूँ ? माँ हर नदी को देखकर जय गंगा जी कहकर हाथ जोड़ती। बच्ची जो देर से माँ को ऐसा करते देख रही है, कान में फुसफुसाती है–'नानी जी हर नदी को गंगा जी क्यों कह रही हैं ?'

मैं 'कोई बात नहीं' कहकर उसे चुप करा देती हूँ। कहीं यह बहस ही न करने लगे। और फिर शुरू हो एक अविराम युद्ध।

बस की इतनी लम्बी यात्रा में बार-बार सोचती हूँ कि आखिर मैं क्यों जा रही हूँ ? तीर्थ यात्राओं पर मेरा तो कोई यकीन नहीं। माँ के लिए, माँ जो बूढ़ी हो गई है। जिसकी सब इच्छाएँ जीते-जी मर गई हैं। माँ अगर कहीं जाना चाहती है तो कैसे जाए ? किसके साथ जाए ? उसे सहारा देनेवाले हाथ तो चाहिए न ! किसी महिला संगठन ने अभी तक बूढ़ों, खासकर बूढ़ी स्त्रियों को सहारा देनेवाले हाथ विकसित नहीं किए हैं। लम्बे-चौड़े परिवार की सहारा देते-देते इन बूढ़ों के हाथ कितने घिस चुके हैं। उनमें कितनी गाँठें हैं और कितने घाव, किसे मालूम ?

रास्ते में बच्ची और माँ के बीच होनेवाले मनोरंजक टकराव...माँ हर बात पर उसे टोकती है। कई बार उसका टोकना मुझे भी बुरा लगता है। पर सोचती हूँ–'आखिर वह उसके भले के लिए ही कह रही है।' लेकिन बच्ची, उसे माँ की टोका-टाकी पसन्द नहीं। वह आजकल की बच्ची है।

माँ कहती है–'यह बिलकुल बात नहीं मानती।' बच्ची मेरी ओर देखती है। उसे उम्मीद है कि उसका पक्ष लूँ। मेरी चुप्पी को वह अपना अपमान समझती है और रोने लगती है। उसे चुप कराती हूँ। माँ से कहती हूँ–'क्यों हर बात में डाँटती हो इसे।' बच्ची चुप होकर थैले में से निकालकर अंगूर खाने लगती है। वैसे भी वह माँ से नाराज है। उसकी बेइज्जती हो गई है। सुबह जिस ढाबे पर बस रुकी थी, चाय-नाश्ते के लिए माँ वहीं एक ओट की आड़ में नहा ली थी। मैंने भी नहाने दिया था, उसे चाय पिलानी थी। बिना नहाए वह चाय को हाथ भी न लगाती।

बहुत वर्ष पहले जब भैंस की कुट्टी के लिए माँ कमर पर ढोकर करबी लाती थी, कुट्टी काटती थी तब हमें भी बहुत शर्म आती थी 'लोग क्या कहेंगे ?' काश, कि सब कुछ गणित के प्रमेयों की तरह हल हो सकता। कई बार सोचती हूँ–माँ इतनी उम्मीदें क्यों बाँधती है ? वह अपने बच्चों से हर बार महत्त्व पाने की आशा क्यों रखती है ?

उसने जब से अपना मकान बेचा है, कई आँखों की कोरें बदल गई हैं। प्रतिध्वनियाँ गूँजती हैं हवा में–'वह अपनी लड़कियों को ज्यादा चाहती है। उसके लिए मरी जाती है।

पाँच बजे पता चलता है कि बस थोड़ी ही देर में यात्रा शुरू होनी है। माँ और बच्ची की आँखों में रातभर की थकान है। पूरे दिन किसी ने कुछ खाया नहीं है। माँ तो वैसे भी बाहर का कुछ नहीं खाती।

अगर ये दोनों बीमार हो गईं तो...लेकिन माँ हिम्मत बढ़ाती है–'भगवान सब ठीक करेंगे। कोई बीमार नहीं होता। जहाँ हमें तर्क चाहिए माँ वहाँ भगदान ले आती है।

वह चल रही है धीरे-धीरे !

सीढ़ियाँ इतनी फिसलन भरी और टूटी-फूटी हैं कि दिल काँप रहा है। माँ अगर गिर गई तो। साथ चल रहे एक व्यक्ति को बच्ची का हाथ थमाकर माँ को धीरे-धीरे उतारती हूँ। चारों ओर सिर ही सिर हैं। नीचे बच्ची को देखती हूँ। मगर वह कहीं नहीं है। कहाँ गई। कोई ले गया। क्या होगा उसका ? मर जाएगी। जोर-जोर से पुकार रही हूँ उसे। मेरे साथ माँ भी इधर-उधर दौड़ रही है।

एक दाढ़ीवाला आ जाता है–'आपकी बच्ची खो गई है। कट गई है।'

यह कौन है ? इसे कैसे पता। उस घबराहट में भी आगे दौड़ती हूँ...हे ईश्वर बच्ची की रक्षा करना, यदि वह नहीं मिली तो मैं भी घर वापस नहीं जाऊँगी। माँ लगभग रो रही है–'कहाँ गई मेरी रानी। सब घर वाले जान खा जाएँगे। और वो उसके भाई मामा के लड़के जिन्दा नहीं छोड़ेंगे मुझे।'

मन में ढेर से चित्र कौंधते हैं। सबके चेहरे एक-एक गुजरते जाते हैं आँखों के आगे से। कहाँ जाऊँ ? किससे मदद लूँ। कोई आदमी भी साथ नहीं। आगे चलूँ। आगे देखूँ।

एकदम खून का प्रवाह रुक जाता है। बच्ची जा रही है। वह बार-बार पीछे मुड़कर देखती है और घबराहट में रो रही है। मैं दौड़कर उसे पकड़ती हूँ। लगता है अभी इसी वक्त यदि मौत आ जाए तो वह भी बुरी नहीं होगी। बच्ची मिल गई है। वह मेरी बाजुओं में है। वह मुझसे लिपट जाती है। मैं उसके सिर पर हाथ फेरती हूँ, चूमती हूँ, उसके दिल की धड़कन सुन सकती हूँ।

माँ धम्म से एक ओर बैठ जाती है। उसके हाथ ऊपर उठ जाते हैं।

तभी मैं घबराकर लगभग एक ओर घसीटती हूँ उसे, सामने से कई खच्चर दौड़े चले आ रहे हैं। उनके मालिकों को यह भी ध्यान नहीं है कि माँ रास्ते में बैठी है।

हमें देवी के दर्शन के लिए चढ़ाई करनी है। 'तुम और काकू घोड़े पर चली जाओ।' मैं माँ से कहती हूँ।

'लेकिन घोड़ावाला न जाने कहाँ उतार देगा ! मैं कहीं बिलट गई तो तू कहाँ ढूँढ़ती फिरेगी ? जैसे-तैसे तो लड़की मिली है। इतनी भीड़-भाड़ में तो सबको साथ चलना चाहिए।'

तभी एक खच्चरवाला पास आकर कहता है–'बहन जी तू पहले तो इतनी काली नहीं थी अब कैसे हो गई ?'

'देखो इस भूवर डारे पजारे को। बेकार सब तीरथ-फीरथ में आना बेकार है मरे गुंडों के मारे।' माँ ने खच्चरवालों को जी भरकर गाली दी है। वह खच्चर की डोर थामकर आगे बढ़ गया है।

माँ बार-बार आग्रह करने पर भी नहीं मानी है। वह अकेली खच्चर पर जाना नहीं चाहती और मैं, मेरी पसलियाँ खच्चर पर बैठने के नाम से कड़कड़ा रही हैं।

खच्चर की बुकिंग के लिए भारी भीड़ है। पता चला है सुबह चार बजे से पहले खच्चर नहीं मिलेगा।

बच्ची का चेहरा एकदम सूख गया है। वह नन्ही बच्ची कितनी रातों तक जग सकती है। माँ की तबीयत कहीं बीच रास्ते में खराब हो गई तो...

भीड़ पैदल आगे बढ़ी चली जा रही है। खच्चरों की घंटियाँ और लाठियों की ठक-ठक दूर तक गूँज रही है।

निराशा से बुकिंग काउंटर की तरफ देखती हूँ। क्या लौट जाने में ही भलाई है। माँ से कहा है तो वह लगभग सुबकती-सी बोली है–'अरे बेटा अब मइया के इतने पास तक आकर लौट जाएँ। बड़ी किस्मत से यह दिन देखने को मिला है।'

'मम्मी, तुम हमेशा ही ऐसा करती हो ?'

यानी कि बच्ची और माँ जाने के मुद्दे पर एकजुट हैं। मैं उसकी थकान के लिए बेकार में परेशान हो रही हूँ। उन्हें इसका एहसास तक नहीं है। जाने के नाम पर उन दोनों में उम्र का कोई फासला नहीं रहा है। अस्सी साल की माँ और दस साल की बच्ची एक तरह से सोचती हैं। क्या उम्र के फासले इसी तरह से पट जाते हैं।

तभी खच्चरों की डोर पकड़े दो लड़के दिखे हैं। उनसे लगभग प्रार्थना की है तो वे तैयार हो गए हैं दोगुने किराए पर–'मेरी माँ और बेटी को ठीक से ले चलो। कहीं गिरा न दो और हड्डी-पसली एक हो जाए।'

आधी रात बीत रही है। हर मोड़ पर लगता है कि यात्रा अब खत्म हुई तब खत्म हुई।

खच्चर की काठी ठीक करने के लिए खच्चरवाले ने बच्चों को बाउंड्री पर खड़ा किया है। नीचे अँधेरे में डूबी खाई। बच्ची जरा-सा हिली कि नीचे गई।

'भइया उसे वहाँ से उतारो। नीचे गिर जाएगी।' मैं चीखकर कहती हूँ।

किस-किसको बचाऊँ। माँ को, बच्ची को, अपने को। रास्ते में लोगों से, चट्टानों से पैर टकराते हुए बचते हैं। पैदल चलते लोग ज्यादातर खच्चरवालों को भला-बुरा कहते और हमारा मजाक उड़ाते–इन्हें देखो, यात्रा का पुण्य बेचारे खच्चर की पीठ पर चढ़कर लूट रहे हैं। बेहाल खच्चर। वे लुढ़कने-लुढ़कने को होते हैं कि पीछे से उनके मालिक पूँछ मरोड़ते हैं और वे उन पहाड़ी रास्तों पर लगभग दौड़ने लगते हैं। खट-खट, ऊपर वक्र चन्द्रमा हमारी हालत पर हँसता है। रास्ते में पड़े पत्थर हमें देखकर मुँह चिढ़ाते हैं। मेरे मन में बार-बार आता है–'हे ईश्वर मेरी माँ की रक्षा करो। बच्ची को बचाओ।'

डर जो मेरा साथी बन बैठा है। जो प्रार्थना करवाता है माँ के लिए, बच्ची के लिए, घर के लिए, घर लौट जाने के लिए।

खच्चरवाले ने हमें एक डेढ़ किलोमीटर पहले उतार दिया है। दूर से मन्दिर की रोशनियाँ नजर आ रही हैं। माँ की लाठी नहीं। फिर भी उसने हिम्मत नहीं हारी है। बाहर प्रसाद वाले की दुकान से प्रसाद खरीदा है। ऐसा लग रहा है जैसे इतनी देर जो चिन्ता और तनाव रहा वह व्यर्थ ही था। माँ खुशी से थरथरा रही है। बच्ची को मन्दिर

की रोशनियाँ बहुत आकर्षित कर रही हैं।

लाउडस्पीकर पर नम्बर पुकारे जा रहे हैं। दर्शन करनेवालों की लम्बी कतार लगी है।

कोई कमरा मिल जाता। जहाँ माँ और बच्ची रात भर सो सकतीं। हवा में ठंडक है। मैंने बच्ची के लिए चादर बिछा दिया है कि वह सो जाए। मगर वह सोने को तैयार नहीं। जिद करने लगी है कि यहाँ नहीं, बिस्तर पर सोना है। माँ और उसे छोड़कर कमरे की तलाश कहाँ करने जाऊँ। पुलिसवाले से कहा तो वह शैतान की तरह हँसा है। 'क्यों यहाँ कमरे ही कमरे हैं। बोलो कहाँ जाना है !'

बड़ी मुश्किल से सोने के लिए छत का एक छोटा-सा हिस्सा और कम्बल मिले हैं। बच्ची लेटते ही सो गई है। माँ भी बुरी तरह थकी है। अचानक रात में मैंने बच्ची के शरीर को हाथ लगाया है। वह बुखार से तप रही है। 'अब क्या होगा। यहाँ से इसका नीचे उतरना भी कितना कठिन है ? अगर बुखार बढ़ गया तो...'

सुबह होते ही मुश्किल से नहा-धोकर दर्शन किए हैं और हम वापस लौटे हैं। जल्दी से जल्दी कटरा पहुँचकर बच्ची को डॉक्टर को दिखाना है और माँ को आराम करवाना है। आज तीसरा दिन है। माँ ने साथ लाई कचौड़ियों के अलावा कुछ नहीं खाया।

लेकिन माँ बहुत खुश है। उसने कहा है कि देवी माँ तेरा भला करे। तूने मुझे माँ के दर्शन करवा दिए।

पूरी यात्रा में मैं माँ के खच्चर से गिरने से डरती रही हूँ। वहाँ उन घुमावदार ऊबड़-खाबड़ रास्तों में कुछ नहीं हुआ। और यहाँ सीधे सच्चे रास्ते पर चलकर माँ फिसलकर गिर पड़ी।

जैसे-तैसे उसे ऊपर चढ़ाया और स्कूटर में बिठाकर होटल में टिका दिया है। माँ को चाय और बच्ची के लिए खाना लाकर उन लोगों से कहा कि वे सो जाएँ। माँ यह कहते-कहते कि मैं आराम कर लूँ नहीं तो बीमार पड़ जाऊँगी, सो गई है।

सोई हुई बच्ची पर मुझे प्यार आ रहा है और माँ पर दया। बुढ़ापा बार-बाद दया को निमन्त्रित क्यों करता है ? दो दिन में जो घबराहट, डर और बेचैनी झेली है उसे सोचकर अपने पति याद आ रहे हैं। होते तो ढेर-सा प्यार उँड़ेलकर थपककर कहते–'वैसे बहुत बहादुर बनती है और वैसे जरा-जरा सी बात पर डर जाती है।'

मेरा सिर चकरा रहा है। लेटते ही आँखें मुँद जाती हैं। आँख खुली तो देखा, चारों ओर अँधेरा घिर आया है। थोड़ी देर तक समझ में नहीं आया कि कहाँ हूँ। अचानक लगा माँ कमरे में नहीं है।

हो सकता है गुसलखाने में गई हो पर गुसलखाने का दरवाजा चौपट खुला है। शायद वह बाहर खड़ी हो। मगर वह वहाँ भी नहीं है। आखिर वह कहाँ गई ? अनजान शहर, कमजोर आँखें, बूढ़ी देह। मैंने कमरे में आकर बच्ची को जगाया है। उसे सारी बात बताई है। अन्दर से बन्द करने को कहा है। बाहर से ताला लगाया और बाहर निकल आई हूँ। मैं बदहवास सड़क के दोनों तरफ देखती हुई भागी जा रही हूँ।

सड़कों पर झंडा थामे लोग यात्रा पर जा रहे हैं। सैंकड़ों। मैं कातर निगाहों से उन्हें देख रही हूँ। शायद माँ वहीं कहीं दिख जाए।

क्या माँ हमेशा के लिए मुझसे बिछुड़ जाएगी। अभी कल बच्ची के लिए मैं रो रही थी और आज माँ के लिए व्याकुल हो रही हूँ।

कि अचानक माँ धर्मशाला के दरवाजे पर बैठी दिखती है।

मैं पास जाकर उसे घूरकर देखती हूँ तो वह सकपका जाती है। पहली बार मुझे उस पर इतना गुस्सा आता है कि यदि वह मेरी बच्ची होती तो अब तक दो-चार थप्पड़ लगा देती। मैं शब्दों को चबाते हुए कहती हूँ—'हाथ पैरों में दम नहीं। दोपहर में बच गया नहीं तो घुटना टूट जाता और अब हमें सोता छोड़कर सैर करने निकली हो।'

माँ काँपते हुए हाथ जोड़ रही है—'रानी माफ कर। होटल का नाम मालूम नहीं था। ढूँढ़-ढूँढ़कर थक गई तो यहाँ बैठ गई। पता था कि तू ढूँढ़ने जरूर आएगी।'

'बस फालतू हूँ न मैं। और मुसीबतें कम हैं जो तुम्हें ढूँढ़ती फिरूँ। यह बताओ कि क्या करने निकली थीं ?'

मैंने सोचा तुम लोग सो रही हो तब तक मैं प्रसाद ही खरीद लाऊँ। कहीं दुकानें बन्द न हो जाएँ।' अब तक गुस्से में मेरी नजर ही नहीं गई थी कि माँ के हाथ में अखरोट भरे दो थैले हैं जिनके वजन से वह चल नहीं पा रही है। मैंने थैले पकड़े हैं और चल दी। माँ डगमग-डगमग पीछे-पीछे चली आ रही है।

होटल के गलियारे में बच्ची के रोने की आवाज़ सुनाई दी है। दौड़कर देखा, दरवाजा खटखटाकर बच्ची से अन्दर से सिटकनी खुलवाई है। माँ को देखकर चीखकर बोली है, 'नानी जी, अब आप कहीं नहीं जाएँगी। मैं बाहर से ताला लगा दूँगी।' बच्ची की बात सुनकर माँ जोर से हँसी है। पास जाकर उसने बच्ची को सीने से चिपटा लिया है। रास्ते भर के उनके लड़ाई-झगड़े, शिकायतें, रूठ-मटक हवा में उड़ गई हैं।

अस्सी साल की माँ और छोटी-सी बच्ची, युवा स्त्री को परे धकेल एक साथ हो गई हैं। कोई कानून, कोई संगठन उनकी परवाह न करे, कोई उन्हें वोट बैंक न भी माने तो क्या !

दयाल वेड्स कमलिनी

मैंने सोचा आपका नाम कल्याणी होगा। कभी-कभी किसी को देखकर लगता है बस इसका नाम यही होगा। आपको देखकर लगा हो सकता है आपका नाम कल्याणी हो। अभी तक उसके चेहरे का दायाँ हिस्सा मेरी तरफ था, अब वह इस तरह मुड़ा कि उसका पूरा चेहरा नज़र आने लगा।

वह सोच रहा होगा मैं कुछ हँसूँ, कुछ इतराऊँ, कुछ जिज्ञासा दिखाऊँ या पहले-पहल की गई इस बात पर कुछ नाराज ही हो लूँ। पर यह सब करने का वक्त ही कहाँ था ? लोग आ-जा रहे थे। उम्मीद भी न थी कि यहाँ कुछ होनेवाला है।

मुझे बिना कुछ बोले अपने में डूबे देख वह फिर बोला, "आपको देखकर नितान्त निजी बात याद आ गई। बुरा न मानें तो कह डालूँ।"

"अब जब मन में आ गई है तो कह ही डालिए। बुरा मानने का क्या। मान लीजिए अच्छी न भी लगी तो सोचूँगी सुनी ही नहीं थी।"

"वंडरफुल ! आप जैसी मैच्योर लड़कियाँ कम होती हैं...दरअसल।"

मैंने सोचा, कहेगा हाउ ब्यूटीफुल यू आर, योर आईज आर एक्सेप्शनल वैरी-वैरी इंटेलीजेंट।

सिक्कों की तरह खनखनाते हुए पटाऊ वाक्य घिसे-पिटे।

"दरअसल यू नो...एक बात तो बता दीजिए, नाम न सही सरनेम..."

"आप खुद एक बात कह रहे थे और दस सवाल मुझसे कर रहे हैं।"

"आप विश्वास नहीं करेंगी...मैं इन शर्माओं से बड़ा डरता हूँ। उम्मीद है आप शर्मा नहीं हैं।"

"उम्मीद क्या, मान ही लीजिए नहीं हूँ और कह डालिए अपनी बात।"

"सच आपकी शक्ल मेरी गर्लफ्रेंड से बहुत मिलती है...आप इसका अर्थ कुछ और नहीं लेंगी।"

नई खोज ! प्रेम निवेदन का मौलिक तरीका। शक्ल मिलती है। थोड़ी देर बाद अक्ल, बातचीत का निराला अन्दाज, चाल-ढाल सब मिलने लगेगा और फिर साथ लपक कर चलनेवाले पुछल्ला। वाह बच्चू अभी तक सिर्फ मजनूँ ही देखे थे, तुम तो उनके बाप निकले।

कोई प्रतिक्रिया न देखकर बोला, "आप सोच रही होंगी कितना अजीब आदमी है !"

"वह तो मैं सोच ही रही हूँ।"

"नाम भी नहीं पूछेंगी।"

"कतई नहीं।"

"उसका भी नहीं जिसकी शक्ल याद करके मैं खिंचा चला आया।"

"जरूरत नहीं, जानवर अजगर के मुँह में भी यूँ ही खिंचे चले आते हैं।"

"बहुत खूब ! जानवर ही सही, माना तो सही कुछ। और कुछ न सही तो काम ही पूछ लीजिए।"

"काम। हाँ...हाँ...बता दीजिए आप क्या काम करते हैं।"

"जिस पोस्ट के लिए आप इंटरव्यू देने आई हैं वहाँ मैं पहले से काम करता हूँ। उम्मीद है करता भी रहूँगा।"

वह चला गया।

स्साला, दुराभिमानी समझता है दुनिया में इससे ज्यादा योग्य ही कोई नहीं !

लेकिन है भी तो सच...यह बात तो इस कमरे की फिजाँ में सुबह से गूँज रही है...जो काम करता है उसी का होना है ऊपरवालों का आदेश है।

कितने बाद ! शायद महीने भर के बाद। मैं कमरे में घुसी, कोई मेरी मेज़ के पास दरवाजे की तरफ पीठ करके बैठा हुआ था।

"अरे आप !"

"जी बिलकुल मैं ? अब आप पूछेंगी मैं यहाँ तक पहुँचा कैसे ?" फिर उसने आधी पी सिगरेट को पैरों तले कुचल दिया, "माफ कीजिएगा आपके आने से पहले तो मैं यह गुस्ताखी कर ही सकता था। बैठिए न !"

देखो तो जैसे इसका दफ्तर हो और मैं इससे मिलने आई हूँ, सो कह रहा है बैठिए...शब्दों का प्रयोग कैसे कर रहा है जैसे वे भी राशन पर मिलते हों।

"तो आपने पूछा नहीं मैं आप तक पहुँचा कैसे।"

"इसमें क्या खास मुश्किल है ? एक ही शहर और एक ही प्रोफेशन में रहते हुए किसी का पता लगाना क्या आफत है ?"

"वैसे आपकी मेज कितनी अच्छी जगह है। पूरा का पूरा फूला हुआ गुलमोहर दीखता है।"

"गुलमोहर !" मैं व्यस्तता का नाटक करते हुए फाइलों को इधर-उधर करती रही। धूल झाड़ी। टेबल कैलेंडर की डेट बदली..."गुलमोहर !"

"आप जानते हैं गुलमोहर कब फूलता है ?"

"नहीं फूलों के बारे में बहुत नहीं जानता।"

"यह तो मैं तभी जान गई थी जब आपने सेमल को गुलमोहर कहा।"

"ओह, यदि आप व्यस्त न हों तो मुझसे एक कप कॉफी की पूछ लीजिए।"

अहमक कहीं का, न नाम, न पता, न ठिकाना...

"वैसे यदि आपको मेरा यहाँ बैठना पसन्द न हो तो चला जाऊँ।"

"आप यहाँ अपनी मर्जी से आए थे और अपनी मर्जी से चाहें तो जा भी सकते हैं।" मैंने काफी रूखे होते हुए कहा।

"यदि आप मेरी मर्जी ही चाहती हैं तो चलिए नीचे चलकर कॉफी पिलवाइए।"

हे भगवान ! एक घंटा पहले आई थी कि कुछ काम करूँगी पर...

ऑफिस के कम्पाउंड से बाहर निकलते न जाने कितनी सूखी-पीली पत्तियाँ पैरों के नीचे बजती रहीं।

"आपके पास का एक रिवोल्विंग रेस्टोरेंट कब बन रहा है ?"

"पता नहीं। लेकिन आपकी दिलचस्पी !"

"हाँ घूमते हुए कनाट प्लेस, बसों और खूबसूरत लड़कियों को देखना कैसा लगेगा। वैसे मैंने देखा आपकी मेज से तो पूरा दीखा करेगा। हरदम उसे घूमते देखकर आपका सिर नहीं चकराया करेगा।"

"अच्छा तो आप समझ रहे हैं उस घूमनेवाले रेस्टोरेंट की दीवारें भी घूमा करेंगी।" मैं जोर-जोर से हँसने लगी..."आपका ज्ञान ! दाद देनी पड़ती है रेस्टोरेंट की सीमेंट की दीवारे घूमेंगी और सर्दियों में गुलमोहर फूला करेंगे।"

मेरी हँसी एक दर्प ! उसको पटकनी ! सचमुच वह थोड़ी देर के लिए चुप-सा हो गया।

मुझे लगा वह बुरा मान गया। माई फुट ! इसे बुलाया किसने था। लेकिन कोई आपसे मिलने आए और आप उसका मजाक उड़ाएँ सो मैंने कुछ दार्शनिक मुद्रा ओढ़ते हुए कहा... "ऐसे ही घूमते रेस्टोरेंट इस सारे कनाट प्लेस को लील जाएँगे। कौन याद रखेगा। यहाँ बड़ी-बड़ी ऊँची छतवाली कोठियाँ थीं। उनमें झरोखे थे। इनमें बेलपत्र और आम के पेड़ थे। हरी घास की चादरों के किनारे गुलाबों के मोती टँके रहते थे...कौन याद रखेगा...याद क्या, किसी को पता ही न होगा...ये बड़ी-बड़ी मीनारें अगर कभी रास्ता चलते मनुष्यों पर ढह पड़ें तो क्या होगा..."

"आपने यह फील्ड क्यों चुना ?"

"फील्ड चुनना क्या अपने हाथ में है...जहाँ नौकरी मिल जाए, जब मिल जाए !"

"नहीं यदि आप रंगमंच पर होतीं...जितनी जल्दी-जल्दी आपके चेहरे पर भाव बदलते हैं...अभिनय के क्षेत्र में आप काफी कामयाब हो सकती थीं।"

"दूर से लगता है कि हाय, अगर आप यहाँ न होकर वहाँ होते तो आसमान फाड़कर भेगली दे आते...पर जहाँ आप होते हैं और जहाँ नहीं होते उसमें मात्र एक कल्पना का फर्क है। स्थितियाँ सब जगह एक-सी हैं, एक जैसी...जल्लादों, निर्मम लोगों से भरी..."

कॉफी खत्म होने पर उसने शुक्रिया कहा, बोला..."मैं एक हफ्ते के लिए लखनऊ जा रहा हूँ।"

दोपहर में लंच पर गई थी लौटी तो मेज पर सन्देश रखा था...दयाल साहब का

फोन था। फिर फोन करेंगे।

यह दयाल साहब कौन हैं ? मैं सोचती रही...रवि दयाल, नीना दयाल, तीसरा दयाल मुझे कोई याद ही न आया।

कहीं यह वह तो नहीं।

शाम को दफ्तर से निकल ही रही थी कि फोन फिर आया।

"मैं बोल रहा हूँ !"

"कौन मैं ?"

"वही...जिसके लिए होटल की दीवारें घूमती हैं।"

"ओह..." मैंने देखा दफ्तर के लोग इधर ही कान लगाए हैं।

"क्या आप अभी हैं।" उधर से आवाज़ आई।

"नहीं बस जा ही रही थी।"

"क्या मेरी खातिर दस मिनट रुक सकती हैं। रुक जाइए। मैं पहुँचता हूँ। मिल जाइए।"

फोन कट गया।

अजीब मुश्किल है...इतना अधिकार...डाँटती क्यों नहीं...

सचमुच वह दस क्या आठ मिनट में ही आ गया !

"आप क्या हवाई जहाज पर चढ़कर आए हैं ?" मैंने अपने गुस्से को पीछे धकेलते हुए कहा।

"यही समझ लीजिए। आपकी नाराज़गी का डर जो था। मैं बस कल शाम ही लखनऊ से लौटा था।"

"अरे हाँ, आप लखनऊ गए थे।"

"बताया था आपको। सुनिए आपके लिए एक साड़ी लाया था !"

"मैं साड़ी तो क्या एक रूमाल भी लेना पाप समझती हूँ, समझे आप। और आपसे रिश्ता क्या ! मैं आपका नाम तक नहीं जानती !"

"अरे ! मेरा नाम के. दयाल है, आप के. डी. भी कह सकती हैं...साड़ीवाली बात तो यों ही कह दी। क्या दोस्तों को एक साड़ी नहीं दे सकते।"

"दोस्ती ! क्या मतलब आप मुझे अपनी दोस्त समझते हैं। दोस्ती ...यह भी अच्छा शब्द निकला है भाई और प्रेमी के बीच का। चुनने की पूरी आजादी। जब चाहे भाई बन जाओ जब चाहे प्रेमी।"

"अरे नहीं, मैं दोस्ती का मतलब इस बात से लेता हूँ जिससे बात करके अच्छा लगे। कुछ सीखने का मौका।"

"बकवास, मक्खन बाजार में अभी इतना सस्ता नहीं हुआ। आप बताइए क्या काम था ?"

"काम तो बड़ा पर्सनल था...मगर आपकी आँखों में जलते ये अंगारे बुझें तो कुछ कहूँ भी।"

"जल्दी कीजिए शाम हो गई है और मुझे घर पहुँचना है।"

"आप मेरे लिए कोई लड़की बता सकती हैं।"

"लड़की ! नौकरी के साथ-साथ अभी मैंने मैरिज ब्यूरो खोलने का काम नहीं किया है।"

"आपके पास यह इतना एसिड कहाँ से आया ?"

"शायद आप जैसे लोगों से उधार लिया हो। मगर आप जब मुझे पहली बार मिले थे तो आपने कहा था मेरी शक्ल आपकी गर्लफ्रेंड से मिलती है।"

"हाँ, अब इसे एक क्लोज्ड चेप्टर समझिए। मैंने कहा था न, ब्राह्मणों से डर लगता है। वह लड़की प्यार मुझसे करती है, शादी किसी ब्राह्मण से करना चाहती है। मैं इस बार फैसला करने के लिए ही गया था...वहाँ मुझे कई लोगों ने कहा कि वह बहुत तेज़ है, मैं तो प्लेटफार्म टिकट था, असली टिकट तो कहीं और था।"

"किसी ने कहा और आपने मान लिया।"

"चारा भी क्या था, वह भी यही चाहती थी। पता नहीं आपको देखकर लगा, कहा जा सकता है सब कुछ। दो महीने पहले आई थी तो अपने रिश्तेदारों से छिपकर मिली थी। मेरे कन्धे पर सिर टिका दिया तो लगा अब सही समय है। जाते वक्त उसने गाड़ी की खिड़की से अपना दुपट्टा लहरा दिया जो दूर तक लहराता गया...यह सब नाटक नहीं है, न था...मगर वह अपनी बेड़ियों को नहीं तोड़ सकती तो मैं क्या करूँ।"

"उधर उसने मना किया और आप शादी करने की सोचने लगे !"

"मैंने कहा था न, आपका नाम कल्याणी तो नहीं...कल्याणी, कमलिनी ! अब देवदास का भी युग नहीं रहा कि जीवनभर उसके नाम की माला जपूँ। मुझे भी तो सैटल होना है। उनतीस साल का हो गया हूँ। कब तक आप जैसे दोस्तों से दस-दस मिनट का समय माँगता रहूँ।"

"ठीक है मैं देखती हूँ।" मैं चलने को हुई तो वह फिर से आया।

"सुनिए आपने कभी बताया नहीं कि विभु जी आपके पति हैं।"

"कभी बात ही कहाँ चली।"

"आपकी पसन्द के लिए बधाई देता हूँ।"

"उनकी पसन्द भी हो सकती है।"

"चलिए आप दोनों की पसन्द। मेरे पिता जी विभु जी को अरसे से जानते हैं। कभी चलूँगा आपके साथ उनसे मिलने।"

कुछ दिनों बाद चपरासी ने एक कार्ड दिया के. दयाल वेड्स कमलिनी ! अजीब बात है, कोरा नाटक ! नाटक, नाटक !

वेलेंटाइन डे

हालाँकि बाहर सर्द हवाएँ चल रही थीं। लेकिन दफ्तर के भीतर गरमी थी। उस खुलेपन में शोर की एक मद्धिम आवाज़ लगातार तैरती रहती थी। किसी चिड़िया का कमरे की दीवार पर घोंसला बना लेना या तेज़ हवा का यूँ ही घुसे चले आना अथवा खिड़की खोलकर छाए काले बादलों को देख दिन में ही रात की कल्पना और झमाझम पड़ती बारिश का वह ठंडा तीखा स्पर्श ! सब गए जमाने की बातें हो गई थीं। इस बदलाव में जीवन के कितने सारे वर्ष छिपे हुए थे। वह जो गुजर गया था कभी लौटकर नहीं आनेवाला था—उसकी प्रतिध्वनियाँ भी इतनी दूर चली गई थीं कि आसानी से सुनाई नहीं देती थीं।

कि एकाएक फोन की घंटी बजी थी। पूरे फ्लोर पर लगातार फोन की घंटी बजती रहती थी—तेज़-तेज़ कभी-कभी वह कितनी कर्कश लगती थी।

फोन रिसेप्शन से था। रिसेप्शनिस्ट ने कहा था कि कोई मिलने आया है। फिर आवाज़ आई—"मैं नकुल बोल रहा हूँ।"

"कौन नकुल ?" मेरे मुँह से निकला।

"अरे—" इस अरे में एक हताशा छिपी थी। इसी ने मुझे याद दिलाया क्योंकि बीते हुए वर्ष मेरे दिमाग से गायब हो चुके थे—उन्हें पकड़ने के लिए समय चाहिए था।

"कहिए।" मैंने पूछा।

"आप कहाँ बैठी हैं ? मैं आ जाऊँ।" उसने कहा।

"नहीं, मैं ही आती हूँ।"

रिसेप्शन पर वह एक कोने में खड़ा था—जीवन के कितने वर्ष बीत गए हैं, यह उसके बाल, उसकी स्थूल देह, आँखों के आसपास छाया कालापन सब गवाही दे रहे थे। मुझे देख वह हलके से मुसकराया।

मुझे लगा कि वहीं एक कोने में बैठकर बातचीत की जाए लेकिन—

"आइए।" मैंने दरवाजे की तरफ बढ़ते हुए कहा। सीढ़ियाँ उतरकर हम कॉफी वैन तक चले आए थे। मैं कूपन के पैसे देने लगी तो वह बोला, "रुको, मैं पैसे दे देता हूँ।"

"नहीं, यह मेरा इलाका है।"

फिर हम हँसे थे।

"तुम..." वह आपसे तुम पर उतर आया था। जैसे बीती बातों को पकड़ने की कोशिश हो रही थी। कभी आप कभी तुम..."तुम बिलकुल भी नहीं बदली हो।"

उसकी बात का जवाब न देकर मैंने पूछा था, "बताइए क्या काम था ?"

"क्या तुमसे मिलने सिर्फ काम से आया जा सकता है ?"

फिर एक अपनापा।

मैं चुपचाप कॉफी पीती रही और सोचती रही। और सचमुच मैं उसके बारे में कुछ नहीं सोच रही थी। मुझे लग रहा था कि जल्द आज का काम खत्म हो और मैं घर चली जाऊँ। एक हफ्ते बाद मेरे बच्चे के पेपर शुरू होनेवाले थे। उसे अच्छा लगता था कि पेपर्स के दौरान मैं उसके पास रहूँ।

"तुम क्या कर रही हो इन दिनों।"

"कुछ भी तो नहीं, बस ऐसे ही थोड़ा-बहुत कुछ।"

"नहीं। बहुत कुछ करती हो। इट्स अमेजिंग। सब खबर रहती है मुझे।"

"आपकी आदत गई नहीं दूसरों के बारे में खबर रखने की। क्या मिलता है इससे ?"

"मिलता तो कुछ नहीं है, कई बार बहुत कुछ खो जाता है।" उसने नीम के हिलते पत्तों को देखकर कहा। वहाँ एक कौआ आइसक्रीम कप मुँह में दबाए बैठा था, "क्या जमाना आ गया, कौए भी आइसक्रीम खाने लगे।"

"कहीं किसी किताब में लिखा है कि कौए आइसक्रीम नहीं खा सकते। वैसे भी किताब में कुछ भी लिखा हो हमारा जीवन क्या किताबों से चलता है। जो हजारों वर्ष पहले लिखी किताबों से जीवन को चलाना चाहते हैं, वे नष्ट हो जाते हैं।" मैंने खाली कॉफी कप डस्टबीन में फेंकते हुए कहा था।

"एक बात तो माननी पड़ेगी, तुम्हारी इंटेलीजेंस में कोई कमी नहीं आई है।"

"और इंटेलीजेंट स्त्रियों से आपको बहुत डर लगता है। वे डराती हैं न !"—मैंने सीधे उसकी आँखों में देखते हुए कहा।

अधिकार को तलाशने की कोशिश—जो वर्षों पहले खत्म हो चुका था और अब एक भोंदूपन का अहसास देता था।

"नहीं, थोड़ी-थोड़ी इंटेलीजेंट लड़कियाँ तो चल जाती हैं—"

"बेवकूफ बनाने के लिए।" मैं जोर से हँसी।

मेरी हँसी का उस पर कोई प्रभाव नहीं पड़ा। वह कहीं खोया था। वह बार-बार अतीत में गोते लगाकर किसी ऐसी बात को ढूँढ़ने की कोशिश कर रहा था जिससे मेरी उस भावुकता को जगा सके जिसे मैंने बड़े जतन से सात तालों में कैद कर रखा था।

"न जाने मुझे क्या हुआ है ? पिछले बहुत दिनों से लग रहा था कम-से-कम एक बार तुमसे मिल सकूँ। इतने वर्ष हुए—लगातार सोचता रहा लेकिन हिम्मत नहीं जुटी। सोचता रहा कि पता नहीं आपको कैसा लगेगा।" फिर वही आप कभी तुम। उसका

आत्मविश्वास डगमगा रहा था।

"सच पूछो तो लगा ही नहीं कि तुम मुझसे दूर गई हो कभी। मैंने ही तुम्हें खो दिया। जिसकी कीमती जिन्दगी भर चुकाई।" उसने ठंडी आह भरी।

हो सकता है कि उसकी बातों में सचाई हो, लेकिन मुझे उसकी बातें इतनी डल और नाटक से भरी हुई लगीं कि खीज होने लगी।

"अपनी पत्नी को बताकर आए हैं।"

वह कुछ खिसिया गया। बोला "उसे बताने की जरूरत क्या थी।"

"झूठ-सच क्या मैंने तो उससे कुछ भी नहीं कहा। अपनी जिन्दगी के लिए क्या दो पल की मोहलत मुझे नहीं मिल सकती।"

सामने की सड़क पर बसें, कारें, स्कूटर, बाइक सब तेजी से भागे जा रहे थे। वे सब आगे दौड़े जा रहे थे, यह पीछे दौड़ लगा रहा था–"यदि ऐसी मोहलत पत्नी आपसे माँगने लगे तो..."

"मैं कुछ समझा नहीं।"

"आप मुझसे मिलने आए हैं और इसे दो पल की मोहलत बता रहे हैं। वह भी आपको बिना बताए किसी से मिलने चली जाए और..."

मैंने मार्क किया क्रोध में उसके नथुने कुछ फूले। कहा, "जाना चाहे तो जा सकती है।"

"कितने बेमन से कह रहे हैं न !"

"तो क्या खुश होकर कहूँ कि बीवी किसी और से मिलने चली जाए।"

"कितना बुरा लगा ? आप जिस दुनिया में जी रहे हैं वह आपके हाथों से छूटी जा रही है...लेकिन क्या उसे पकड़ सकते हैं ? क्यों न आपकी पत्नी से एक बार मिलकर यह पूछा जाए कि आप उनसे इतने बोर क्यों हो गए कि पचीस साल पीछे दौड़ने की जरूरत आ पड़ी।" मैंने कहा।

"उस कटखनी से मिलकर क्या करोगी ?"

"एक प्याला कॉफी और..." मैंने पूछा ?

"पिलवा दो...आज तो जहर भी पिलाओगी तो चलेगा।" मैंने कॉफी के लिए पैसे दिए। उसके आग्रह करने पर भी नहीं लिए। मुझे यह हमेशा अपमानजनक लगता है कि कोई पुरुष मेरे ऊपर पैसे खर्च करके अपनी श्रेष्ठता साबित करे।

कॉफी सिप करते हुए मैंने कहा, "आपको लगता है कि आपके मुहावरे पुराने पड़ चुके हैं। स्त्री का जहर पिलाना और आपका पी लेना और पत्नी का कटखना होना। ऐसा क्यों लगता है कि सारे संसार की स्त्रियाँ आपके लिए आपकी सुविधा से जब आप चाहें बदल जाएँ। आप कब बदलेंगे ?"

"तुम्हारे जीवन में ऐसा क्या फ्रस्ट्रेशन है कि इतनी तल्खी है। एक मामूली-सी बात ही तो है कि तुमसे मिलने आ गया।"

उसने रूमाल निकालकर अपना चेहरा पोंछा।

"देखिए काला हो गया ?"

"हाँ, अब कहोगी मेरे दिल जैसा ?"

मैं जोर-जोर से हँसने लगी।

"क्यों हँस रही हो ?"

"एजम्पशन्स...अनुमान हमेशा सही नहीं होते। मैं तो सिर्फ प्रदूषण के बारे में कह रही थी। तो आपको अपनी पत्नी काफी कटखनी लगती है।"

"कटखनी क्या नान एडजेंस्टिंग।"

"ओह! तो उससे निजात क्यों नहीं पा लेते ?"

सामने से मेरा एक साथी जा रहा था। मैंने उसे बेव किया। नकुल पूछते-पूछते रह गया उसके बारे में। पजैसिवनैस !

वह अपनी उँगलियाँ चटकाने लगा फिर मुस्कराते हुए बोला, "उससे निजात पा लूँ। क्या तुम्हारा फैमिनिज़्म इसे एलाउ करता है।"

"मेरा फैमिनिज़्म तो इसे भी एलाउ नहीं करता कि आप अपनी पत्नी को छोड़कर किसी और से मिलें। और अब वे दिन भी नहीं रहे कि पत्नी की बुराई करके आप किसी अन्य के मन में जगह बना लेंगे। एज ओल्ड हथियार—लेकिन क्या करोगे, भोथरे हो चुके हैं। कोई स्त्री इन पर यकीन नहीं करती।"

"उम्मीद न थी।"

"किस बात की—ठहरो मैं बताती हूँ। तुम शायद यह सोचकर आए थे—मेरा तुम कहना बुरा तो नहीं लगा—तुम्हें लग रहा होगा कि मैं उन बीते हुए वर्षों की डोर थामकर अब भी तुम्हारे इन्तजार में बैठी होऊँगी। मीरा की तरह गा रही होऊँगी कि मेरे तो गिरधर गोपाल दूसरा ना कोई—हमेशा मीरा चाहिए—आँसू बहाती हुई—तड़पती हुई—एक कमजोर औरत—जिससे जब चाहो पीछा छुड़ा लो—विवाह के वक्त तुम्हारी पत्नी तुम्हारी सबसे बड़ी उपलब्धि थी। उसके पिता ने तुम्हें मोटी रकम दी थी। वह खूबसूरत थी।

"आज वह कटखनी हो गई—जीवन की सबसे बड़ी गलती क्योंकि तुम जानते हो कि वह खूँटे से बँधी गाय है। तुम्हें छोड़कर कहीं नहीं जा सकती।" मेरा मन खौल रहा था—"नकुल सहदेव, मुझे सब कुछ याद रहा है, गुजरे हुए वक्त एक-एक लम्हा। मैं भावुकता से भरी वह लड़की भी नहीं जिसने तुम्हारे लिए ढेरों आँसू बहाए थे। और अब तो तुम्हें कोई शाप देने का मन भी नहीं करता। दरअसल शाप से जो भी रिश्ता बनता है, वह भी अब बचा कहाँ है ?"

मेरी आवाज़ में उभर आए हलके से कम्पन को पकड़ा था उसने, "तुम्हारे दुख को महसूस करता था, इसलिए चाहे पचीस साल बाद ही सही, दौड़ा हुआ चला आया तुम्हारे पास।"

"मेरे पास—अपनी पत्नी को छोड़कर—तुम्हें लगता है कि मैं कभी भी ऐसा होने दूँगी कि तुम मुझे छू भी सको।"

"कौन तुम्हें छूना चाहता है ? मैं—" वह हँसा।

"कहना चाहते हो मुझे छूकर क्या करोगे ! मुझमें अब बचा भी क्या है ? तो तुममें ही क्या बचा है ? आदमी हमेशा जवान बने रहते हैं और औरतें बूढ़ी हो जाती हैं, इस मिथ को तो नई खोजों ने तोड़ ही दिया है। और हाँ जान लो, यह कोई ओ हेनरी की कहानी नहीं है, जिसका अन्त हमेशा चौंकानेवाला हो। लेकिन मुझे तुममें रत्ती भर भी दिलचस्पी नहीं है। तुम मेरी जिन्दगी के हिस्से भी थे कभी इसे मैं भूल चुकी हूँ।"

मैं आगे बढ़ी। जानती थी किधर जाना है। पचीस साल के फासले को पाटने आया नकुल सहदेव वहीं खड़ा रह गया था।

(गूँज, 2003)

फादर

कामिनी का पत्र आया है।

इतने दिनों बाद, वर्षों तक न कोई पता न ठिकाना। आज एकाएक। बार-बार पत्र को उलटती-पलटती हूँ। उसके हैंड राइटिंग को पहचानने की कोशिश करती हूँ। सारी छात्राओं में उसी का हैंडराइटिंग ऐसा था, गोल-गोल घूमता हुआ। जैसे दूर तक अँगूठी में अँगूठी फँसकर एक सुन्दर लड़ी बन गई हो। अब भी राइटिंग वैसा ही है, उम्र ने उसके कीरम-काँटे कम कर दिए हैं। आदमी की मैच्योरिटी उसके चेहरे पर नहीं उसके राइटिंग में भी दिखाई देती है।

लिफाफे में भेजा पत्र दोनों तरफ से हाशिया मोड़कर लिखा गया है। यानी कि अब तक उसे याद है। लड़कियाँ उन दिनों अक्सर हाशिए छोड़कर नहीं लिखती थीं। उनकी लिखी एक-एक पंक्ति किसी बिगड़ैल घोड़े की तरह रास्ता छोड़कर इधर-उधर भागती दिखाई देती थी। तब मैंने ही उनसे कहा था कि हाशिया छोड़कर दूर-दूर लिखा करें। इससे उनका लिखा सुन्दर भी लगेगा, पढ़नेवाले को भी कोई परेशानी नहीं होगी। कामिनी को जिन्दगी की दौड़ में शामिल होने के बाद भी यह सब याद रहा, क्या पता और भी लड़कियों को याद हो।

कामिनी औसत कद की मामूली-सी साँवली लड़की। पत्र में लिखती है—दीदी, आपका फोटो अखबार में छपा देखा। मैं तो देखते ही पहचान गई थी। मैंने इनको भी दिखाया (यानी कि उसकी शादी भी हो चुकी है)। वहाँ से आपका पता भी मिला।

सच्ची कितने दिनों से आपका पता ढूँढ़ रही थी। पुराने कॉलेज से भी पूछा। लेकिन वे लोग इतना ही बता पाए कि आप तो भूटान चली गई हैं। कई बार सोचती थी कि क्या जिन्दगी में आपसे दोबारा भेंट नहीं होगी। आप भूटान चली गई थीं तो कम से कम अपना पता छोड़ जातीं—

कामिनी सच क्या है तुम क्या जानो ! मैं अपने आप से बचती फिर रही थी। जिन्दगी में ऐसा कुछ हो गया था, जहाँ किसी से मिलना नहीं चाहती थी। मैं तो तुम सबको छोटी-छोटी बातों से हिम्मत न हारने की बात सिखाती फिरती थी, खुद ही हिम्मत हार बैठी थी। खैर—कामिनी तुम मेरी बात नहीं सुन रही हो—देखूँ तो तुम्हारा पत्र आगे

क्या कहता है—'आपकी कृपा से मैंने बी.ए. अच्छे नम्बरों से पास कर लिया था। शादी के बाद बी.एड.कर ली। मेरे पति सेना में हैं और बहुत अच्छे भी। हर बात का ध्यान रखते हैं। आपकी यह बात सच हो गई कि दिन हमेशा एक जैसे नहीं रहते हैं। किसी की पूरी की पूरी जिन्दगी दुखों से नहीं भरी होती।

आप नहीं जानतीं कि आपने मुझे और मेरी जैसी लड़कियों को क्या दिया। आपने हम में आत्मविश्वास जगाया। खुद पर भरोसा करना सिखाया। आपसे पहले हमें किसी ने यह नहीं बताया था कि खुद पर भरोसा करना क्या होता है ? क्या कोई लड़की भी खुद पर भरोसा करके जिन्दगी जी सकती है। जिन्दगी के तमाम नियम, वर्जनाएँ उसे ठोक-पीटकर इतना बेढव बना देती हैं कि संसार की सभी लड़कियाँ यह सोचने लगती हैं कि वे क्योंकर इस दुनिया में आ गईं। उन पर कोई भरोसा नहीं करता, इसलिए वे खुद पर भी भरोसा नहीं करतीं।

हम जब आपके पूछे गए सवाल का जवाब नहीं दे पाते थे तो भी आपकी मुस्कराहट कम नहीं होती थी। आप कभी हमारा मजाक नहीं उड़ाती थीं। झिड़कती नहीं थीं। कहती थीं—'हमें सब याद है। सब आता है शायद हम भूल रहे हैं।' और सच हमें सब कुछ याद भी आ जाता था। किसी पेपर में नम्बर कम आते थे और हम मुँह लटकाकर आपके सामने जाते थे तो आप ही स्नेहभरे स्वर में कहती थीं—'अरे इस बार कम नम्बर आए हैं तो क्या अगली बार आ जाएँगे। इतने नम्बर आ सकते हैं तो आगे इससे भी अच्छे आ जाएँगे। कोशिश करो। जो नहीं आता मुझसे पूछो।' आप ही का दिया गुरुमन्त्र तो था—थिंक पाजिटिव। अच्छा सोचोगे तो अच्छे बनोगे, अच्छा करोगे। दूसरों का कितना भी बुरा सोच लो बुरा नहीं होता। अपना ही खून जलता है। अगर किसी के बुरा सोचने से कुछ होता तो अब तक सारी दुनिया खत्म हो गई होती क्योंकि हर किसी के बारे में कोई न कोई बुरा सोच रहा है। किसी भी बुरी बात या घटना को आप कैसे हँसकर टालती थीं—'हो सकता है, इसमें भी कुछ अच्छाई छिपी हो।'

आपको अंग्रेजीवाली मिस मदान तो याद होंगी। जब भी वह हमारी क्लास में आतीं तो उनका पहला ही वाक्य होता—'तुम जैसी मूर्ख लड़कियाँ अंग्रेजी का एल्फाबेट्स भी नहीं सीख सकतीं तुम्हें तो सी.ए.टी.कैट, कैट माने बिल्ली तक नहीं पता।' कभी-कभी आपके नाम का जिक्र आते ही वह विफर पड़ती थीं—'मैं शालिनी वर्मा नहीं जो तुम जैसे कूड़े को सिर पर बिठाकर रखूँगी। वह गांधीजी की चेली है तो क्या सारी दुनिया गांधीजी की चेली है। और किसने देखे हैं गांधीजी, बनी फिरती है सती-सावित्री। सबको उसकी असलियत पता है।'

हमें याद नहीं पड़ता कि आपने कभी मिस मदान की बात पर रिएक्ट किया हो। जब कहा तब यह ही कि उनकी अपनी राय हो सकती है। शायद ठीक हो।

और सचमुच मिस मदान की बात कितनी सही थी हमारी क्लास की जितनी भी लड़कियों को वह पढ़ाती थीं, वे कभी अंग्रेजी में पास मार्क्स से ज्यादा नहीं ला सकीं।

दीदी, इस तरह पुरानी बातों को याद करूँगी तो यह पत्र नहीं, पूरा महाभारत हो

जाएगा। मैं अक्सर अपने पति को आपके बारे में बताती हूँ। मुझे लगता था आप कहीं खो गई हैं, अब आप मिल गईं—इस खुशी को कैसे बयान करूँ। मैंने इन्हें बुढ़ापे में मिस मदान के विवाह, उनके रँगे बाल और तगड़े मेकअप के बारे में भी बताया था। तब हम लड़कियाँ उन पर कितना हँसते थे ? आज सोचती हूँ तो लगता है शायद गलत हँसते थे। उनकी चिड़चिड़ाहट और कड़वेपन के कारण भी नजर आते हैं। लेकिन उन्हें देखकर हमें पता चला था कि हम कुछ नहीं कर सकते...जबकि आप...

इन दिनों हम अयोध्या में हैं। आप कभी आएँ। अच्छा छोटा-सा शहर है। अच्छा लगता है। कुछ अपना जैसा। मेरे पति का यहाँ से ट्रांसफर होनेवाला है। उम्मीद है इससे पहले आप आ जाएँगी। आपने इन्हें भी नहीं देखा है। यह आपसे मिलने को बहुत उत्सुक हैं—और फिर आपकी नातिन—आप आएँगी न ?

आपके पत्र की प्रतीक्षा में—कामिनी।

उसका पत्र मेज पर पड़ा मुझसे पूछा रहा है—'जाओगी अयोध्या।'

'कामिनी तुम्हें अयोध्या क्यों अच्छी लगती है ? तुम तो विधर्मी हो। दीवार पर लगी अतुल और अनुराग की तस्वीरें। उनकी हँसती हुई आँखें पूछ रही हैं—'आओगी।'

कितने साल हुए, कामिनी का चेहरा। उसकी खामोशी। एक दिन जब बोर्ड के फार्म भरे जा रहे थे वह अपना फार्म मेरे पास ले आई थी। उसमें पिता का नाम लिखना था। उसने उस कॉलम की तरफ इशारा किया तो मैंने कहा, "क्या दिक्कत है, भरो अपने पिता का नाम ?"

"जी मेरे पिता नहीं हैं।"

"पिता नहीं हैं—ओह मगर उनका नाम तो पता होगा।"

"जी नहीं पता।"

"क्या मतलब ?"

"मुझे तो अपनी माँ के बारे में भी नहीं मालूम। बचपन से ईसाई मिशनरियों में पली-बढ़ी हूँ। वहाँ के फादर डेविड ने ही हमें अपना नाम दिया।" कहते हुए वह छत की ओर देखने लगी थी। फिर उसने अपना मुँह फेर लिया था। मेरे मन में उस वक्त उसके लिए क्या उपजा था ? दया, सहानुभूति नहीं, फादर डेविड के लिए कृतज्ञता। तभी मेरी समझ में आया था कि इस स्कूल में डेविड सरनेम की इतनी लड़कियाँ क्यों पढ़ती हैं ?

मेरे मुँह से निकला था—'तो तुम फादर डेविड का ही नाम क्यों नहीं लिखतीं ?'

"हम लिख सकते हैं।" उसने थरथराते हुए पूछा था ?

"क्यों नहीं लिख सकतीं ?"

"मगर सब कहते हैं, हमें अपने असली पिता का नाम लिखना चाहिए।"

"असली पिता !" गुस्से से मेरे नथुने फड़क उठे। "असली पिता तो तुम्हारे फादर डेविड ही हैं, जिन्होंने तुम्हें पाला-पोसा-बड़ा किया। वह नहीं जिसने तुम्हारी माँ को धोखा दिया। उसे मजबूर किया कि वह दुनिया के डर से तुम्हें अनाथालय में छोड़ दे।"

मेरी बात सुनकर कामिनी बिना कुछ बोले वहाँ से चली गई थी। उसने फार्म में पिता के स्थान पर फादर डेविड का नाम ही लिख दिया था। ऐसा उसके साथ की कई लड़कियों ने किया था।

लेकिन यह बात चारों ओर फैल गई थी और कुछ इस तरह से प्रचारित की गई थी कि मैं लड़कियों को ईसाई बना रही हूँ। देखते-देखते यह बात पूरे स्कूल ही नहीं, पूरे शहर का मुद्दा बन गई थी। अखबारों ने इसे खूब उछाला था। अध्यापिकाओं ने मेरे खिलाफ धरना दिया था। कई राजनीतिक दलों के नेताओं ने कहा था कि मैं मिशनरियों और उससे भी ज्यादा सी.आई.ए. की एजेंट हूँ। उस छोटे शहर में सी.आई.ए. का नाम शायद ही किसी ने सुना था इससे पहले। बात इतनी बढ़ी थी कि लड़कियों ने मेरी कक्षा में आना छोड़ दिया था। अध्यापिकाओं ने लड़कियों का ज्ञापन मैनेजमेंट, शिक्षा मन्त्री और प्रिंसिपल को दिलाया था। प्रिंसिपल सोचती थीं कि मैं लड़कियों के बीच लोकप्रिय हूँ। इसलिए कहीं उनकी जगह न ले लूँ। इसलिए उन्होंने एक दिन मुझे बुलाया था। मेरी बहुत तारीफ की थी। फिर कहा था कि वह मुझ जैसी टीचर को हमेशा अपने साथ रखना चाहतीं हैं लेकिन मैनेजमेंट, शिक्षा मन्त्री, नगर के लोग और विद्यार्थी मेरे खिलाफ हैं। ऐसे में कोई झूठा-सच्चा आरोप लगाकर मुझे निकाला जाए, इससे बेहतर है कि मैं खुद ही यहाँ से छोड़कर चली जाऊँ।

मैंने वहीं बैठे-बैठे अपना त्यागपत्र लिखा था और बाहर निकल आई थी। शाम को मैंने वह शहर छोड़ दिया था। किसी को भी नहीं बताया था कि कहाँ जा रही हूँ ? चलते-चलते मुझे कामिनी और अन्य लड़कियों की भी याद आई थी। लेकिन अब उनसे मिलने का भी कोई फायदा नहीं था। बेकार में वे दुखी होतीं। पहले ही वे इस गिल्ट से काफी परेशान थीं कि उनके कारण मैं इस मुसीबत में फँस गई हूँ। कोई रास्ता सुझाई नहीं दे रहा था। सोचा कुछ दिन अतुल और अनुराग के पास चली जाती हूँ। एक ही चिन्ता बार-बार दिमाग को मथ रही थी कि अब उनका क्या होगा ? माता-पिता जब एकाएक डेंगू से चल बसे थे तब अतुल नौ साल का था और अनुराग ग्यारह का। तब से बस उसके इर्द-गिर्द ही मेरी दुनिया बस गई थी। वे पढ़-लिखकर अपने पाँवों पर खड़े हो जाएँ यही एक कामना थी।

दोनों पढ़ाई में अच्छे थे। जब भी छुट्टियों में आते कहते, “आपने बहुत कर लिया। बस हम कुछ करने लगें तो आपको कुछ नहीं करने देंगे।”

जब मैं वहाँ पहुँची तो दोनों बहुत खुश हुए थे। एक गेस्ट हाउस में ठहर गई थी। गेस्ट हाउस के लम्बे-चौड़े परिसर को देख मुझे अपनी बीती जिन्दगी याद आती। अकेलेपन के बारे में सोचती। लेकिन दोनों भाइयों के ठहाके याद आते ही सोचती, ‘मैं अकेली कहाँ हूँ। ऐसे भाइयों के होते कौन अकेला हो सकता है ?’

वहीं मैंने एक अखबार में भूटान जाने के लिए विज्ञापन देखा था। मेरे पास कोई और रास्ता नहीं था। मैंने एप्लाई किया था और नौकरी मिल गई थी।

लेकिन मेरे दुर्भाग्य का अन्त कहाँ ? भूटान जाने के कुछ दिनों बाद ही एक पूजा

स्थल की दीवार को बनाने को लेकर दंगे भड़क उठे थे। किसे मालूम था कि जिन अतुल और अनुराग को लेकर मैं इतने सपने बुन रही हूँ, वे इतने बेरहमी से मार दिए जाएँगे। वे अपने होस्टल वापस लौट रहे थे और दंगाइयों की चपेट में आ गए थे।

ऐसी त्रासदी सिर्फ फिल्मों या कहानियों में होती है लेकिन यह मेरी जिन्दगी में हुई थी। बिना कसूर के मुझे नौकरी से निकाल दिया गया था कि मैं लड़कियों को ईसाई बना रही हूँ। मेरे भाई हिन्दू होने के कारण जिन्दा जला दिए गए थे। किसी ने नहीं सोचा था कि ऐसा क्यों हुआ ? और सिर्फ मेरे ही साथ क्यों, हजारों वे जो दंगों में बेघर-बार होते हैं, अपने लोगों को खोते हैं, उनके साथ भी ऐसा होता है। कोई उनके आँसुओं को नहीं देखता। देखा तो सिर्फ यह जाता है कि कितने हिन्दू मरे, कितने मुसलमान, कितने ईसाई। न्याय सबको एक तुला पर तोलता है तभी तो चौरासी के दंगाई कोई सजा नहीं पाते।

तुम मुझसे मिलकर क्या करोगी कामिनी ? मैं वह नहीं हूँ जो कहती थीं—'थिंक पॉजिटिव।' मैं तो वह हूँ जो हर उस चीज से नफरत करती हूँ जो हमारे ऊपर जबर्दस्ती लाद दी गई है। मैं नफरत करती हूँ धर्मों से। ढोंग से। ईश्वर के दरबार से, जहाँ कहा जाता है कि सब बराबर हैं। लेकिन कोई बराबर नहीं है। सबसे ज्यादा ऊँच-नीच, छोटा-बड़ा वहीं है। मुझे चिढ़ हो उठी है वोट देने से। जानती हो, मैंने इन इतने वर्षों में कभी वोट नहीं दिया है, जब से मनुष्य वोटों में तब्दील हुआ है, तब से उसका गला काटने और उसमें तरह-तरह के डर भरने के खूनी रास्ते निकाले जा रहे हैं। धर्मों की लड़ाई भी ऐसी है। और अक्सर जब यह लड़ाई छिड़ जाती है तो कहा जाता है कुछ स्वार्थी लोगों ने लड़ाई भड़का दी। वे स्वार्थी क्या कहीं बाहर से आते हैं ? क्या वे विदेशी होते हैं ? नहीं, वे हममें से ही होते हैं। हम सब इन दिनों एक-दूसरे का खून पीने को आतुर हो चले हैं।

सच कामिनी, तुम्हारा पत्र पाकर मुझे भी बहुत अच्छा लगा। तुम जीवन में सैटिल हो गई, घर मिल गया और सबसे अच्छी बात एक अच्छा पति जो इन दिनों दुर्लभ है।

मैं जब उस शहर को छोड़ रही थी, तब तुम्हें बताना चाहती थी कि जो कुछ हुआ कामिनी उसमें तुम्हारा या किसी और का कोई दोष नहीं। किस्मत का भी नहीं। सारे बुरे हादसों को किस्मत के फर्श के नीचे सरकाकर हम बच निकलते हैं। हम कभी उन्हें चुनौती नहीं देते। मैं तो उन परिस्थितियों की शिकार हुई जो लगातार, हमारी पीठ के पीछे सक्रिय रही हैं। और मौका मिलते ही टूट पड़ती हैं। फिर मैं तो एक स्त्री थी आसान शिकार।

लेकिन तुम अपनी बेटी को ऐसा मत बनने देना। उसके मन में यह बात कभी न आए कि वह लड़की है, पराई है। जो चाहे उसे छलनी कर सकता है।

'माफ करना मैं कभी किसी तीर्थ में नहीं जाऊँगी। मैं किसी धर्म की झंडाबरदार नहीं बनूँगी। यदि अगला जन्म कोई होता हो तो मैं ऐसे जन्म की कल्पना करूँगी जहाँ

कोई लड़की तुम्हारी तरह सड़क पर नहीं फेंक दी जाएगी। जिसे कभी अपने पिता की तरह किसी दूसरे का नाम नहीं लिखना पड़ेगा।'

कुछ दिन पहले औरतों की स्थिति पर मेरे जो विचार, फोटो और पता लिखा था उसी से कामिनी यह पत्र लिख पाई।

(वनिता, 2001)

बेघर

बालकनी अब भी तप रही है।

नंगे पाँव खड़ा नहीं हुआ जा सकता।

सुमन सामने के घर से आती लोहे पीटने की आवाजों को सुनने की कोशिश करती हैं। एक मजदूर घर के बाहर की ग्रिल को ठोक-पीटकर ठीक कर रहा है।

ड्राइंगरूम में विनी का बड़ा-सा चित्र लगा है। जींस, टी-शर्ट पहने ऐसा लगता है वह जल्दी में है। सुमन जब-जब इस चित्र को देखती हैं विनी के चेहरे पर छाए तनाव को पकड़ने की कोशिश करती हैं। न जाने कितने लोगों से उन्होंने यह बात कही है कि विनी के चेहरे के तनाव को देखो। पर कोई वहाँ तक नहीं पहुँचता—कहीं ऐसा तो नहीं कि इसी तनाव की वजह से वह—

उनकी बात पर कोई यकीन नहीं करता। लोग सोचते हैं उनकी आदत हो गई है, हर बात में नकारात्मक अर्थ खोजने की। टी.वी. के ऊपर अमन की तस्वीर रखी है—गोरा-चिट्टा, उड़े हुए बाल, हलका-सा खुला मुँह।

यदि विनी को जाना ही था तो कम-से-कम बेटे का दुख तो साथ न लेकर जाती। अमन की याद में ये चार साल उसने कैसे घुट-घुटकर बिताए, फिर खुद भी नहीं रही।

सुमन जब सोचती है उनके आँसू थमते नहीं। अस्पताल के बिस्तर पर उसके वे आखिरी चार दिन। खबर मिलते ही वह पहली फ्लाइट से पुणे जा पहुँची थीं। हालाँकि यह बात उनकी समझ से बाहर थी कि नाक से खून बहने में इतनी गम्भीर बात क्या हो गई कि विनी अस्पताल में है। एअरपोर्ट पर विजय ने जो बताया तो उनके होश उड़ गए। उसे ब्रेन हैमरेज हुआ था।

उस आई.सी.यू. वार्ड में वह घुसीं तो विनी आँखें खोले दरवाजे की तरफ ही देख रही थी। 'चलो होश में तो है।' सुमन ने अपने मन को सांत्वना दी। वह उसे देखकर मुस्कराईं। लेकिन मुस्कराहट का जवाब अगर मुस्कराहट से न मिले तो—उन्होंने उसके सिर पर हाथ फेरा। बड़ी बहन और माँ का स्पर्श साथ-साथ, "क्या हाल है ?" कोई जवाब नहीं, कोई होश भी नहीं। एकदम बेपहचान। उन्हें घबराहट होने लगी। उसका हाथ छुआ तो उसने हाथ कसकर पकड़ लिया। कोई बेहोश व्यक्ति हाथ की छुअन को

कैसे पहचान सकता है।

रातभर वह उसके सिरहाने बैठी रहीं। विजय को उन्होंने घर भेज दिया था। वह घर और बच्चों की चिन्ता करे। वह अस्पताल में सब सँभाल लेंगी। सुबह के वक्त थोड़ी देर आँख लगी फिर चौंककर उठ बैठीं। घड़ी की सुइयों की खिस-खिस सिर में हथौड़े की तरह पड़ रही थी।

नर्स विनी का टेम्परेचर ले रही थी। उसके दिल की धड़कनें मशीन पर हरे धब्बों में बदलकर भाग रही थीं।

बड़े बेटे की मौत पर कैसे डिप्रेशन में चली गई थी। तब डॉक्टर ने ही कहा था कि उसे ठीक करने का तरीका एक और बच्चा ही है। लेकिन विनी, वह तो तैयार ही नहीं थी—"एक और बच्चा ! क्या वह अमन हो सकता है ? नहीं मुझे कोई बच्चा नहीं चाहिए। नहीं चाहिए, नहीं चाहिए।" लेकिन फिर अमिता का जन्म।

विजय की नौकरी ऐसी थी कि वह हफ्तों के लिए बाहर चला जाता था। जिस दिन उसे लौटना होता वह बच्चों की तरह एक्साइटेड हो जाती। बार-बार रेलवे स्टेशन या एअरपोर्ट फोन करती। उसे हमेशा शक बना रहता कि गाड़ी जरूर लेट हो जाएगी या हवाई जहाज सही वक्त पर लैंड नहीं करेगा। उस पूरे दिन वह ऐसे भागती-दौड़ती जैसे घर में कोई मेहमान आनेवाला है। विजय की पसन्द के धोबी से धुले साफ चादर। हर चीज करीने से अपनी जगह। उसके लिए आए एक-एक फोन का हिसाब-किताब। उसकी चिट्ठियाँ। उसके प्रेस हुए कपड़े। बाथरूम का धुला तौलिया और महकते अंडरगारमेंट्स। उसकी पसन्द का खाना। घर में नौकर-चाकर थे। लेकिन विजय और बच्चों के लिए खाना वह खुद ही पकाती थी। उनकी एक-एक जरूरत का हिसाब रखती थी।

एक बार सुमन जब उसके पास एक हफ्ते के लिए रहने गई तो यह देख-देखकर हैरान होती रही कि क्या यह वही लड़की है जो सुबह उठाए से नहीं उठती थी। इसकी अलमारी घूरे का ढेर नजर आती थी। और खाना पकाना सीखने के नाम पर कहती थी कि वह ब्रेड एंड बटर के सहारे ही जिन्दगी गुजार लेगी।

सचमुच क्या यह वही विनी है। सब कहते थे कि विजय के माता-पिता और उनसे ज्यादा विनी के अपने माता-पिता कि विजय ने विनी को बदल दिया है। कोई यह नहीं कहता था कि यह उसकी अपनी हिम्मत है कि बदल लिया है खुद को। लड़कियाँ खुद को बदल लें तो भी श्रेय कहीं और चला जाता है।

सुमन ने एक दिन कहा भी था—"तू तो बिलकुल घर घुस्सू हो गई है। लगता है, इस घर से बाहर तेरी कोई दुनिया ही नहीं।"

"क्या करूँगी घर से बाहर कोई दूसरी दुनिया बसाकर। यह दुनिया क्या कम भरी-पूरी है। मुझसे किसी ने नहीं कहा था कि शादी करूँ, घर बसाऊँ, बच्चे पैदा करूँ। घर ठीक से नहीं चलेगा तो आप लोग ही कहने लगेंगे—" उसके घर की बेल बजी। वहाँ धोबी खड़ा था। उसने पैसे के हिसाब की कापी निकाली। एक-एक रसीद स्टेपल

की हुई उसमें लगी थी।

धोबी के जाने के बाद सुमन ने कहा था, "तुझे याद है तू कितने पैसे खोती थी। कितनी बार पर्स गिराकर आई।"

"हाँ, दीदी ये सब बीती बातें हैं। उस विनी को ढूँढ़ोगी तो अब कहीं नहीं मिलेगी।" पता नहीं उसकी इस बात से सुमन को ऐसा अहसास हुआ कि कहीं किसी तरफ, मन के बन्द कोने में कोई तकलीफ छिपी हुई थी जिसे वह किसी से शेअर नहीं करना चाहती थी।

उनके मुँह से निकला था, "तू खुश तो है।"

"तुम्हें खुश नहीं लगती।" उसने वापस सवाल पूछ लिया था, "खुशी अपने मन में होती है। बाहर तलाश करने निकलो तो वह कहीं नहीं मिलती। एक क्षण को लग सकता है कि यह खुशी हमारी अपनी खुशी से बड़ी है। लेकिन होता तो वह छल ही है, भ्रम ! जो कभी न कभी टूट जाता है।"

"नहीं, इसलिए नहीं पूछ रही। आज तुझे देखकर कौन कह सकता है कि तू हॉकी की नेशनल टीम की कैप्टेन रह चुकी है। किसी के कहने की क्या जरूरत। वैसे भी पास्ट इज पास्ट। अतीत को पकड़ने के चक्कर में हम वर्तमान में भी जहर घोल लेते हैं।" उसने कहा था।

आज भी क्या उस विनी को ढूँढ़ा जा सकता है, जिसकी आँखें स्थिर हैं। डॉक्टरों ने उम्मीद छोड़ दी है। कहा है, "बस प्रार्थना, प्रार्थना।"

लेकिन सुमन की प्रार्थना इस वक्त ईश्वर क्यों सुनेगा ? उनके अपने माता-पिता ने भी नहीं सुनी थी।

"लड़का बनिया, हम वामन। बनियों के घर लड़की देंगे और वामन होकर उनके पाँव छुएँगे।" सुमन के एम.ए., पी.एच.डी. पिता ने यह कहा तो वह स्तब्ध रह गईं। बात अभी खत्म नहीं हुई थी—"लड़कियों को हमने लड़कों के बराबर इसलिए पढ़ाया-लिखाया नहीं था कि वे हर बात में अपनी मर्जी चलाएँ। खेलने-कूदने का मतलब यह तो नहीं कि माता-पिता के सिर पर ही रोड़ी कूटी जाए।"

विनी एक ज्वाला, "देख लो दीदी, यही पिता जी हैं न जो सक्सेना अंकल की बेटी के क्रिश्चियन लड़के से शादी पर कैसी बातें करते थे कि अगर लड़का-लड़की एक-दूसरे को पसन्द करते हैं तो क्या जात-बिरादरी का क्या धर्म ?"

"तू चुप रह। यह शुरुआती गुस्सा है। बाद में सब ठीक हो जाएगा।" उन्होंने उसे चुप किया था।

"कुछ ठीक नहीं होगा। मुझे पढ़ना-लिखना खेलना-कूदना किसलिए सिखाया जानती हो, इसलिए—वैसे ही जैसे बकरे को काटने से पहले कसाई उसे खूब खिलाता-पिलाता है। मोटा-तगड़ा करता है।"

विनी अड़ गई थी। सुमन ने ही उसके विवाह का इन्तजाम किया था। कुल चार-पाँच लोग। कोर्ट में शादी। कोई आशीर्वाद या मंगलकामना तक नहीं, न लड़केवालों

की तरफ से न लड़कीवालों की तरफ से। सुमन ने ही उसे अपनी लाल पटोले की साड़ी पहना दी थी। उस सादगी में भी वह कितनी आकर्षक और सुन्दर दिख रही थी।

धीरे-धीरे सब नार्मल भी हो गया था लेकिन विनी नहीं भूली थी। भूलना वह जानती ही नहीं थी। कोई भी कड़वी बात उसे वर्षों तक मथती रहती थी, परेशान करती थी। जब अपने माता-पिता भी विजय की तारीफ करते तो वह कभी उसमें हिस्सेदारी न करती। उसे झूठ और फरेब से नफरत थी।

सात बजे तो सुमन ने तौलिया उठाया। गीला करके उसके मुँह को पोंछा। हाथ-पाँव पोंछे। बाल सँवारे।

प्रार्थना बस, प्रार्थना ! क्या पता कोई चमत्कार हो जाए। सचमुच जीवन में कभी चमत्कार होते हैं। मृत्यु को इतने नजदीक से देखने पर सिर्फ चमत्कार ही याद आते हैं। सारा यथार्थ गायब हो जाता है।

विजय चाय लेकर आ गया। सुमन की इच्छा नहीं थी।

बोला, "पी लीजिए। रात भर की जगी हैं। अब मैं यहाँ हूँ। ड्राइवर बाहर है। आप घर चली जाइए। थोड़ी देर आराम करके लौट आइएगा।"

"नहीं विजय। कैसा आराम। इससे दूर जाकर तो बस—यहीं रहने दो मुझे। जिन्दगी भर आराम ही तो करना है ?" अपनी आवाज़ की उदासी को वह खुद ही नहीं पहचान सकीं।

"मुझे किसी ने एक होमियोपैथ के बारे में बताया है। उसकी दवा यदि दस दिन तक माथे पर लगाई जाए तो ब्रेन हैमरेज ठीक हो जाता है।"

"तो देर क्यों कर रहे हो। अभी चले जाओ। अभी, क्या पता यही कोई चमत्कार हो।"

"ठीक है, मैं चला जाता हूँ। तीन-चार घंटे लग जाएँगे। आपसे पूछना था, मम्मी-पापा को इन्फार्म कर दूँ।"

"कर दो। पर पहले दवा लेकर आओ।" वह व्यग्र हो उठीं। क्या पता विनी का जीवन अभी बचा हो। मरते-मरते जी उठने की इतनी कहानियाँ। शायद अपने जीवन में कोई घटना सच साबित हो जाए ? विनी उनकी अपनी बेटी जैसी ! हूक उठती है। क्या सचमुच यह यों देखते-देखते चली जाएगी। सामने-सामने इसके निशान नहीं मिलेंगे। घर में चलती पार्टी के बीच नाक से खून बहने लगा। मामूली बात—वह इतनी बड़ी बन गई। क्या पता सुबह तक इन्तजार न करके उसी वक्त अस्पताल ले आया जाता तो कुछ हो जाता। उसकी आँखों की यह अजनबियत बर्दाश्त नहीं होती सुमन से। बचपन में स्कूल से लौटकर वह सुमन की ही गोद में छिप जाती थी। माँ के पास तो जाती ही नहीं थी। सुमन सबसे बड़ी, विनी सबसे छोटी। वही उसे तैयार करतीं। रिबन बाँधकर फूलवाली चोटी बनातीं। उसे खाना खिलातीं। स्कूल छोड़कर आतीं। किसी बच्चे से खटपट हो जाती तो वही फैसला कराने जातीं। होमवर्क करातीं। उसका रिजल्ट लातीं। इस सबके साथ-साथ अपनी पढ़ाई करतीं। विनी उनकी पूँछ बनी पीछे

लगी फिरती। नवीं-दसवीं तक जब वह बाजार जातीं तो वह उनकी उँगली पकड़कर चलती।

कॉलेज में जब वह पढ़ाने लगीं तो विनी को भी अपने यहाँ दाखिला दिलवा दिया था। वह घमंड में फूली-फूली फिरती। वह एक अध्यापिका की सगी बहन है। साथ पढ़नेवाले विद्यार्थियों पर रोब झाड़ती। हॉकी लेकर सबको धमकाती। यह उसमें नया पैदा हुआ आत्मविश्वास था। उनकी शादी पर तो उसने रो-रोकर घर सिर पर उठा लिया। विनी को यकीन ही नहीं था कि सुमन उसे छोड़कर भी जा सकती है। पति अनिरुद्ध से तो उसने दुश्मनी ही ठान ली थी। अनिरुद्ध की मीठी बात भी उसे झिड़की लगती। जब सुमन उसे समझाने की कोशिश करतीं तो वह लड़ने लगती, लड़ते-लड़ते रोने लगती, "हाँ, हाँ अब तुम्हें मैं क्यों अच्छी लगूँगी।" वह उसे गले से लगा लेतीं, "क्यों बचपना करती है विनी तू ? अच्छा, चल मेरे साथ चल।"

लेकिन वह अड़ जाती, कभी साथ जाने को राजी न होती ? फिर अगले ही दिन घर आ धमकती। उसकी पजैसिवनैस को अनिरुद्ध भी अच्छी तरह समझते थे। इसलिए जब वह आती तो वह दूसरे कमरे में सो जाते।

धीरे-धीरे विनी ने नई स्थिति से समझौता कर लिया था। अनिरुद्ध को अब वह ऐसा खलनायक नहीं समझती थी जो उसकी बहन को उससे छीन ले गया था।

वही विनी आज जीवन और मौत के बीच झूल रही है। सुमन कुछ नहीं कर सकतीं। उनके दिमाग का खालीपन। लगता है जो कुछ हो रहा है वह किसी और के साथ हो रहा है। बुरी घटनाओं से बचने का तरीका ! एक आश्वस्ति। पर कुछ भी आश्वस्त नहीं करता। सिर्फ प्रतीक्षा, किसी अघट की।

अनिरुद्ध भी बस आते होंगे। कल जब उन्हें उसकी बीमारी की गम्भीरता का पता चला तो उनकी आवाज़ के कम्पन को सुमन महसूस कर सकीं। विनी की शादी विजय से हो जाए इसके लिए अनिरुद्ध ने भी कोई कम प्रयास नहीं किए थे। पर उनके समझाने-बुझाने का भी कोई असर नहीं पड़ा था किसी पर। रूढ़ियाँ और जड़ता किसी भी तर्क को नहीं मानतीं।

उधर विजय के माता-पिता ! उन्होंने विनी से क्या कुछ नहीं कहा था—तू वेश्या है। तू कालगर्ल है ? तूने हमारे कमाऊ पूत को फँसा लिया है। उसके रास्ते से हट जा नहीं तो तेरी शक्ल बिगाड़ देंगे।

घर के सामने आकर इतनी गाली-गलौज की थी कि सारा मोहल्ला इकट्ठा हो गया था। एक तरफ विजय के माता-पिता उसका शिकार करने पर तुले थे, दूसरी तरफ उसके अपने माता-पिता भी कौन से कम थे।

एक लड़की अगर अपनी जिन्दगी के बारे में खुद फैसला लेने लगे तो वह कितनी अकेली होती है। उसे आसानी से खत्म किया जा सकता है।

विनी में तब इतना साहस कहाँ से आ गया था। बात-बात पर आँसू बहानेवाली वह लड़की इतने उपद्रवों और भावनात्मक तूफानों के बावजूद राक ऑफ जिब्राल्टर कैसे

बना रही थी ?

जिस सच की कल्पना कर-करके हम डरते रहते हैं, उससे अगर बिलकुल वैसे ही सामना हो जाए जैसा हम सोचते हैं तो मन कितना काठ हो जाता है। इस 'किसी और' में कितनी सन्तुष्टि छिपी है। जो कुछ बुरा है वह सिर्फ दूसरों के साथ घटे।

विजय के लौटने का वक्त नहीं हुआ अब तक। तीन बज रहे हैं। विनी के साथवाले बिस्तर का बच्चा कैंसर से मर चुका है। उसके घरवालों की चीखें अस्पताल में गूँजती हैं। क्या पता विनी की बेहोशी इतनी चीखों से टूट जाए।

माता-पिता चल ही दिए होंगे। उसके सास-ससुर भी। वैसे तो अब कोई आए कोई जाए, क्या फर्क पड़ता है? जो जीवन इतना मान-अपमान तिरस्कार झेलता है, उसे ही खत्म होने में कितना कम वक्त लगता है ?

तभी दरवाजे पर वह अनिरुद्ध को खड़ा देखती है। ओठ काँपते हैं। आँखों में धुँधलका छा जाता है 'नहीं-नहीं उन्हें रोना नहीं है।' उन्हें तो सांत्वना देनी है सबको। सांत्वना ! जिसका कोई विकल्प नहीं।

अनिरुद्ध के साथ विनी के सास-ससुर और माता-पिता भी हैं। अनिरुद्ध एक तरफ ले जाकर पूछते हैं, "डॉक्टर क्या कहते हैं ?" सुमन के मुँह से कोई आवाज़ नहीं निकलती। वह सिर्फ ना में सिर हिलाती हैं।

अनिरुद्ध की लम्बी साँस और मुँह से निकला, "ओह गाड।" चारों बूढ़ों के चेहरों पर मुर्दनी छाई है।

डॉक्टरों की टीम विजिट पर है। नर्स सबको बाहर चले जाने को कहती है। सुमन बाहर जाते-जाते विनी की ओर देखती हैं। उसकी आँखों में कलवाली चमक नहीं तो क्या—यह विजय अभी तक दवा के साथ कहाँ है ! क्या मालूम वह डॉक्टर मिला है या नहीं ! अथवा वह दवा ही...कहीं दवा का स्टाक ही खत्म न हो गया हो।

सब बाहर बैठे हैं। माँ के चश्मे पर बार-बार ओस जैसी बूँदें नजर आती हैं—वह रो रही हैं चुपके-चुपके। क्या यह भी आ रहा होगा मन में कि अपनी ही सन्तान के साथ उन्होंने कितना अन्याय किया ? अब क्या यह पछतावा जीवन भर पीछा छोड़ेगा ! अभी तो वह दिखाई भी दे रही है—कल शायद...

सामने से विजय आता दिखाई देता है। चाल में तेजी। उड़े बाल। चेहरे पर घबराहट। वह आकर सुमन को गहरे कत्थई रंग की शीशी पकड़ाता है, "इसे आप विनी की कनपटियों पर हर आधा घंटे बाद लगाती रहिए।"

"लेकिन अन्दर नर्स या डॉक्टर मना तो नहीं करेंगे।"

"आप पूछ लीजिए।" विजय माता-पिता से मिलने बढ़ जाता है। सुमन अन्दर दौड़ जाती है। डॉक्टर-नर्स दवा लगाने को मना नहीं करते। अनिरुद्ध भी साथ आते हैं।

सुमन विनी के दवा लगाती जाती हैं। साथ-साथ हनुमान चालीसा का पाठ करती जाती हैं। कहते हैं न कि रोग-मुक्ति के लिए हनुमान चालीसा का पाठ करना चाहिए।

रात के दस बजे हैं। विनी की अधमुँदी आँखें अब पूरी तरह से बन्द हो चुकी हैं।

सुमन दौड़कर सिस्टर को बुलाती हैं। सिस्टर डॉक्टर को। मन करता है पूछें, क्या सचमुच अब कुछ नहीं हो सकता। नहीं पूछतीं, नहीं। विनी तुम्हारे लिए अब कोई आशा क्यों नहीं है। इस दुनिया से इतना बेगानापन।

हमारी चाहना भर कितनी अजीब है जब हम उस तक पूरी तरह पहुँचते हैं, उससे खुद से कितनी दूर निकल जाते हैं। जिसे पाना कहते हैं क्या सच वह पाना है, या खुद से मुँह छिपाने का एक तरीका भर।

विजय से विवाह नहीं होने देना चाहता कोई—उसके बहाए इतने आँसू—उसकी मुँदी हुई पलकें अब कभी उनका भार ढो सकती हैं। उनके बेटे की अकाल मृत्यु! उसके नन्हे बच्चे जिन्हें नहीं मालूम कि माँ किसे कहते हैं। बेटे के जन्म दिन के लिए मँगाई सफेद लाल पाड़ की साड़ी हेंगर में झूल रही है—विजय ने बताया था।

डॉक्टर के पास आकर कहता है,"आपके घर के अन्य लोग।" विनी के सरहाने खड़े अनिरुद्ध यह सब सुन रहे हैं। हड़बड़ाहट में पूछते हैं—"क्या बात है डॉक्टर।"

अस्पताल की मटमैली दीवार पर एक छिपकली रेंग रही है विनी की साँसों की तरह।

डॉक्टर अनिरुद्ध की तरफ देखता है। थोड़ी देर के लिए खामोशी छा जाती है। डॉक्टर अपने शब्दों के वजन को नाप-तोल रहा है, "आप आइए मेरे साथ।" अनिरुद्ध पीछे मुड़कर सुमन को देखते हैं। व्याकुल आँखों से। कहीं तहखाने में कोई मशीन चल रही हो तो ऊपर का फर्श जैसे थरथराने लगता है, बिना भूचाल आए, वैसा ही कुछ सुमन को लगता है। कल तक, नहीं रात तक, ठीक से याद नहीं दोपहर तक, सब कुछ गड्ड-मड्ड हो रहा है। विनी के दिल की धड़कन हरी स्क्रीन पर चमकते सितारों के रूप में किसी धावक की तरह दौड़ रही थीं। आज वे किसी थके-हारे मनुष्य की तरह आ-जा रही हैं।

अनिरुद्ध लौटकर सुमन के पास खड़े हो जाते हैं। उसके कन्धे पर हाथ रख कहते हैं, "सुमि, हिम्मत से काम लो।"

हिम्मत ! यानी कि बिना कहे सब कुछ समझ जाती हैं वह।

"अब—कितनी देर बची है।"

"डॉक्टर का कहना है कि बी.पी. नीचे हो रहा है। हार्ट बीट स्लो हो गई है। बॉडी दवाओं को रिस्पांड नहीं कर रही है। शायद आधा घंटा..."

आधे घंटे में विनी है से थी हो जाएगी।

आँखें साथ छोड़ देती हैं। वह खिड़की के पास आकर खड़ी हो जाती है। माता-पिता आएँ उससे पहले जितना रो सकती हैं, रो लें। कोई उन्हें न देखे।

अनिरुद्ध बाहर जाकर लौटते हैं तो विजय साथ है। वह विनी के माथे को चूमता है जैसे कह रहा हो—अलविदा।

वह उनके पास धीमे कदमों से आता है—उनके कन्धों पर सिर रखकर बच्चों की

तरह बिलखने लगता है, "इसे इतनी जल्दी क्या थी ? इस तरह उजाड़कर कोई जाता है।"

वह कहना चाहती हैं, "जब भी कोई जाता है किसी न किसी की दुनिया उजड़ती ही है।"

एकाएक उनकी नजर मशीन की स्क्रीन पर जाती है। अरे, वहाँ कोई हलचल नहीं। वह चीखकर कहती हैं, "अनिरुद्ध डॉक्टर को बुलाओ।"

डॉक्टर आता है—नब्ज देखता है। स्टेथस्कोप लगाता है। फिर कहता है, "मैंने कहा ही था..."

विनी खामोश हो चुकी है। उसकी दुनिया का अन्त हो चुका है। क्या पता इससे अलग कोई दुनिया होती भी है या नहीं। हम अक्सर दूसरी दुनिया के बारे में सोचते रहते हैं।

सब तरफ हाहाकार मचा है।

बच्चों को विजय ने अपने दोस्त के घर भेज दिया है। बच्चे यही समझें कि उनकी माँ कहीं यहीं है। सुमन को यह नहीं भाता, 'बच्चे क्या सोचेंगे जिन्दगी भर उनकी माँ कहाँ चली गई।'

"बच्चे सब जान जाएँगे अपने आप। उनके पास बहुत सारी आँखें होती हैं जिनसे वे सब जान जाते हैं।" अनिरुद्ध समझाते हैं।

माँ रोते-रोते अपनी सुध-बुध खो देती हैं।

विनी की माँग में सिन्दूर चमकता है। वह दुल्हन की तरह सजी है। "मैंने इसे दुल्हन बनाकर विदा नहीं किया था ! इसलिए..." पिता बिलख रहे हैं।

और कोई वक्त होता तो सुमन पिता को ढाढस बँधाने पहुँच जातीं। लेकिन इस वक्त वह मन-ही-मन कहती हैं, "सुन रही है विनी तू। पश्चात्ताप के लिए किसी का मरना जरूरी है।"

उन्हें लगता है विनी वहाँ आसमान में, फिर नीचे उतरकर पार्क में या सड़क के किनारे पीठ पर बस्ता लटकाए, वही नन्ही लड़की जिसके बालों में वह रिबन बाँधती थीं, उनकी आँखों से ओझल हो गई हैं।

पूरे छह महीने हो गए विनी को गए।

ग्रिल को ठोकने की आवाज़ अब नहीं आ रही।

उसकी मृत्यु पर जब सुमन लौटी थीं तो यह तय करके कि अब कभी उस शहर में पाँव नहीं रखेंगी जिसने उनकी बहन को छीन लिया।

लेकिन प्रतिज्ञाएँ अक्सर अधूरी रह जाती हैं। उन्हें यह भी पता चला था कि विजय ने उसकी मृत्यु के ठीक नौ दिन बाद बेटे का जन्मदिन धूमधाम से मनाया था—उसका मन खौल उठा था, इस लड़के के लिए उसने अपनी सारी इच्छाएँ खत्म कर दीं और सिर्फ नौ दिन में वह इसकी स्मृति से गायब हो गई ! बेटे का जन्मदिन मनाने के लिए जो साड़ी उसने खरीदी थी उसे पहनकर उसकी अर्थी निकली और यह—मन किया अभी

फोन करें और इतनी जली-कटी सुनाएँ।

अनिरुद्ध ने समझाया था, "छोड़ो। दूसरों के छोटेपन को देखकर क्या हमें भी उतना ही छोटा हो जाना चाहिए ? फिर हममें और दूसरों में अन्तर क्या रहा ?"

फिर पाँच महीने बाद विजय खुद आया था। घर न आकर वह होटल में रुका था। वहीं अनिरुद्ध उससे मिलने गए थे। सुमन तो इस तेवर से ही हैरान थी। हर शाम, हर सुबह उसकी यहाँ बीतती थी और अब–परायापन हमारे मनों के अन्दर बैठा होता है, जब मौका मिलता है सफलतापूर्वक बाहर निकल आता है। गुस्से में सुमन ने उसे फोन तक नहीं किया था।

रात को लौटकर अनिरुद्ध ने कहा था, "मैं जो कहने जा रहा हूँ उस पर तुम रिएक्ट नहीं करोगी।"

"जानती हूँ यही न विजय शादी करने की सोच रहा है।"

"अरे–लेकिन–" अनिरुद्ध चकित हो उठे–"तुम्हारी बात हुई है विजय से।"

"बात क्यों हुई होगी ? मैं बात करना नहीं चाहती। जो अपनी पत्नी के साथ बिताए वर्षों को भूलने में एक हफ्ता नहीं लगाता, उसके लिए छह महीने तो छह सालों से भी अधिक हैं।"

"सुमि तुम्हारा गुस्सा जायज है। लेकिन अकेले अपने बल पर वह बच्चों को पाले भी कैसे ? कोई सहारा चाहिए न !" "हाँ तुम लोग कितने प्यारे बहाने गढ़ते हो। विजय की जगह विनी होती तो दो बच्चों की जिम्मेदारी के बावजूद शायद ही कोई उससे पूछता कि क्या कोई सहारा चाहिए उसे। उससे तो यही उम्मीद की जाती कि वह पूरी जिन्दगी विजय के नाम की माला जपते हुए गुजार दे। यहाँ छह महीने बिताना भारी पड़ गया।"

कई दिन तक सुमन का मन उखड़ा रहा। बार-बार सोचतीं, "जिनके लिए हम जिन्दगी गुजार देते हैं, जिम्मेदारियों के सलीब ढोते-ढोते बूढ़े हो जाते हैं, उनके लिए हम कितने गैरजरूरी भी होते हैं।"

फिर एक दिन उन्होंने अनिरुद्ध से कहा, "अगर विजय पर बच्चे इतने भारी हैं तो मैं उन्हें ले आती हूँ। हम पाल लेंगे।" अनिरुद्ध हँसे, "कैसी बातें करती हो। बच्चे वह तुम्हें क्यों देगा ? उसके बच्चे हैं।"

"लेकिन पूछने में कोई हर्ज है ?"

"ठीक है। लेकिन पहले अपने मन को तैयार कर लो। क्या इतनी बड़ी जिम्मेदारी तुम उठा सकती हो।"

सुमि जब पुणे के लिए चलीं खुद से ही सवाल करती रहीं कि क्या सचमुच उठा पाएँगी यह जिम्मेदारी। अगर कहीं कुछ अधूरा रह गया तो–

यहाँ आकर जब उन्होंने विजय से अपने मन की बात कही थी तो वह हँसा था, "दीदी, जानता हूँ आप विनी को कितना प्यार करती थीं। उसकी इच्छा थी कि बच्चे बोर्डिंग में पढ़ें। मैंने उन्हें सबसे अच्छे बोर्डिंग स्कूल में डाला है।"

"बोर्डिंग में बच्चे ! तभी उन्हें दिखाई नहीं दिए तो फिर यह दूसरी शादी, इसके

लिए बच्चों का बहाना क्यों ?"

क्या पता विनी की आखिरी इच्छा क्या थी ! चलने लगीं तो कहा, "विजय क्या मैं विनी की इस फोटो को ले जा सकती हूँ।" विजय ने खुद ही फोटो उतार दी। दीवार पर तस्वीर के चिह्न ही रह गए। विनी का कोई निशान भी नहीं बचा। अब कोई नहीं जानेगा कि यह घर कभी विनी का था इस नाम की कोई लड़की यहाँ रहती भी थी।

(सखी-प्रवेशांक)

बराबर

चार्टर्ड बस में प्रगति मैदान से बहुत-सी सवारियाँ चढ़ीं। वे इतनी भीड़ में भी वहाँ बिला गईं, यह देखकर आश्चर्य होता था। पाँच फुट का एक लड़का ऊपर आया। उसके बाल लम्बे और माथे से चिपके हुए थे। उसी के पीछे एक लड़की आई। लड़का थोड़ा तिरछा हुआ। लड़की थोड़ी आगे बढ़ी और केबिन की तरफ पीठ कर शीशे की दीवार का सहारा लेकर खड़ी हो गई। लड़की गोरी थी। साँवले लड़के के साथ खड़े होकर वह और भी गोरी दिखती थी। उसकी कलाइयाँ गोल थीं जो किसी छोटी-मोटी सेठानी का लुक देती थीं। लड़की के नाक-नक्श बंगाली लड़कियों जैसे थे, लेकिन जिस तरह वह बोल रही थी उससे वह बंगाली नहीं लगती थी। या हो सकता है यहीं दिल्ली में पली-बढ़ी हो।

लड़की के सादगी से भरे कपड़े—मैरून रंग के कुर्ता-सलवार और मटमैली सूती चुन्नी उस पर खूब फब रही थी।

"इस सुरंजन का दिमाग खराब है।" लड़के ने कहा।

"हाँ।" लड़की धीमी आवाज़ में बोली, "कोई दिन भी तो ऐसा नहीं जाता जब उसका किसी न किसी से पंगा न होता हो। पहले मुझे भी उस पर बहुत गुस्सा आता था। हमेशा अपना रोब जमाने की कोशिश में रहता है।"

"रिलैक्स, गुस्सा करने का कोई फायदा नहीं होता। हर ऑफिस में ऐसे लोग होते हैं। बेचारा फ्रस्टेटेड है। सोचता है जो कुछ उसे मिल रहा है, वह उससे कहीं अधिक का हकदार है।"

"हाँ, लेकिन लेटर आन आई फाउंड दैट ही हैज ए हार्ट ऑफ गोल्ड।"

"हुँ-हुँ..." लड़के की जुबान लड़खड़ाई। उसे दूसरे लड़के की तारीफ लड़की के मुँह से सुनना कुछ अच्छा नहीं लगा। लेकिन उसने एक कुशल खिलाड़ी की तरह अपने आपको सँभाला, "हाँ, हाँ, यू आर एबसोल्यूटली राइट। मैंने भी महसूस किया है कि वह दिल का इतना बुरा नहीं है। अब दफ्तर की परिस्थितियों के बारे में क्या किया जाए, सब जगह एक जैसी हालत है।"

फिर लड़के ने अपने बालों को एक झटका दिया। बाल अड़ियल घोड़े की तरह उसी जगह लौट आए। लेकिन उसने कमान नहीं छोड़ी और सुरंजन ने प्रसंग को तीर की

तरह दूर अन्तरिक्ष में उछाल दिया। उसके सामने रहते हुए किसी दूसरे लड़के का नाम लड़की की जुबान पर आए तो उस जैसे रणबांकुरे के जीवन का क्या अर्थ !

"तुम्हारा स्टेट्स जाने का विचार है ?"

"देखो।" लड़की ने कमिट नहीं किया। फिर हँसी, "बिल क्लिंटन के आने से आजकल सबके मुँह पर यू.एस.ए. ही है।"

"ओह नो यार, बिल क्लिंटन हो या बिल गेट्स अपने को क्या फर्क पड़ता है।" टु हैल विद दैम। मैं तो एक और बात कह रहा था।" "क्या ?" लड़की चौकन्नी हुई।

"तुम्हें पता नहीं है, यहाँ आने से पहले मैं एक अमेरिकन कम्पनी को ज्वाइन कर रहा था। वहाँ जाते ही फौरन अमरीका चला जाता। मेरे सात-आठ दोस्त अमरीका में हैं।"

"तो फिर क्यों नहीं गए ?" लड़की की आँखों में अविश्वास तैरा।

"पता नहीं मुझे लगता है, आदमी को धीरे-धीरे टाप पर पहुँचना चाहिए। अगर बीस साल की उमर में तुम्हें ट्वंटी थाउजेंड बक्स मिलने लगे तो तुम चाहोगे कि पच्चीस में चालीस मिलें और तीस पर तो पूरे दो लाख। नो एंड टु इट। यह तो अपनी मोमबत्ती को दोनों तरफ से जलाना हुआ।"

लड़की उसकी बात सुनकर जोर-जोर से हँसी। वह इतनी हँसी कि उसकी छोटी आँखें डबडबा आईं। बस रिंग रोड पर तेजी से दौड़ रही थी। अगल-बगल से सीएलो, मारुति, सैंट्रोज, ट्रक, स्कूटर जा रहे थे। बस वाला पैसे कलैक्ट कर रहा था।

लड़का बुद्धिमान था। उसने लड़की की हँसी के अर्थों को पकड़ा, "लगता है तुम मेरी बातों का विश्वास नहीं कर रही हो। अरे बाबा, सिर्फ मैं ही नहीं, हम सात-आठ लड़कों ने मिलकर यह फैसला किया था। मैं उन्हें तुमसे मिलवा सकता हूँ।"

"अरे कोई जरूरत नहीं।" कहकर लड़की हँसती रही। हँसती ही रही।

लड़के ने हलके से लड़की को घूरा जिसका उसे पता भी नहीं चला। उसके घूरने में किसी भी तरह इस हँसी की मुसीबत से निकलने और लज्जा से बचने की बात भी छिपी हुई थी।

कि अचानक लड़के ने बात बदली, "बुड्ढे का क्या हाल है ?"

"ठीक है।" लड़की फिर गम्भीर हो गई।

"तुमने कहा कि नहीं उसकी याददाश्त कमजोर है।"

"हाँ, कहा था।"

"ध्यान रखना, जब तुम्हें कुछ पैसे देने की बात हो वहाँ अक्सर बुढ़ऊ की याददाश्त चली जाती है। और जब कुछ लेना हो तो साल भर पहले का बिल और उसका एमाउंट याद रहता है। चाहे वह चार पैसे का हो।"

"अरे रहने दो यार, इतना बुरा भी नहीं है बेचारा।"

"हाँ तुम्हें तो हर ऐरे-गैरे का हार्ट भी गोल्ड का लगता है।" वह सुरंजन की तारीफ अभी तक भूला नहीं था।

लड़के के छक्के से लड़की हैरान रह गई और आँखें मिचमिचाकर उसकी

पजेसिवनैस के अर्थ खोजने लगी।

"अच्छा ये तो बताओ तुम्हें कुछ आर्टीकल्स पढ़ने को दिए थे अंडरलाइन करके।"

"हाँ दिए थे। मैं भी जाकर बहुत सीरियसली उस आर्टीकल्स को डिस्कस करने लगी। मैंने तो यहाँ तक कह दिया कि हम अपनी कम्पनी के पोटेंशियल्स का पूरा इस्तेमाल नहीं कर रहे।"

"आग लग गई होगी बुड्ढे को। फिर क्या कहा ?" लड़का चहका।

"कहते क्या ! अपने को डिफेंड करने लगे कि नहीं ऐसा नहीं है। वैसा नहीं है।"

"अरे जब मैं पढ़ता था न ! तो मेरा भी एक खूसट टीचर था। उससे सब थर-थर काँपते थे। एक दिन उसने क्लास में एक सवाल हल किया। मैंने कह दिया कि सर आपने सवाल गलत हल किया है। यह सुनना था कि टीचर बौखला गया। बोला कि तुम कौन हो ? अपने को अल्बर्ट आइंस्टाइन समझते हो। मुझे भी न जाने क्या हो गया था कि मैं बिलकुल नहीं डरा। मैंने भी कह दिया कि सर अगर मैं अल्बर्ट आइंस्टाइन नहीं तो उनसे कुछ कम भी नहीं। अपनी क्लास का टॉपर हूँ। उस पूरे पीरियड में क्लास में बहुत तनाव रहा। लेकिन फिर अगले दिन आकर उसने पूरी क्लास के सामने मुझसे माफी माँगी। कहा कि मुझे खुशी है कि तुमने मेरी गलती पकड़ी वरना तो मैं गलत-सलत कुछ भी पढ़ाऊँ, यहाँ कोई कुछ बोलता ही नहीं है। सब गूंगे-बहरों की तरह बैठे रहते हैं। उस दिन वह सचमुच बहुत खुश हुए। बस वह दिन था कि इंस्टीट्यूट का आखिरी दिन मेरा जूता वहाँ हमेशा पुजता रहा।"

लड़के ने अपनी तारीफ की लेकिन लड़की का चेहरा भावहीन ही बना रहा। लड़का जिस गति से अंग्रेजी बोलता था, लड़की उससे दुगुनी धाराप्रवाह अंग्रेजी बोलकर उसे पछाड़ देती थी। यद्यपि उसकी अंग्रेजी और उसके कपड़े इस जमाने के हिसाब से मेल नहीं खाते थे।

लड़का बोलता था लड़की सुनती थी। लड़की बोलती थी, लड़का उसकी बात को बिना पूरी हुए ही कहीं और ले उड़ता था। उसे आश्चर्य था कि लड़की की आँखों में अभी तक एक बार भी उसके लिए प्रशंसा नहीं कौंधी थी।

कि लड़की ने कहा, "दैट इज व्हाट यू आर डूइंग विद श्वेता नाउ ए डेज।"

"ओह यस, ओह यस...अब देखो अगर तुम टीचर हो तो तुम्हें टीचर की तरह बिहेव करना चाहिए। टीचर की तरह ही लगना चाहिए। श्वेता अपने आपको कुछ अधिक स्मार्ट समझने लगी थी। जो भी अपने आपको ओवर स्मार्ट समझता है उसे सबक सिखाने में बहुत मजा आता है।"

उसकी बात को पूरा न होने देने की जिद ठाने लड़की ने कहा, "मैं इस ऑरगनाइजेशन में मिसफिट हूँ।"

"यह तो एक अच्छी बात है। अगर कोई अपने को मिसफिट समझता है तभी वह चेंज के बारे में भी सोचता है। यह तो प्रोग्रेस का एक ग्रेट साइन है।"

"लेकिन ऐसा सोचने से बहुत डिप्रेशन होता है। किसी काम में मन नहीं लगता।"

"तुम्हारी उम्र पर डिप्रेशन। क्यों मजाक करती हो ? ऐसा करो कि शादी कर डालो।"

"अजीब तर्क है।" लड़की झल्लाई और उसने दुपट्टे से अपना मुँह पोंछ लिया, "इस उम्र में डिप्रेशन ठीक नहीं है और शादी ठीक है। माफ कीजिए फिलहाल मैं अपने प्रिंस चार्मिंग की तलाश में नहीं हूँ।"

"ठीक कहती हो। नो टाइम फार रिलेशनशिप्स।" लड़के की आवाज़ में नाराजगी और ठंडी आहें एक साथ थीं।

इस बीच बस में भी क्या कुछ घटित नहीं हो चुका था। नोएडा मोड़ के तेज़ घुमाव पर दो लोग एक-दूसरे से टकराने के कारण आपस में भिड़ते-भिड़ते बचे थे। एक औरत ड्राइवर पर कैसेट बदलने और आवाज़ धीमी करने के लिए दहाड़ चुकी थी। दो लोगों ने व्यंजना का इस्तेमाल करते हुए कंडक्टर से कहा था कि क्या अगली सदी तक यह बस उनके घर तक पहुँचा देगी क्योंकि इससे अच्छा तो बैलगाड़ी में बैठना होगा। सिलेटी रंग का सूट, गोल्डन फ्रेम का चश्मा, पालिश किए हुए जूते, शैम्पू किए बाल, जेब में चमचमाता पैन लगाए लड़का कंडक्टर से इस बात के लिए काफी हुज्जत कर चुका था कि उसके पास किराए के लिए दस रुपए नहीं हैं। बदले में कंडक्टर ने उसे बुरा-भला कहा था। बस से उतारने की धमकी भी दी थी लेकिन लड़का असंपृक्त भाव से ऐसे बैठा रहा था जैसे उसने कुछ सुना ही नहीं। क्यों सुने जब दस रुपए बच रहे हैं और फ्री में यात्रा अलग से।

कंडक्टर पैसे इकट्ठा करता बढ़ता-बढ़ता हमारे नायक-नायिका तक भी आ पहुँचा। लड़के ने तत्परता दिखाई और बीस रुपए उसके हाथ में थमा दिए। लड़की ने पर्स खोला और दस रुपए लड़के को पकड़ाने लगी।

लड़के ने रुपए नहीं पकड़े। कहा, "अब हो गया न ! रख लो इन्हें अन्दर।"

"नहीं मुझे यह अच्छा नहीं लगता कि कोई मेरा किराया दे।"

"चलो अगली बार तुम मेरा किराया दे देना।"

"नहीं सबको अपना-अपना किराया देना चाहिए। आय बिलीव इन ईक्वलिटी।"

"अरे तुम दस रुपए में ईक्वलिटी की बात कर रही हो।"

"दस रुपए या लाखों रुपए। बुरा मत मानना मेल ईगो इस बात से बहुत सैटिसफाइड होती है कि वह साथ चलती लड़की के ऊपर पैसे खर्च कर दे। लेकिन मैं जब तुम्हारे साथ काम करती हूँ, तुम्हारे बराबर पैसे कमाती हूँ तो अपने लिए तुमसे पैसे क्यों खर्च कराऊँ।" लड़की की चमकीली आँखों और बिना लिपिस्टक लगे कुछ मोटे ओठों ने अपनी बात पूरी की थी।

"जैसा तुम कह रही हो मैं वैसा नहीं हूँ। साथ-साथ रहने में ईगो की बात कहाँ से आ गई। खैर इसके बदले तुम मुझे कल खाना खिला देना।"

"खाना भी खा लेना।"

"भी क्यों ?"

"भी इसलिए कि यदि तुम दस रुपए न भी देते तो खाना तो खिला ही सकती हूँ।" लड़की इस बार जोर से हँसी।

"ओफ तुम लड़कियाँ, तुम्हें समझना कितना मुश्किल है।" लड़का पीछे मुड़ा और उतरकर चला गया। उसका स्टाप आ चुका था।

('अमर उजाला' कहानी विशेषांक)

दोस्त

घर के पास कुआँ था—पक्की जगत का। कुएँ से थोड़ी दूर एक छोटी पोखर थी। पोखर के पार एक बहुत बड़े कोल्ड स्टोरेज की दीवार थी। उस दीवार के भीतर दो खजूर के पेड़ थे जो पत्तों को अक्सर डैनों की तरह फड़फड़ाते रहते थे। कुएँ और पोखर के बीच एक गूलर का पेड़ था, जिस पर असंख्य चींटें घूमते रहते थे। एक नीम और एक पीपल भी था। सर्दी के दिनों में पीपल के पत्ते फड़-फड़ करते। दीवारों को छूती साँय-साँय करती हवा और मुन्ना की चीखें—माँ, माँ। पोखर में एक बहुत बड़ा मेढक रहता था। कहते हैं क्योंकि कथा कही जाती है, सुनी जाती है और फिर उसके अनेक अर्थ हो जाते हैं—तो कहते हैं कि मेढक तीन साल की एक लड़की की सोने की अँगूठी निगल गया था।

माँ के शब्दों में यह अँगूठी पान के आकार की थी। उसमें लाल नग जड़ा था। आज कोई उसे दिल का आकार कहता, लाल नग को रक्त ! उम्र के साथ बदलते सन्दर्भ।

मेढक ने अँगूठी क्यों निगली थी ? अपनी प्रेमिका को देने के लिए या दुष्यन्त और शकुन्तला की कोई कहानी वहाँ भी लिखी जानेवाली थी ? एक के बाद एक बनतीं-बिगड़ती कथाएँ। वे कहाँ से कैसे कब क्योंकर शुरू हो जाती हैं कहीं से भी, कहीं से भी खत्म होने के लिए। एक कथा कभी भी पूरी नहीं होती, जीवन की तरह उसमें बहुत कुछ जुड़ता चला जाता है, अधूरा रह जाता है। क्या पता वह मेढक किसी जीव विज्ञान के डिसेक्शन करते विद्यार्थी के हाथ लगा हो और उस विद्यार्थी को वह अँगूठी उसकी अँतड़ियों में फँसे सौभाग्य की तरह मिली हो। अथवा वह अपनी मौत मरा हो और अँगूठी उसके कंकाल में फँसी अब तक पोखर की गहराइयों में पड़ी हो। किस तरह कथा का अन्त और शुरुआत देखनेवाले की दृष्टि पर निर्भर करती है, मेढक का भी क्या कुछ वैसा ही हुआ होगा ?

नीम का पेड़, अपने पर इठलाता, पीपल और गूलर को चिढ़ाता, मुन्ना की चीखों से वह भी परेशान रहता था। पीपल मना क्यों नहीं करता था मुन्ना के परिवारवालों से। इस हड्डी कँपा देनेवाली ठंड में वे उसे रस्सी से बाँधकर, घर के भीतर आराम से

सो जाते थे। लानत है। एक आदमी ही दूसरे आदमी को कितना दुख पहुँचाता है--नीम के आँसू कोई नहीं देखता था। कड़वा है सबके काम आता है, पीपल पवित्र है, पूजनीय किसी के काम नहीं आता।

झूला, नीम पर झूला पड़ा रहता हमेशा। छोटी बच्ची जब मन में आता है झूलने लगती। बाकी बच्चे उससे ईर्ष्या करते। उसके घर के पास नीम है, उनके घर के पास क्यों नहीं। वह जब चाहे तब झूला झूल सकती थी। झूलते-झूलते थक जाती तो कुएँ की जगत पर बैठकर गिट्टू खेलती। भाई आकर डाँटते, "कितनी बार मना किया है फिर भी यहाँ बैठे बिना नहीं मानती। कुएँ में लुढ़क जाएगी किसी दिन।"

झूला पटली समेत हल्का-हल्का हवा में इठलाता रहता। बच्ची दिन के वक्त उस पर बैठ हवा से बातें करने की कोशिश करती। कभी दिन में नीले आकाश के बीच मद्धिम पड़े चाँद को देखती। कई बार झूले पर बैठे-बठे ही उसकी आँख लग जाती या कोई निबौली टूटकर गिरती जिसे वह कीड़ा समझकर चीख पड़ती। हमजोलियों के बीच वह झूला किसी जागीर से कम भी न था जिस पर उसका एकछत्र अधिकार था। स्वामिनी थी, वह उसकी मर्जी हो तो किसी को बैठने दे किसी को न बैठने दे। और कोई जोर-जबर्दस्ती करे तो एक पल में अपने भाई को पुकारे।

भाई को तो जब-तब पड़ोस वाली अटल चाची भी पुकारती थीं। जब-जब मुन्ना अपने आपे से बाहर हो जाता था। चाची का नाम क्या था कौन जाने ! अटल चाचा जी के नाम पर ही उनका नाम अटल चाची पड़ गया था। जब-जब मुन्ना को दौरा पड़ जाता था चाची आकर बड़े भाई को पुकारने लगतीं। अपने दिमागी फितूर में मुन्ना क्या कुछ नहीं करता था--सब कुछ तहस-तहस--प्रलय जैसे उस घर के आसपास आकर ठहर जाती थी। महाविनाश की आशंका से धरती डोल उठती थी। उसके भाई-बहन जहाँ जगह मिलती, छिप जाते। ऐसे ही एक दिन मुन्ना ने अपनी माँ पर जलती अंगीठी फेंकी थी। चाची तो बाल-बाल बच गई थीं मगर मुन्ना की उँगलियाँ, हथेलियाँ, कोहनी तक बाँहें जल गई थीं।

चाची भाई को पुकारती थीं। भाई अपनी बलिष्ठ भुजाओं से मुन्ना को पकड़ते थे। चाची दौड़कर नारियल की मोटी रस्सी ले आती थीं। मुन्ना को उससे बाँध दिया जाता था। फिर भाई उसे पीपल के पेड़ की तरफ खींचकर ले चलते थे। मुन्ना गुस्से में धाराप्रवाह गालियाँ देता था। भाई और अपनी माँ की पीढ़ियों को कोसता था। माँ के सामने पड़ जाती तो करुण स्वर में चीखता--अम्माँ-अम्माँ। वे आवाजें आज तक हवा में तैरती हैं। मुन्ना को भाई कसकर गूलर या पीपल के पेड़ से बाँध देते थे। उसे तब तक भूखा-प्यासा वहाँ बाँधकर रखा जाता था जब तक कि वह बिलकुल बेदम न हो जाता। कई बार तो उसकी जीभ बाहर निकल एक ओर लटक जाती थी। मुँह पर मक्खियाँ भिनभिनाने लगती थीं। रस्सी की कसावट से जगह-जगह से खून बहने लगता था। बेदम हुए मुन्ना को खोलने की जिम्मेदारी भी भाई की ही थी। वह उसे खोल ले। चाची उसे नहलाती-धुलातीं। फिर उसे खाना दिया जाता। खाना खाने के बाद वह सोता

तो सोता ही रहता। एक प्रक्रिया थी जो महीने में कई-कई बार चलती थी।

पोखर की लहरें मामूली सी हवा से थिरकती थीं और दूर-दूर तक फैले रेलवे स्टेशन के चारों ओर गूँजती गाड़ियों की सीटियाँ। धक-धक-धक...गाड़ी गुजर जाने के बाद पटरी पर कान लगाकर देर तक सुनी जाती उसकी आवाज। उन दिनों चीजें अदृश्य होकर भी अपने अर्थ नहीं खोती थीं।

मुन्ना सामने हो या न हो उसका अदृश्य डर चारों ओर समाया रहता था। अपनी माँ के ऊपर तो अँगीठी फेंक ही चुका था, क्या पता किसके साथ क्या कर दे ? रेल की वह अधूरी पटरी जो घर के सामने थी उस घर की तरह जहाँ सौभाग्य कभी पर नहीं मारता, उस पटरी पर कभी कोई गाड़ी नहीं आती थी। मुन्ना और छोटी बच्ची !

मुन्ना कहता—"तू मेरी दोस्त बनेगी।"

बच्ची की समझ में नहीं आता था दोस्त बनना क्या होता है ? क्या दोस्त गुड़ियों की तरह बनते हैं। पूर्वी की गुड़िया। पूर्वी का घर, दूसरे कोनेवाला। उसकी जाफरी से झाँककर कई बार देखा था उसके पास ढेर सारी गुड़िया थीं। पूर्वी ताँगे में बैठकर पढ़ने जाती थी। दूसरे बच्चे सोचते—'क्या वे भी कभी ताँगे पर बैठकर स्कूल जा सकते हैं। उनके पास भी कभी अलमारी भर खिलौने हो सकते हैं।'

"चल वहाँ पटरी पर बैठें।"

बच्ची वहाँ बैठ जाती। फिर मुन्ना सड़क पर पड़े पीपल के दो पत्ते उठाता। एक बच्ची को पकड़ता, दूसरा खुद कचर-कचर चबाने लगता—"ले तू भी पान खा।" एक दिन वह उस पत्ते को चबाने लगी कि माँ दरवाजे से बाहर निकली। उसने बच्ची को पान चबाते देखा तो दौड़ती हुई आई। हाथ पकड़कर घसीटती ले गई। घर के अन्दर ले जाकर दो तमाचे जड़ती हुई बोली—"तुझसे कितनी बार माना किया है कि उसके पास मत बैठाकर, मगर तू नहीं मानती। किसी दिन गरदन दबा देगा।"

"वह तो मेरा दोस्त है। पूर्वी की गुड़ियों की तरह।"

"चुप बड़ी आई दोस्त वाली। आज उसके कहने से पीपल का पत्ता खा लिया। कल उसके कहने से जहर खा लेगी। लेने के देने पड़ जाएँगे।"

'यह लेने के देने क्या होता है ?' बच्ची सोचती।

मुन्ना के घर में शोर मच गया एक शाम। पता नहीं क्या हो गया। क्या फिर मुन्ना ने कुछ कर दिया। किसी को चोट-फोट लग गई। क्या हुआ-क्या हुआ !

अटल चाची रोती हुई बाहर आई थीं—"अरे इससे तो मैं निपूती ही रह जाती। यह नासखोया तो पैदा न होता। कम से कम घर में ऐसी आग तो न लगती।"

पता चला था कि मुन्ना अटल चाचाजी की जेब से सारी तनख्वाह निकालकर ले गया था। उसने स्टेशन पर जाकर नोट हवा में उड़ा दिए थे। लूटनेवाले लूट ले गए थे। नोट जिनकी जेब में गए थे, उन्हें पता ही नहीं चला कि इस अपराध के लिए मुन्ना दो दिन भूखा-प्यासा डोलता रहा था।

"सुन।" एक दोपहर मुन्ने ने खिड़की से झाँक बच्ची को पुकारा। वह दौड़ी आई।

"देख।" बच्ची ने देखा एक बड़ा-सा गड्ढा था।

"मैंने खोदा है। साला अटल बिहारी आएगा तो इसमें गिरकर मर जाएगा। तब कितना मजा आएगा। हो-हो-हो।"

"चाचा जी मर जाएँगे, तब तुम रोओगे नहीं।"—बच्ची ने भोलेपन से पूछा ?

"नहीं रोऊँगा, नहीं रोऊँगा। और देख ये सब मेरे घर वाले मर जाएँगे तब भी नहीं रोऊँगा। तू, तू भी मत रोना।"

बच्ची को डर लगा। उसके बाबूजी भी रात में लौटते हैं। कहीं वह गड्ढे में गिर गए तो ? उसने जाकर माँ को बताया। माँ ने भाई को। भाई ने रात में चुपके से गड्ढा भर दिया।

सुबह मुन्ना जोर-जोर से हँस रहा था—"अरी, देख तो रात-रात में मेरे गड्ढे को कोई उठा ले गया।"

बच्ची स्कूल से लौट रही थी बस्ता झुलाते। दरवाजे में घुसने ही वाली थी कि मुन्ना आ गया। उसे जबर्दस्ती कुएँ के पास ले गया—"तूने कभी हँसिए को बोलते सुना है।"

"नहीं।"

"तो सुन।" वह कुएँ के अन्दर मुँह करके आवाज़ लगाने लगा—"हँसिया।" आवाज़ गूँजी—हँसिया। वह बताने लगा—"मैंने हँसिया कुएँ के अन्दर डाल दिया था। देख अब मुझे बुला रहा है। मैं उसे निकाल कर लाऊँ।"

"नहीं।" बच्ची डरते हुए बोली—"तुम घर चलो।" घर पहुँचकर बच्ची काँपने लगी। सारी बात सुनकर बाबूजी बोले फिर कभी तू उसके बुलाने से गई तो तेरा घर से निकलना बन्द कर दूँ। तुझे कुएँ में धक्का दे देता तो।

क्यों दे देता ? वह तो उसका दोस्त है। मोहल्ले के सारे बच्चे उससे डरते हैं। वह उनके पीछे ईंट लेकर दौड़ता है। लेकिन बच्ची को उससे डर नहीं लगता।

सब चिन्तित हैं। यह मुन्ना कोई औटपाय न कर दे। घरेलू उपचार। बेल का शर्बत। वह गिलास भरा शरबत सामने जाती कुतिया के सामने उड़ेल देता।

मुन्ना बाल्टी भर-भर पानी खींचने लगा। कुएँ के चारों ओर कीचड़ हो गया। उसकी उँगलियों से खून रिसने लगा। वह चीखने लगा, "आज इस कुएँ को खाली करके रहूँगा। अपना हँसिया बाहर निकालूँगा। वह कह रहा है कि मुझे बाहर निकालो।"

अटल चाची ने चुपके से उसकी खींची बाल्टी में हँसिया डाल दिया है। बच्ची की माँ बोली, "देख मुन्ना तेरा हँसिया निकल आया।"

"हँसिया निकल आया। साला डर गया होगा।" वह नाचने लगा।

मोहल्ले की जुटी भीड़ ने कहा, "यह तो पूरा पागल हो गया है। इसे तो अब अस्पताल ले जाना ही पड़ेगा।"

बाहर तेज़ हवा थी। मुन्ना पेड़ से बँधा था। रातभर बँधा रहेगा। उसे खाना नहीं मिलेगा। उसकी आवाज़ गूँजी चारों ओर। उसे पेड़ से बाँधा गया था जिससे वह इतना थक जाए कि अस्पताल ले जाते वक्त रास्ते में कोई उत्पात न कर दे।

"मुन्ना भूखा है कम्बख्त ने जिन्दगी भर दुख-पाने को जन्म लिया।" माँ दुखी थी। बच्ची चुपचाप, फ्रॉक में एक रोटी छिपाकर ले गई। पेड़ से बँधे मुन्ना के पास पहुँची लेकिन उसे खिलाए कैसे ? उसके दोनों हाथ पेड़ से बँधे थे। वह इतना लम्बा बच्ची इतनी छोटी कि उस तक नहीं पहुँच सकती।

"मुन्ना रोटी खाओगे?"

उसने हाँ कहा। वह भूखा था। कराह रहा था। बच्ची रोने लगी। वह क्या करे ? माँ से कहेगी तो वह उसे डाँटेगी। सब डाँटेंगे। अटल चाची, मुन्ना की बहनें—कोई नहीं आएगा।

ठीक है, मुन्ना नहीं खाएगा तो वह भी नहीं खाएगी। उसने रोटियों को अलमारी के नीचे छिपा दिया और सो गई।

सुबह उठकर देखा तो, मुन्ना कहीं भी नहीं था। उसे रस्सियों से बाँधकर अस्पताल ले जाया गया था। पूरे मोहल्ले में सब खुश हैं। एक पागल से छुटकारा मिला। बच्ची रोने लगी। रोते-रोते उसके मुँह से निकला—"मुन्ना भूखा था, रात भर का।"

('नवभारत,' रायपुर)

न्यूड का बच्चा

"एक्सपोजर मीन्स सर्कुलेशन मीन्स मनी मीन्स पावर मीन्स फेम ! अंडरस्टैंड !!... जब मैं अपनी कोर्ट डेट पर अदालत में गई तो वहाँ घंटों से लोग जमा थे। ट्रैफिक जाम हो गया। दफ्तरों में उपस्थिति आधी रह गई। बच्चे स्कूल नहीं गए। स्त्रियाँ घरों में नहीं टिकीं। दुकानदारों की दुकानें सूनी पड़ी थीं। सब मुझे देखना चाहते थे। यदि लोग मुझे नापसन्द करते होते तो ऐसा कभी हो सकता था ? यहाँ तक कि जज भी मुझे देखकर सकते में आ गया। इन मुट्ठीभर मारलिस्ट लोगों..."

वीनू उस फिल्म एक्ट्रैस के इंटरव्यू के इस हिस्से को कई बार पढ़ चुकी थी। उसके मुँह से बस एक ही बात निकलती, "वाह क्या हिम्मत है ! क्या वह भी अपने किसी नितान्त अभिन्न मित्र के बारे में जान-बूझकर पूछ सकती है, "फलाँ हूँ ?" यही बड़ा आदमी बनने के लक्षण हैं—कूल, कैलकुलेटेड, नान कमिटल, रूथलैस—हिन्दी में कोई चाहे तो भी इनके पर्याय नहीं ढूँढ़ सकता। जब महेश भट्ट अपनी बेटी के बारे में कह सकता है कि मेरी बेटी अपने शरीर का भरपूर इस्तेमाल करना खूब जानती है तो वीनू में ही भला ऐसे क्या सुर्खाब के पर लगे हैं। कुछ पाने के लिए कुछ न कुछ खोना पड़ता है। समझौते करने पड़ते हैं पर जिसे निम्न मध्य वर्ग के सो काल्ड वैल्यूज कहते हैं वे रास्ता रोक लेते हैं। जब से वीनू के पति की मृत्यु हुई है वह किसी ऐसे स्थायी काम की तलाश में है। ऐसा काम चाहिए जिसमें कुत्ते की तरह जीवन न जीना पड़े। ऐसे भी जीवन से क्या फायदा ! सुबह निकलो, दिनभर दफ़्तर में सिर खपाओ, फिर घर आकर घर के झंझट में उलझो और इसे कहते हैं स्त्री की आत्मनिर्भरता !

जिस दिन से उसने अकेले अपने बल पर इस रणक्षेत्र में उतरने की सोची एक-एक करके बहुत-से बिल्ले उतार फेंके। सबसे पहले सती-सावित्री का बिल्ला कूड़ेदान में डाल दिया। भोली-भाली लड़की की छवि कीकर के पेड़ पर लटका दी और सादगी को कहीं बहुत गहरे गाड़ दिया। लेकिन एक चीज जो उससे नहीं छूट पाई वह था उसका बच्चा। उसके बहुत से नए शुभचिन्तक कहते, "यार तुम अपने बेटे को होस्टल में क्यों नहीं भेज देतीं। वहाँ कुछ अच्छी अपब्रिंगिंग होगी। यहाँ तुम तो दिनभर रहती नहीं। यह बेचारा आयाओं के भरोसे कब तक जिन्दगी काट सकता है ? आयाएँ इसे क्या सिखा

सकती हैं।" दरअसल वह इस बात का पूरा ध्यान रखती थी कि जब उसका बेटा घर में हो तो कोई उससे मिलने न आए। उलट लें तो वह किसी के साथ हो तो उसका बेटा डिस्टर्ब न करे। लेकिन फिर भी कभी-कभी ऐसा हो जाता था। बेटे का रैनी डे। किसी नेता की मृत्यु। वह बीमार हो जाता और वीनू के सारे कैलकुलेशंस गड़बड़ा जाते थे।

अभी तक वह अपने बेटे को आफत की तरह नहीं ले सकती थी, (ओह फिर वही अच्छी माँ बनने की इच्छा) इसलिए उससे मुक्ति भी कैसे चाहती ? कहीं मन में यह अहसास था कि जब यह चार दिन की चाँदनी नहीं रहेगी, लेट नाइट पार्टीज में कोई घास नहीं डालेगा। लेकिन तब तक बहुत कुछ होगा उसके पास। धन-सम्पदा, सुविधाएँ और अपना बेटा भी। जो बड़ा होकर उसकी देखभाल करेगा। (बिचारे बेटे के पैदा हाते ही उम्मीदों का जुआ उसके कन्धों पर रख दिया जाता है जिसे उसे ढोना है जिन्दगी भर) लेकिन जब कभी वह मुँह अँधेरे लौटती और आया बेटे को तैयार कर रही होती तो वह उसकी भोली आँखों में उभर आई बहुत-सी जिज्ञासाओं का जवाब न दे पाती। तब, तब उसे लगता आखिर यह सब लाइजो वर्क वह कर भी किसके लिए रही है। इसी के लिए न ! इसकी पढ़ाई-लिखाई, रहन-सहन, खान-पान के लिए ही न। तब यदि इस भावुकता से मुक्त हो जाए कि बेटे को साथ रखना है तो ज्यादा अच्छा हो !

ऐसा नहीं है कि अतीत में उसे कभी भावुकता ने नहीं घेरा। वह परेशान नहीं हुई। रोई-धोई नहीं !

तब जब वह प्रेम करती थी और प्रेमपत्र गुलशन नन्दा के उपन्यासों के पृष्ठों में छिपकर यहाँ से वहाँ तक की सैर करते थे। तब जब वह कॉलेज जाने के बहाने पिक्चर हॉल में पहुँच जाती थी। सहेली को फोन करने के बदले पार्क की बैंच पर बैठी गुलाब का फूल हाथ में लिए मिलती थी।

फिर एक दिन ऐसा आया कि आसमान उसके स्टडी रूम में आ गिरा। माँ ने उसके प्रेमपत्रों के ढेर को तलाश लिया था। फिर उसके साथ भी वैसा ही हुआ था जिसे पर्दे पर देखकर सारे संसार की लड़कियाँ ही नहीं उनकी माताएँ भी आँसू बहाती हैं।

लेकिन यहाँ उसके आँसू बहते थे और माँ के थप्पड़ जूते, लात-घूँसे थे। एक दिन उसने सोचा, "मेरी माँ झुग्गी-झोंपड़ी वाली पिछड़े विचारों की प्रेम जैसी महान भावना को क्या जाने ?"

दुनिया की हर माँ अपने को सर्वश्रेष्ठ घोषित करने के चक्कर में अपनी लड़कियों को खूब दबाती है। उन्हें खूब सताती है। आखिर औरत ही औरत की दुश्मन होती है न ! तो ! क्या एक औरत ही दूसरी औरत को अच्छे सबक सिखा सकती है। बस उसने कुछ नहीं सोचा। अपने पैंसिल बॉक्स से परकार निकालकर कलाई में भोंक लिया। एक फिल्मी ड्रामे का अन्त भला फिल्मी क्यों नहीं होना चाहिए। उसने ठान लिया था कि वह मरेगी और दुनियावालों के साथ-साथ अपनी माँ को सबक सिखाएगी, देख माँ तूने

यहाँ नहीं मिलने दिया हमें। हम वहाँ मिलेंगे।

जहाँ तू चाहे भी तो नहीं पहुँच सकेगी। जहाँ हूरें सोने की तश्तरी में रखकर हीरे-मोती से जड़े गिलास हम प्रेमियों के सम्मान में पेश करेंगी। उनमें तेरी इस दुनिया का शर्बत या दूध नहीं बल्कि अंगूरों की लजीज शराब भरी होगी। शराब !

बहुत तेज़ गन्ध को वीनू ने महसूस किया। वह अपने मकसद में कामयाब हो गई थी तो...पहुँच गई थी जन्नत में। रणवीर कहाँ है ? कहीं जन्नत की किसी हूर के पास तो नहीं चला गया। उसने उठने की कोशिश की तो एक डाँट सुनाई दी, "उठो मत।" क्या हूरें ऐसे बोलती हैं।

उसने दूसरी ओर देखा नर्स सोने की प्लेट नहीं चिलमची लिए खड़ी थी। वहीं एक कोने में माँ बैठी थी।

"तो माँ यहाँ भी है।"

"अब तबीयत ठीक है न !" नर्स ने आकर पूछा तो उसका ध्यान सैलाइन की बोतल और कलाई पर बँधी पट्टियों की तरफ गया...कैसी जन्नत ! कहाँ की जन्नत ! उसने अस्पताल के गन्ध भरे तकिए में मुँह छिपा लिया।

माँ पास आ गई है, यह वह तकिए में मुँह छिपाए-छिपाए भी महसूस कर सकती थी। लेकिन माँ ने एक शब्द भी नहीं बोला। सांत्वना का एक शब्द तक नहीं।

तभी उसे सुनाई दिया, "ऐसा कर ही लिया था तो मर जाती। जितनी बदनामी झेली, उससे कुछ अधिक ही तो मिलती।"

उसने माँ की धीमी मगर कठोर आवाज़ सुनी। वह शायद इसलिए धीरे बोल रही थी कि कहीं दूर खड़ी नर्स उसकी बात न सुन ले।

यही मौका है। लोहा गर्म है मार हथौड़ा, "तो मर क्यों नहीं जाने दिया ? क्यों ले आई मुझे यहाँ ?" वह अपनी पूरी ताकत से चिल्लाई। नर्स दौड़ी आई तब तक माँ अकबका कर दूर जा खड़ी हुई। पापा कहाँ हैं ?

हो सकता है वह माँ से भी अधिक गुस्से में हों। अब क्या वह कभी "मेरी प्यारी अलि" कहकर नहीं पुकारेंगे ? और रणवीर वह कहाँ है ? उसे पता भी है या नहीं ? क्या उसे मालूम है कि एक लड़की ने उसके लिए जान कुर्बान करने की कोशिश की ?

हो सकता है कि वह पता होने पर भी पुलिस के डर से न आया हो। किसी लड़की के लिए आजकल कौन पुलिस के चक्कर में पड़ना चाहता है ! क्या पता, देखकर भी न पहचाने ?

आया भी होगा तो उसे पहचानेगा कौन यहाँ ? माँ ने कुछ कयास भी भिड़ा लिया हो, उसे भगा ही दिया होगा। वह दुनिया की सबसे अच्छी माँ है। अपनी लड़की को सारे पापों से बचाना चाहती है। प्रेम करना सबसे बड़ा पाप ठहरा।

पाप-पुण्य की परिभाषा—जो बात एक के लिए पाप है वह दूसरे के लिए पुण्य। माँ के लिए जो पाप है वह वीनू के लिए नहीं है, वह उसे कैसे समझाए !

उस पूरे दिन वह रणवीर के बारे में सोचती रही। कैसे भी वह उसे बस एक फोन

कर सकती। सच्चाई बता सकती। सच्चाई वह जो खुद बताई जाए, रणवीर को किसी ओर से पता क्यों चले ?

लेकिन माँ एक पल के लिए भी वहाँ से नहीं हटी। वह एक कुशल चौकीदार की भूमिका निभा रही थी। 'तुम कितनी महान हो माँ। अपनी लड़की का जीवन बचाने के लिए कुछ भी कर सकती हो। वह गलत रास्ते पर न चली जाए, इसकी जानकारी पाते ही कोई भी कुर्बानी दे सकती हो। तुम धन्य हो।'

मगर वह आदमी ही क्या जो अपनी बात से टल जाए। वह लड़की ही क्या जो सब कुछ छोड़कर अपने प्रेमी की बाँहों में न चली जाए। हाँ रणवीर, तुम भी क्या याद रखोगे कि मिली थी कोई लड़की जिसने तुम्हारे लिए माँ, बाप, भाई-बहन सबको छोड़ दिया। कोई कायदा-कानून, नियम, रस्मो-रिवाज उसे नहीं रोक सकते।

और सचमुच जब वह रणवीर के सामने जा खड़ी हुई तो उसे विश्वास नहीं हुआ कि क्या यह वही है। वही दब्बू डरी हुई वीनू। लेकिन उसे यह विश्वास जरूर था कि उसके पीछे-पीछे उसके माता-पिता और पुलिस तो आ ही रही होगी।

फिल्मों में तो प्रेमियों को बचाने के लिए खाली रास्ते होते हैं। पहाड़ और उनकी घाटियाँ। पेड़ होते हैं उनकी संगिनी गुफाएँ। यहाँ तक कि कोई ऋषि-मुनि, साधु-संन्यासी या कुछ दयालु मछुआरे जो ऐन वक्त पर प्रेमियों को मरने से बचा लेते हैं। मगर यहाँ, यहाँ रणवीर को पुलिस से कौन बचाएगा ! जहाँ वह नौकरी करता है उस फैक्ट्री का मालिक भी नहीं। उसे पता चल गया कि रणवीर किसी लड़की को भगाकर लाया है तो मालिक को यह कौन समझाएगा कि वह किसी लड़की को भगाकर नहीं लाया बल्कि लड़की खुद ही उसके पास भागकर आई है। तो उसकी नौकरी तो बस गई ही। मालिक खुद चाहे जितनी लड़कियों के साथ उखाड़-पछाड़ करे मगर उसके मामूली-से कर्मचारी की यह मजाल कि लड़कियाँ भगाता फिरे ? आखिर अनुशासन भी तो कोई चीज होती है। एक बार फैक्ट्री के मुँह पर कोई बदनुमा दाग लग जाए तो उसे कौन छुड़ाएगा। सब यही कहेंगे कि इस फैक्ट्री के मजदूर-कामगार बदचलन हैं।

तभी एकाएक रणवीर को अपना मैन फ्राइडे नजर आया। तारनहार। सलीम। अगली गली का वासी। रणवीर ने फौरन वीनू को साथ लिया और सलीम के घर जा पहुँचा। सलीम ने सारी बात सुनी तो खुशी से तैयार हो गया। बोला, "हाँ-हाँ क्यों नहीं। एक-दो दिन की ही तो बात है। जब तक तुम्हारा कोई इन्तजाम नहीं हो जाता तब तक वीनू यहाँ रह लेगी। मेरे साथ इस कमरे में।"

इसके साथ, इस कमरे में। वाह, एक नजर में ही लड़की पर हाथ साफ करना चाहता है। रणवीर ने सोचा।

"किस सोच में पड़ गए। अरे भाई अपनी होनेवाली भाभी है, और भाभी तो माँ समान होती है।" सलीम ने कहा।

"लेकिन...अब रणवीर किस मुँह से कहे कि वह तो यह सोचकर आया था कि सलीम उसके साथ उसके कमरे में रह लेगा। वीनू को इस कमरे में रख देंगे। दोबारा

वीनू को अपने साथ ले भी कैसे जाए। सलीम को सारी कहानी पता चल गई है। पुलिस अपने आप न भी आए तो वह जाकर खबर कर देगा। फैक्ट्री मालिक को भी बता आएगा। हो सकता है मालिक का दिल भी इस हुस्नपरी पर आ जाए और कहे, "किस चीमड़ के चक्कर में पड़ी हो। मेरे साथ चलो। मेरे रहते तुम्हारे माँ-बाप तो क्या पुलिस भी कुछ नहीं बिगाड़ सकती। तुम तो सोचती होगी बँगला होगा, कारें होंगी। इस 'होंगे' को छोड़कर 'है' के साथ आओ न डार्लिंग।"

उस रात रणवीर अपने कमरे पर नहीं लौटा। वह रातभर सलीम के कमरे में ही रहा। बहुत देर तक वे तीनों ताश खेलते रहे। बीच-बीच में वीनू घबराती तो उसे ढाढस बँधाते।

सुबह उठकर सलीम अपने दफ्तर चला गया और रणवीर अपने। वीनू ने खिड़की के पर्दे डाल दिए। और धड़कते दिल से पूरे दिन पुलिस के आने का इन्तजार करती रही। उसे नींद भी नहीं आई। थोड़ी बहुत आँख झपकी तो माँ आकर चुटिया खींचती।

लेकिन पुलिस न आई। कुंडी खड़की। रणवीर आया था। वह जान-बूझकर सलीम से पहले आ धमका था। वीनू को सब बताने। उसका दिल धड़कता था वीनू के माता-पिता, पुलिस और अब अपने आप बुलाई आफत सलीम से।

उसने वीनू को बताया, समझाया। जैसे ही कोई इन्ताजम हो जाएगा यहाँ से निकल चलेंगे। सलीम के बारे में बात बार-बार गले तक आकर रुक जाती। कोई ऐसी-वैसी बात सुनकर वीनू कहीं यह न सोच ले कि वह अहसान फरामोश है। ऐसे बुरे वक्त में सलीम ने उसकी मदद की है और वह उसी पर शक कर रहा है कि तभी सलीम आ पहुँचा। उसके हाथ में खाने-पीने का सामान था। रणवीर को देखकर खुश हुआ, "अच्छा हुआ तुम वक्त पर आ गए। चलो कुछ खाना-पीना हो जाए। फिर तुम अपने कमरे पर जाकर देख आना, कहीं पुलिस तो नहीं आ गई।"

सलीम तो कचौड़ी खाते हुए बजते रेडियो की धुन पर थिरकने लगा मगर रणवीर को उसकी कमरे पर जानेवाली बात अच्छी नहीं लगी।

फिर एकाएक उसने पूछा, "अच्छा तो अब ऐसा कितने दिन चलेगा ? कब शादी कर रहे हो तुम लोग ? जल्दी-से-जल्दी निपटाओ जिससे किसी का डर न रहे।"

शादी–अरे इस बारे में तो सोचा नहीं था। रणवीर का हाथ और मुँह रुक गए खाते-खाते। बेकार में ही वह सलीम के बारे में ऐसा-वैसा सोच रहा था। डर से अपने विचार निगेटिव हो उठें तो दूसरे भी बुरे नजर आते हैं।

"हाँ भाई रणवीर, जवाब नहीं दिया तुमने, क्या इरादा है ?"

रणवीर ने कोई जवाब नहीं दिया। इसी तरह कई दिन बीत गए।

शाम को दफ्तर से पहुँचकर उसने सलीम के कमरे का दरवाजा खटखटाया। दरवाजा खड़काने से पहले उसकी नजर कमरे पर लटकते भारी-भरकम ताले पर नहीं गई थी।

रणवीर का अनुमान सही था। सलीम वीनू को ले उड़ा था। इन तीन-चार दिनों

में उसने वीनू पर कैसा, कौन-सा जादू चलाया कि उसने भी इस बात की खबर नहीं होने दी। अब रणवीर किसके पास जाए और किस हैसियत से जाए।

इसके बाद की घटना संक्षेप में इस प्रकार से है कि सलीम ने बाकायदा वीनू से विवाह रचाया। वापस लौटकर उस शहर में भी गया। रणवीर के सामने से भी गुजरा। लेकिन उसने उस शहर में नौकरी नहीं की। आखिर रणवीर अभी वहीं था। और अब वीनू उसकी पत्नी थी। पत्नी पर अब कोई और नजर डाले यह भला वह कैसे बर्दाश्त करता। ईर्ष्या की आग में वह बिना कारण क्यों जले ? जबकि उसे दूसरे शहर में नौकरी भी मिल गई थी।

कभी-कभी वीनू को लगता कि उसने रणवीर को धोखा दिया है। लेकिन सलीम का कहना था—रणवीर उससे शादी नहीं करना चाहता था। करनी होती तो तीन-चार दिन इन्तजार क्यों करता ? कर न लेता। वह कहाँ जाती ? माता-पिता के घर तो जा नहीं सकती थी।

कई वर्ष बीत गए। वीनू ने फिर कभी अपने घर की तरफ रुख नहीं किया।

उसका जीवन ठीक-ठाक चल रहा था। एक बच्चा भी हो गया था कि रात लौटते हुए सलीम का पैर खुले गटर में पड़ा और वह भगवान को प्यारा हो गया। जिस डर से वह रणवीर को छोड़ आई थी वही डर साक्षात् उसके सामने खड़ा था। अकेलेपन का डर।

वह कहाँ जाए ? किसके पास। तब उसने दिल्ली की तरफ मुँह किया था। किन-किन कठिनाइयों, डिप्रेशन, मान-अपमान, नैतिकता के प्रश्नों से गुजरी यहाँ, यह बताना जरूरी नहीं। दो-चार साल में इस स्थिति में आ पाई थी कि अपना घर चला ले।

उसके सामने यह रहस्य खुल चुका था—यह शरीर ही अपना है। यही सच है। चाहो तो इसके जरिए कुछ भी पा सकती हो।

माधवन कहता था, "यह जीवन तो खेल है। इसमें जीत-हार के सबके साधन अलग-अलग हैं। हार से सबक लेकर ही तो लोग जीतते हैं। जीतो वीनू। दुनिया को जीतो। बस पाँच साल और हैं तुम्हारे पास। तीस के बाद औरत को कोई नहीं पूछता। बहुत-से नए चेहरे आ जाते हैं मैदान में। इसलिए इन पाँच सालों क़ो पचास में बदल दो। बदल दो। तुम्हारे पास जीतने के लिए तो दुनिया पड़ी है।"

वीनू सोचती, माधवन ठीक कहता है। जब वह माता-पिता का सहारा चाहती थी, वे नहीं थे वहाँ। जब उसे सलीम का सहारा चाहिए था वह भी नहीं था, दोस्तों की तो बात ही कौन करे, एक दिन अपने बच्चे के पास अकेली थी।

जब वह अकेली थी, जीवन संग्राम में जूझ रही थी तो वह शरीर ही सहारा बना। कौन सच हुआ—ईश्वर, नैतिकता के ठेकेदार मोर्चे खोलनेवाले, स्त्रियों को वेश्या बताकर ठगनेवाले या यह शरीर। उसका अपना शरीर। जिसने उसे और उसके बच्चे को जिन्दा रखा था। अपने पैरों पर खड़ा किया था। बच्चे को पौष्टिक आहार और स्कूल की मोटी

फीस उपलब्ध कराई थी तब जब कोई और सहारा नहीं था उसके पास। इस शरीर से घृणा कैसी। इसके इस्तेमाल पर शर्म क्यों ? आखिर यह उसका शरीर ही तो अपना सबसे बड़ा सखा बना था। बाकी सब आत्मा-परमात्मा, नैतिकता-अनैतिकता सब ढकोसले हैं।

लेकिन वीनू को अब शर्म आ रही थी। एक पार्टी में माधवन ने एक फोटोग्राफर से उसका परिचय कराया। कुट्टी नाम था उसका। वह मन-ही-मन हँसी थी। पश्चिमी उत्तर प्रदेश में कुट्टी का मतलब था गाय-भैंस का चारा।

कुट्टी ने बिना किसी लाग-लपेट के उसे माडलिंग का आफर दिया था। माडलिंग और इस उम्र में, उसे आश्चर्य हुआ जबकि आजकल इस प्रोफेशन की अच्छी खासी रकम को देखकर हर लड़की इधर ही आना चाहती है।

उसके आश्चर्य को कुट्टी ने समझा था। वह बोला, "मैं जिस तरह की तस्वीरें खींचता हूँ उनके लिए आप जैसी भरे-पूरे बदन की स्त्री ही चाहिए।"

"क्या मतलब ?"

"आप चौंकिए मत। रेम्यूनरेशन बहुत अच्छा है। मैं न्यूड फोटोग्राफी करता हूँ।"

"न्यूड।"

"तो। प्रोफेशन तो प्रोफेशन है। और न्यूडिटी में कला नहीं होती यह किसने कहा। मिलिन्द सोणम और मधु सप्रे का फोटो नहीं देखा जिसने उन्हें रातों-रात स्टार बना दिया।" कुट्टी ने कहा।

"तो क्या मैं भी रातों-रात स्टार बन सकती हूँ। तब मुझे ऐसा-वैसा कोई काम नहीं करना पड़ेगा।" वीनू ने सोचा। फिर बोली, "मुझे थोड़ा-सा समय दीजिए।"

"कितना समय चाहिए ? कल बता दीजिए। आम तौर पर मैं औरतों को अधिक सोचने का समय नहीं देता। सोचते ही वे गड़बड़ करने लगती हैं। और इसमें आपको हिचक भी क्या है ? एक फोटो छपते ही आफर्स के ढेर लग जाएँगे आपके पास।"

"लेकिन बच्चा उन फोटोज के बारे में क्या सोचेगा ?" उसने अपनी शंका माधवन को बताई।

"अभी तो सोचने के लिए वह बहुत छोटा है। जब तक वह बड़ा होगा दुनिया इतनी बदल चुकी होगी कि तुम ही उसे नहीं पहचान पाओगी।" माधवन ने उसके घर के सामने कार रोकते हुए कहा—न्यूड माडलिंग इस या उसके साथ रात बिताने से तो अच्छी है। वैसे भी तुम्हें क्या लगता है तुम्हारे बेटे को इस बारे में कभी पता नहीं चलेगा।"

वीनू की आँखों में आँसू आ गए। माधवन ने जैसे थप्पड़ मारा था। माधवन के जाने के बाद वह कमरे में घुसी। बच्चा सो रहा था। आया एक तरफ ऊँघ रही थी।

वह ड्रेसिंग टेबल के सामने खड़ी होकर कपड़े उतारने लगी। देखे तो, दुनिया को अपना शरीर दिखाने से पहले आज खुद तो देखे वह निर्वस्त्र होकर कैसी लगती है ?

लगती तो सुन्दर है। कुट्टी ने ठीक कहा था, भरा-पूरा शरीर है उसका। उसका अपना शरीर—उसकी दौलत। लेकिन यह क्या ? उसके बालों पर किसी हेयर डाई

बनानेवाली कम्पनी का नाम लिखा था। उसके दाँतों पर टूथपेस्ट की ट्यूबें जगमगा रही थीं। बिन्दी-काजल, पाउडर, कुंडल, चूड़ी सब जगह कम्पनियाँ खड़ी इठला रही थीं। उसके नाखूनों पर नेल पालिश बनानेवाली कम्पनियों की सुन्दरियाँ नृत्य कर रही थीं। और उसकी कमनीय त्वचा वहाँ तो क्रीम बनानेवाली कम्पनियों का युद्ध छिड़ा था। क्या यह शरीर जिस पर कुछ देर पहले वह इतनी इठला रही थी उसका अपना था।

हाँ, हाँ उसका अपना था। सारी-की-सारी कम्पनियाँ भी मिलकर उसका पूरा का पूरा शरीर नहीं बना सकती थीं। यह शरीर कभी तो ईश्वर का था। कभी पति का था। कभी बच्चों का। अब तरह-तरह की कम्पनियों का था तो जब वह अपना था ही नहीं तब क्या कपड़े और क्या नहीं। चाहे तो स्त्री परम आज्ञापालक के रूप में अपने को खत्म करे या परम आजाद हो जाए। खत्म तो दोनों तरह से होना ही है। एक साथ तोलो आजादी का सुख जब तक हो तब तक पाओ। पता चला कि साठ साल की उम्र पर जाकर सोचा कि हाय जिन्दगी कैसे निकल गई पता ही नहीं चला। गृहस्थी के झंझटों ने पीछा ही नहीं छोड़ा...तो अभी से क्यों पड़ें इस झंझट में। बच्चे को अपना गार्जियन क्यों मान लें। बड़े होकर ज्यादा चूँ-चाँ करेगा तो अपने रस्ते जाएगा। आजकल के बच्चों से उम्मीद भी कैसी ? जब हमारी कोई उम्मीद नहीं तो वे जरूरत से ज्यादा उम्मीद क्यों लगाएँ।

वीनू ने बच्चे की तरफ देखा। उसकी आँखें उसे घूर रही थीं। कम्बख्त कैसे सोता है आँखें खोलकर। नजर रखता हुआ। उसने एक खेस उसे ऊपर तक उढ़ाया और कुट्टी को फोन करने चल दी।

नेम प्लेट

"राहुल तेरी आँखें झील-सी गहरी हैं, नीली चमकदार।"

"चुप, जो बातें लड़कियों से कही जाती हैं, तू मुझसे कह रहा है।"

"तुझमें और लड़की में अन्तर क्या है ? अपना गोरा रंग देख ले। बात-बात पर सुर्ख होते गाल और पीपनी जैसी आवाज।"

ठहाका गूँजा जोरदार। क्योंकि राहुल को लगता है दोस्त अमरेश जो कुछ कह रहा है, उसमें से सभी बातें सच हैं सिवाय पीपनी जैसी आवाज़ के। उसकी आवाज़ खासी भारी है, लगभग वैसी ही कि घड़े को पानी में डुबोओ तो जो सुर सुनाई देता है।

राहुल वर्मा, जिसे गुमान है कि वह चाहे तो पलक झपकते किसी लड़की को पटा ले। उसके बिस्तर से उठाकर अपने बिस्तर पर ले जाए, फिर वापस छोड़ जाए और लड़की कभी कोई शिकायत भी न करे। हर लड़की का दोस्त, ब्रिलिएंट, हैल्पफुल। इतनी मटरगश्ती फिर भी कक्षा में अव्वल।

यार-दोस्तों के बीच अपने इश्क के सच्चे-झूठे किस्से, लड़कियों के जुड़ते नाम—फिर भी कोई लड़की बुरा नहीं मानती। ऐसा क्यों ! लड़के उसकी लक से ईर्ष्या करते हैं। लड़कियाँ रोने के लिए और अपनी हर छोटी-बड़ी घरेलू और प्रेम के किस्से सुनाने के लिए उसके कन्धे का सहारा तलाशतीं। लड़कियों के दिल का हाल—वहाँ कितने किस्से-कहानियाँ, दुख, हँसी-पुरजोर मजाक दफन रहते हैं। हर लड़की एक चलती-फिरती कथा है। ऐसे में वह बहुत आसानी से कथाकार, उपन्यासकार बन सकता है। नाटक लिखकर विजय तेंदुलकर को पीछे छोड़ सकता है। लेकिन सोचता है, जब भी ऐसा करेगा, किसी के विश्वास को तोड़ देगा।

अक्षय मजाक करता है, "तू भी अजब किस्म का कैसेनोवा है। देख ले, कहीं तेरे कन्धों पर लड़कियों के बहाए आँसुओं के खारे पहाड़ तो नहीं उग आए। नमक ज्यादा होगा तो ब्लड प्रेशर हो जाएगा साले। और क्या पता, तेरे दिमाग के अन्दर पूरा समुद्र उमड़-घुमड़ रहा हो। पर जानता है, समुद्र की एक बूँद भी नहीं काम आती है किसी के। किसी दिन ऐसा होगा कि ये सारी लड़कियाँ एंटी कैम्प बनाकर तेरे घर जा पहुँचेंगी और तेरी माँ झाड़ू मारकर तुझे घर से बाहर निकालेगी।"

"तू उस एंटी कैम्प का लीडर बन जाना। जल रहा है।"

"जलूँ क्यों ? जानता हूँ तेरा कृष्ण भाव है। सारी गोपियाँ समझती हैं तू उनका है। पर जो सबका होता है वह किसी का नहीं होता। जिन्दगी में हम मीठी और दिल बहलानेवाली बातें चाहे कितनी कर लें, भरोसा तो किसी-किसी पर ही कर पाते हैं। तेरा भरोसा जिस दिन टूटेगा उस दिन बहुत गहरी चोट लगेगी।"

"तू हिन्दी साहित्य में एम.ए. कर रहा है या दर्शन शास्त्र में।"

वे हँस रहे हैं तो जैसे बादल गरज रहे हैं। कहीं किसी के ऊपर कड़ककर बिजली गिर गई तो न मालूम क्या होगा ? बिजली को अर्थ करने के लिए भी यहाँ कुछ नहीं था। सड़कें स्तब्ध हैं। सन्नाटा है। सूरज मुस्कराता है। अमलतास और गुलमोहर उसे प्रणाम करते हैं। इमली के पेड़ ऐसी इमलियों की बात सोचते हैं जो सूरज के दाँत खट्टे कर सकें। नामाकूल कहीं के।

सामने से निशा चली आ रही है। सीमा की सहेली। कल राहुल सीमा के ही साथ था दो घंटे।

"देख तेरी गोपी नम्बर बीस चली आ रही है। अब तू इस या उस बहाने फुर्र हो, मैं चला।" कहता हुआ अक्षय पार्क की फेंस लाँघकर गायब हो जाता है।

राहुल पूरी यूनिवर्सिटी में चटखारेदार खबर है इन दिनों। आज वह पीली चुन्नीवाली के साथ था, कल वह यूनिवर्सिटी में हेमामालिनी पुकारे जानेवाली के साथ घूम रहा था तो परसों बस स्टाप पर स्कर्ट वाली के गाल से गाल भिड़ाए चला जा रहा था। ढेर सारी लड़कियाँ, एक अकेला राहुल बेचारा ! ऐसा नहीं है कि लड़कियों को राहुल की इस फ्लर्टिंग का पता नहीं। लेकिन उनमें से हर एक सोचती है कि सच्चे दिल से तो वह बस उसे ही चाहता है। बाकियों को तो बस ऐसे ही...अब क्या करें ? जब लड़कियाँ ही उसका पीछा नहीं छोड़तीं। आखिर लड़कियों के साथ रूड भी नहीं हुआ जा सकता। उनका दिल कितना कोमल होता है और उनकी आँखें कितनी पनीली—इस देश में पानी का अकाल क्या इसलिए पड़ा रहता है कि सारा का सारा पानी लड़कियों की आँखों में समा गया है। खारा पानी—व्यर्थ ? दुनिया के सत्तर फीसदी समुद्री पानी का कोई इस्तेमाल है क्या !

अब इस सीमा और निशा को ही लो ! वे दो शातिर बिल्लियों की तरह ! एक को हर वक्त, हर परेशानी, यहाँ तक कि अपने बॉयफ्रेंड प्राब्लम डिस्कस करने को भी राहुल चाहिए। कल यही तो हुआ था ! वह अपने प्रेमी की शिकायतें करते-करते राहुल की छाती पर औंधी होती गई थी बिना परवाह किए कि लाइब्रेरी कोई ऐसी एकान्त जगह नहीं है जहाँ ऐसा कुछ हो सकता हो। उसने उसके कन्धे थपथपाए, सिर पर हाथ फेरा, उससे कुछ दूर खिसका। आँसू पोंछने के लिए अपना रूमाल दिया। कहा, "इमोशनल प्राबलम्स में ऐसी थोड़ी-बहुत परेशानियाँ चलती रहती हैं। अच्छा है तुम उन्हें मुझसे डिस्कस करती हो। बोलो तुम्हारे लिए क्या कर सकता हूँ ? आय एम योर गुड एंड ओनली फ्रेंड।"

"पता है, तभी तो तुम्हारे पास दौड़ी चली आती हूँ। लोग तो न जाने क्या-क्या अर्थ लगाते हैं ?" वह सिसकी थी।

"लोगों को अर्थ लगाने दो। किसी के लगाए अर्थ क्या सच्चे होते हैं हमेशा। तुम जानती हो कि तुम्हारे मेरे बीच में ऐसा कुछ नहीं है।"

सीमा ने उसे भरपूर नजरों से देखा और भीगी आँखों से मुस्कराई, "सचमुच ! तुम्हें लगता है मेरे-तुम्हारे बीच कुछ हो सकता है। क्या होगा ?"

उसके प्रश्न से वह अचकचा गया। क्या जवाब दे ? सही मायने में वह ऐसा कौन-सा टच मी नाट है। और यह बेवकूफ लड़की शब्दजाल में उलझती। बातों के ऊपरी अर्थों को दिल से लगाए। चुप रहना ही बेहतर है।

"अच्छा मान लो, मेरे तुम्हारे बीच कुछ होता तो तुम क्या करते ?"

"क्या करता।" उसके ओठों पर तिरछी मुस्कान फैली। अपनी आवाज़ को हल्का कर कुछ-कुछ रहस्यमयी बनाते हुए बोला, "क्या करता ! वही, जो तुम मुझसे डिस्कस कर रही थीं अभी। बताओ एक लड़का एक लड़की के साथ क्या-क्या कर सकता है अकेले में।"

"शटअप, यू ईडियट ! अपने से डरते क्यों हो इतना ! जो कुछ करो सो अकेले में। क्यों भला, जिससे तुम्हें कोई देख न सके।"

"नहीं-नहीं, भई हर जगह की अपनी गरिमा होती है। अब क्लासरूम कोई बैडरूम होता है ?" राहुल ने बचने की कोशिश की।

"तुमसे अच्छी हम लड़कियाँ होती हैं। जो सोचती हैं उसे कहने में कोई वक्त नहीं लगातीं। अभी मैंने क्या यह सोचा कि यह लाइब्रेरी है। कोई स्कैंडल भी हो सकता है।"

"तुम हिम्मतवाली हो। लड़कियाँ अपने भावनात्मक प्रवाह में कुछ अच्छा-बुरा नहीं सोचतीं। इसीलिए वे महान होती हैं। आय रेसपेक्ट दैम। और चलो, अब मुझे कहीं पहुँचना है। ओह धूप कितनी तेज़ है !"

"तुम मेरी छतरी ले लो। बीमार पड़ गए तो ?"

राहुल वर्मा ! बातों का जादूगर, "नहीं, नहीं मैं चला जाऊँगा। तुम बीमार पड़ गईं तो अपने को कभी माफ नहीं करूँगा। मेरे कारण किसी का कोई नुकसान नहीं होना चाहिए। और फिर तुम्हारा वह निशान्त मुझे पीटेगा आकर।"

"उसकी हिम्मत है। मैं उसकी हड्डी-पसली एक कर दूँगी। तुम्हें कोई हाथ तो लगाकर देखे।" सीमा आँखें तरेर रही है। उसके आँसू कब के वाष्प बनकर उड़ चुके हैं।

"जानता हूँ लक्ष्मीबाई।" राहुल दौड़ जाता है ? सामने कौन सी बस आई है नम्बर भी नहीं देखता, चढ़ जाता है। जल्दी भाग, नहीं तो इस लड़की से पीछा नहीं छूटेगा।

अगले स्टाप पर उतरकर पीछेवाले पार्क में चला जाता है। बाप रे—ये लड़कियाँ कितनी भारी मुसीबत होती हैं। खुद छुएँ कुछ नहीं, आप छुएँ तो आफत। आदमी का दिल कभी तो बेलगाम हो ही सकता है, ये समझती क्यों नहीं ? वह हर बार सोचता है कि अब किसी लड़की को कभी मुँह नहीं लगाएगा, फिर न जाने क्या हो जाता है।

लड़कियाँ उसमें किसी ऐसे सुपर नायक की छवि तलाश लेती हैं जो उनकी सहायता कर सकता है, सहायता कर सकता है, सहायता कर सकता है। और बदले में उसे कुछ नहीं चाहिए।

लेकिन क्या ऐसा है ? सचमुच उसे कुछ नहीं चाहिए। क्यों नहीं चाहिए ? वह कोई रोबोट नहीं, हाड़-मांस का इनसान है। लड़कियों के बालों की उमगती गन्ध, उनका आकर्षण उसे भी पागल बनाता है। वह भी रात में सितारों के साथ उनकी कल्पना करता है। उसे भी तो छिटकी चाँदनी में कोई मीठा स्पर्श चाहिए।

अक्षय कहता है, "ये सब कोरी बकवास है। सारे मीठे स्पर्श शादी के बाद एक थकान, ऊब, रुटीन और खिचखिच में बदल जाते हैं।"

"इसीलिए तो मैं किसी से शादी की बात ही नहीं सोचता। इससे भयानक बात क्या हो सकती है कि जिससे आप प्रेम करते हैं, एक स्थिति ऐसी आए कि आप उससे नफरत करने लगें। दूर भागने लगें। इसीलिए सिर्फ किसी के सपने देखना ठीक है। उसके पास जाना नफरत के बीज बोना है। यही कह रहे हो न !"

"नहीं शायद मैं गलत होऊँ। हो सकता है पति-पत्नी एक-दूसरे से दूर न भागते हों। वे जिम्मेदारियों से दूर भागते हैं। उनसे बचना ही अपने आपको एक ठंडेपन में समेट लेना है। इसीलिए दूर की चीजें हमेशा खींचती हैं। दूसरी स्त्रियाँ भी।"

राहुल अक्षय की बातें समझकर भी नहीं समझना चाहता। क्यों समझे ? वैसे भी कई बार अक्षय उसे काफी बोर लगता है। कहीं-न-कहीं वह राहुल का कम्पटीटर भी है। इतनी लड़कियाँ राहुल पर मरती हैं, उस पर क्यों नहीं ?

अब आज यह निशा, जिसे देखो उसे, वह राहुल की तरफ मुँह उठाकर चली आ रही है। वह सोचता है कि वह भी पार्क की फेंस को लाँघकर अक्षय की तरह निशा की आँखों से दूर हो जाए। वह ऐसा करने को तत्पर होता है कि निशा पुकारती है, "राहुल सुनो।" वह नहीं सुनता, दो कदम आगे बढ़ता है कि निशा एकदम पास आ जाती है, "राहुल कहाँ जा रहे हो ? क्लास है ?"

"हाँ—नहीं-नहीं, कहो।" वह झूठ नहीं बोल पाता। जब भी झूठ बोलता है पकड़ा जाता है।

"तो आओ बैठो। तुमसे जरूरी बातें करनी हैं।"

वह बैठ जाता है। निशा उसके सामने है। वह नीलिमा के बारे में सोच रहा है, "कहाँ होगी नीलिमा अब ? उसे गए दो साल हुए। स्टेट्स जा रही थी। उसका गला भरा हुआ था, "राहुल तुम कितने अच्छे हो। बिलकुल वैसे ही जैसे पुरुष, लड़कियाँ पाना चाहते हैं। तुम्हारे इस भरे-पूरे सीने में अपना सिर गड़ाना...लेकिन अब।" उसकी आँखों में उदासी कौंधी थी, "अब तो चले जाना है। पता नहीं अब हम कभी मिलेंगे भी या नहीं। मैं तुम्हें अपना पता लिखूँगी। मन करे तो जवाब देना। लेकिन मैं तुम्हें कभी नहीं भूलूँगी। कभी नहीं।"

'ओह नीलिमा, तुमने यह सब पहले क्यों नहीं कहा ? पर अगर वह कहती भी तो

क्या यकीन होता। लड़कियों की बातें इतनी मायावी होती हैं कि शायद खुद ही उन्हें उन पर यकीन नहीं होता। तभी तो आज तक पता नहीं, वह कहाँ है, कैसी है, किस हाल में है। उसके दिए गुलाब अभी तक राहुल की किताबों में बन्द हैं। उसकी वे पतली खूबसूरत उँगलियाँ, बात-बात पर उसका शरमाना और खिलखिल।

लेकिन नीलिमा की भावुकता ने उसे भावुक बनाया हो, पर वह क्या वह थी जिसके साथ वह जीवन बिताने के बारे में सोचता। उसे क्या चाहिए, पता नहीं।

"राहुल तुम कहाँ खोए हो ?" निशा उसे झिंझोड़ती है—"क्या सीमा की याद में खोए हो ?"

"सीमा, कौन सीमा ? अरे हाँ सीमा।"

"बन तो ऐसे रहे हो जैसे सीमा नाम पहली बार सुना हो। मालूम है, कल उसके साथ लाइब्रेरी में बैठे क्या कर रहे थे ?"

"क्या कर रहा था ?"

"और क्या करोगे ? लड़कों को मौका मिले तो जो करने लगते हैं।" वह हँसती है।

राहुल कहना चाहता है—मैं क्या कर रहा था। वही मेरे ऊपर गिरी पड़ रही थी। मैं तो उसके आँसू पोंछ रहा था। मेरे हिस्से तो यही आया है। लेकिन नहीं कहता। हँसता है जोर-जोर से, "मैं क्या कर रहा था, तुम्हें कैसे मालूम ? तुम तो वहाँ नहीं थीं। क्या कोई डिटेक्टिव एजेंसी छोड़ रखी है मेरे पीछे।"

"डिटेक्टिव एजेंसी तो उसके पीछे लगानी पड़ती है जिसके बारे में कुछ पता न हो। तुम्हें तो पूरी यूनिवर्सिटी जानती है ? और मैं ! मैं तो तुम्हारी रग-रग से वाकिफ हूँ।" वह गर्व से भरी है।

"ओह रियली, अन्तर्यामी हो। बचकर रहो मुझसे। कहीं तुम्हारे साथ कुछ न कर बैठूँ।" राहुल आँख मारता है।

"यहाँ बैठकर तुम मेरे साथ क्या कर लोगे। ज्यादा-से-ज्यादा मेरा हाथ पकड़ लोगे। मेरे कन्धे पर अपना हाथ रख लोगे। या बहुत हुआ तो मुझे किस कर लोगे। इससे ज्यादा क्या ! और तुम क्या कर लोगे, कहो तो मैं तुम्हें सबके सामने किस करके दिखाऊँ।

'बाप रे, यह तो भयानक लड़की है। अभी सीमा को लेकर कैसी बातें कर रही थी और अब।' वह कुछ दूर खिसक जाता है। उसे दूर खिसकते देख निशा जोर से हँसती है—"बड़े बहादुर बनते हो। अरे बाबा, मैं तुम्हें कुछ किस-विस नहीं करनेवाली। तुम जैसे ब्रह्मचारी के साथ ऐसी हरकत, ना बाबा ना ! तुम क्या सोच रहे हो, मैं सचमुच ऐसा कर सकती हूँ। मेरी लिपिस्टिक तुम्हारे गालों पर लग जाएगी तो बदनामी तो मेरी होगी।"

राहुल के होश उड़े हुए हैं। अपने चोक हुए गले को साफ करता पूछता है, "तुम किसी काम से आई थीं।"

"अरे, तुम्हारे पास बैठना क्या कोई कम बड़ा काम है माई फर्स्ट लव।"

धूप कतरों में बिखर रही है। पेड़ों के पत्तों के बीच से सेंध लगाती हुई, वह घुसी चली आ रही है। अरज कर उक अधूरा दिन। 'राहुल वर्मा, छोड़ो चक्कर और तुम घर चले जाओ। वह मन-ही-मन बड़बड़ाता है।'

"क्या गालियाँ दे रहे हो मुझे।"

वह जवाब नहीं देता। आँखें फाड़े देखता है उसे।

"सोच रहे होगे, इस सती-सावित्री वाले देश में मुझ जैसी लड़कियाँ कहाँ से पैदा हो गईं। फ्लर्ट करने के लिए मैडोना। घर के लिए सती-सावित्री। दो मुट्ठियों में दो दुनिया। पर दोस्त अब हम एक दुनिया की तरफ बढ़ रहे हैं, एक दुनिया, एक जैसी लड़कियाँ, तुम्हारा क्या होगा ?"

राहुल को गुस्सा आ जाता है। नथुने फड़कने लगते हैं। रक्त शिराओं को फाड़कर बाहर आने को व्याकुल हो उठता है, "देखो, तुम जब से आई हो, अलाय-बलाय कुछ न कुछ बके जा रही हो। जो काम हो बताओ।"

"अच्छा छोड़ो। बुरा मान गए। आय डोंट वांट टु हर्ट यू। क्या तुमने हिस्ट्री के नोट्स तैयार किए हैं। मुझे चाहिए। एक हफ्ते में वापस कर दूँगी। यह हिस्ट्री सब्जेक्ट ही ऐसा है कि कुछ पल्ले नहीं पड़ता। प्लीज मेरी मदद करो।"

हर्गिज नहीं। वह उसके चेहरे से नजर हटा सामने चलते फव्वारे को देखने लगता है। वहाँ कबूतरों का एक जोड़ा नहाकर गीले पंखों से बैठा है। वे एक-दूसरे से चोंचें भिड़ा रहे हैं। मनुष्य क्या इन पक्षियों से प्रेम करने का तरीका सीख सकता है। प्रेम की एकाग्रता, पूरी दुनिया से बेखबर।'

वह झूठ बोलता है, "मैंने तो कोई हिस्ट्री के नोट्स नहीं बनाए बल्कि इस बार तो कुछ नहीं किया।"

"हाँ, करोगे तो तब जब लड़कियों के पीछे जाने से फुरसत मिले।"

"निशा, बहुत हुआ अब। मैं किसी के पीछे नहीं जाता। इस वक्त भी तुम आई हो मेरे पास।"

वह हिंस्र शेरनी की तरह उठ खड़ी होती है, "थैंक्यू वैरी मच, मि. राहुल वर्मा।" वह अपनी किताबें सँभालती नाक की सीध में सीधे चली जाती है। राहुल तब तक उसे देखता रहता है जब तक उसकी चुन्नी लहराती हुई दीखती है। वह आगे मुड़ जाती है। मोड़ से कोई वापस नहीं लौटता।

राहुल का सिर चकरा रहा है। अक्षय—कहाँ है वह ? एक प्याला चाय—या एक सिगरेट—यूनिवर्सिटी के ये बोझिल दिन—उस पर अच्छे नम्बर लाने का शौक और ये एक से एक लड़कियाँ। हर एक ने लजाने, शरमाने, मुस्कराने, हँसने, बातें करने, और प्रेम के नए-नए तरीके ईजाद किए हैं। लेकिन सही मायने में इनमें से कभी कोई प्रेम नहीं करती—वे आभास देती हैं। मृगतृष्णा की तरह रेत में दौड़ता मृग-पानी है, पानी है। मगर कहाँ-कहाँ ? यूनिवर्सिटी में कुलाँचें भरता राहुल वर्मा—प्रेम है मगर कहाँ ? इस दुनिया में प्रेम का सही हकदार कौन है ?

अक्षय सुने तो कहे, 'वही जो हमें सबसे अच्छी तरह समझ सकता है।'

कौन समझ सकता है, हमें सबसे अच्छी तरह क्या पता। यदि किसी को चाहने के लिए यही पैमाना होता तो जो लोग विवाह से पहले साथ-साथ जिन्दा रहने और मरने की कसमें खाते हैं, वे एकाएक इतने अकेले कैसे हो जाते हैं ? एक-दूसरे से इतनी घृणा क्यों करने लगते हैं ? वे चीजें जो विवाह से पूर्व बेहद आकर्षक और लुभावनी लगती हैं वे क्यों अपना अर्थ खो देती हैं।

"तुम एकदम गधे हो। इतनी लम्बी-चौड़ी हाँकने से बेहतर है पढ़ाई में मन लगाओ। नहीं तो बेटा इस बार चालीस प्रतिशत नम्बर आएँगे। तब न कोई सीमा, न कोई निशा, न ही कोई और तुम्हें घास डालेगी। वे एक-दूसरे से पूछा करेंगी ये राहुल वर्मा कौन है ? क्या हमने कभी इसका नाम सुना है। क्या हमने इसे देखा है। मिले हैं कभी इससे !"

सच कड़वा होता है। वह सच जिसे आप अपनी आँखें के सामने झूठ में बदलते देखते हैं, उसकी कड़वाहट जिन्दगी भर नहीं मिटती।

यूनिवर्सिटी के दिन हवा में फरफरा रहे हैं। वे सूखे पत्तों की तरह उड़े चले जा रहे हैं। झील जैसी आँखों की चमक पिघले ताँबें में बदलती जा रही है। क्या करोगे आँखों को झील बनाकर, न जाने कितने केंकड़े, साँप, मेढक वहाँ डेरा डाल लेंगे।

नेम प्लेट। आते-जाते लोगों की निगाहें पड़ती हैं। राहुल वर्मा, सीनियर मैनेजर, मैक्रोकम्प्यूटर्स। वह सफल है। सफलता के सारे मानक उसने तोड़ दिए हैं। उसके माता-पिता, भाई-बहन सब उसकी सफलता को अपनी सफलता बनाकर पेश करते हैं। माँ का दुलारा, जिस मिट्टी को हाथ लगाता है तो सोना बन जाती है। जहाँ भी पढ़ा है फर्स्ट आया है। लक्ष्मी और सरस्वती दोनों की कृपा एक साथ किसी-किसी को ही मिलती है। बस अब और क्या चाहिए एक सुलक्षणा बहू, जो इस सोने से बेटे का जीवन खुशियों से भर दे।

सुबह का वक्त है। चिड़ियों ने अभी-अभी चहचहाना बन्द किया है। कोई कालबैल बजा रहा है लगातार। घर में सब सोए पड़े हैं नौकर तक। राहुल की ही नींद खुल जाती है। वह स्लिपर्स पहनकर दरवाजे पर जा, दरवाजा खोलता है।

"अरे।" वह चौंक उठता है।

"अन्दर आने को नहीं कहेंगे।"

"हाँ-हाँ, आइए। बैठिए, कहिए।"

"मैं कौन हूँ ?"

"अब सवाल ! आप एक लड़की हैं निर्मला। कल ही तो मैं आपसे मिला था।"

"जी, उसी मुलाकात के सिलसिले में मैं आपसे मिलने आई हूँ।"

"जी फरमाइए।"

"मैं कैसी दिखती हूँ ?" निर्मला सीधे उसकी आँखों में देखती है।

"आप ?" राहुल पसीने-पसीने हो उठता है—"आप सुन्दर ही दिखती हैं।"

"ही का क्या मतलब ?"

"नहीं ही नहीं आप सुन्दर हैं, बहुत सुन्दर।"

"गोरी हूँ न !"

"हाँ।"

"अगर काली होती तब ?"

"तब भी आप सुन्दर लगतीं। गोरा-काला तो सब मन का वहम है।"

"अच्छा मेरी दोनों आँखें हैं न !"

"जी।"

"भेंगी या कानी भी नहीं हूँ ?"

"बिलकुल नहीं।"

"मेरी आँखें बहुत बड़ी नहीं तो छोटी भी नहीं।"

"जी।"

"काजल या आई लाइनर लगा लूँ तो और अच्छी लगूँगी ?"

...

"अब यह बताइए मेरे चेहरे पर एक नाक, दो ओठ, दो भवें, दो कान, मुँह में दाँत भी हैं।"

"जी हाँ हैं। मगर ये सारे सवाल आपको किसी कवि से पूछने चाहिए। मैं कोई नख-शिख वर्णन करनेवाला या सौन्दर्य विशेषज्ञ नहीं हूँ निर्मला जी।"

"जी हाँ जानती हूँ। आपके हिसाब से और देख भी लीजिए। देखिए मेरे दोनों हाथ ठीक हैं। दोनों पाँव ठीक हैं। खुद चलकर यहाँ आई हूँ। हाथों में दस और पाँवों में दस उँगलियाँ मौजूद हैं। फर्स्ट डिवीजन में एम.ए. पास हूँ। पी.एच.डी. कर रही हूँ। कुछ सुन रहे हैं आप ?"

"जी सुन रहा हूँ।"

"तो यह बताइए कि आपने कल मुझे नापसन्द क्यों किया ?"

लड़की की धीमी आवाज़ दहाड़ में बदल जाती है।

क्या जवाब दे राहुल वर्मा। वह हकलाने लगता है।

"मि. वर्मा देखिए।" लड़की अपने ब्लाउज में छिपाया टेप रिकार्डर निकालती है, "मैंने आपकी सारी बातों को टेप कर लिया है। कॉलेज के जमाने में रहे होंगे आप नम्बर वन फ्लर्ट, लेकिन अब आप किसी लड़की का अपमान नहीं कर सकते। मुझे कल तक शादी की डेट चाहिए। जल्दी से जल्दी। यह डेट मैं कोई बन्दूक की जोर पर नहीं, तुम्हारे बयानों के आधार पर ही माँग रही हूँ।"

लड़की तूफान की तेजी से बाहर निकल जाती है। घड़ी में सिर्फ सात बजे हैं। राहुल देखता है, उसके चारों ओर उसके घरवाले घेरा बनाकर खड़े हैं। इतनी बड़ी पराजय राहुल वर्मा ने अपनी जिन्दगी में इससे पहले कभी नहीं देखी है ? इससे पहले तो वह दूसरों को पराजित करता रहा है।

(इंडिया टुडे)

चार अक्षर

इन दिनों समाजशास्त्री बड़े चिन्तित नजर आते हैं। उनका कहना है कि लड़के-लड़कियाँ अपने कैरियर की चिन्ता में इतने डूबे रहते हैं कि उनके पास प्रेम के लिए वक्त नहीं बचा है। वे इन लड़के-लड़कियों में मध्यम वर्ग जोड़ना भूल जाते हैं। मध्यम वर्ग के लड़के-लड़कियाँ—उड़ने के लिए सारा आकाश, स्पर्धा के लिए अपना ही दूसरा हाथ, छलाँग लगाने के लिए पूरे सात समुद्र।

इसीलिए प्रेम इनकी दुनिया से भाग छूटा है। वह गाँव के लड़के-लड़कियों की आँखों में समा गया है। पंचायतों के रामराज्य इन आँखों को पढ़कर उन्हें लटका रहे हैं। वह झुग्गी-झोंपड़ियों रिक्शे-ठेले और मजदूरों की दुनिया में सिर छिपाने के लिए पनाह माँग रहे हैं।

लेकिन मेरी यह कथा आज और अभी से शुरू नहीं होती क्योंकि आज और अभी इसे खत्म भी नहीं होना है। यों आज बेहद गरमी है। अपनी कुर्सी पर बैठे-बैठे मैं बालकनी के बाहर सड़क पार लगे अशोक के पेड़ को झूमते देख सकती हूँ। उसके पास ही हरसिंगार है। अशोक हलकी लालिमा लिए पत्तियों को अपने गले से लगाए झूम रहा है। धूप की एक परत सामने की दीवार पर अटकी है। कहीं दूर से कई चिड़ियाँ चहचहाती हुई दूर आकाश में खो जाती हैं। कौन हैं वे ? क्या वे दूर साइबेरिया से आई होंगी। साइबेरिया बड्र्स जो कभी रास्ता नहीं भूलतीं। इतनी आजाद, इतनी गतिवान, क्या वे लड़कियों की तरह नहीं होंगी—जिनके हिस्से गति नहीं आती। आजादी जिनके लिए कलंक है।

आकाश में दूर मालाओं की तरह उड़ते पंछियोंवाली शामें जिनमें उनकी आवाजें भी सुनाई देती हैं, क्योंकर हल्की सर्दी उतरने का आभास देती हैं।

इन शामों में बीते हुए दिनों की रजाइयाँ और कम्बल ओढ़कर गुम हुआ जा सकता है। नीले आसमान में उड़ते सफेद बादलों के बीच कई चेहरे तलाश किए जा सकते हैं—वर्षों गुजर गए हैं उन चेहरों से मिले लेकिन स्मृतियों की कैद में वे हमेशा रहते हैं।

नीला आसमान किसी नीली साड़ी की तरह लहराता है जिसमें पक्षियों के बेल-बूटे कढ़े हैं—ये पक्षी आज उड़ते दिख रहे हैं लेकिन ये तीस साल पहले की दुनिया में उड़ान

भर रहे हैं। तीस साल पहले की दुनिया—न टी.वी. न रेडियो, न अधिकार, न आवाज़ उसमें सरोज जीजी का वह चश्मा, उनकी साड़ी, उनकी तंग आर्थिक हालत लेकिन उनके पढ़ाकूपन की चर्चा कि आज तक वह कभी सैकंड नहीं आई हैं।

जब भी कभी गाँव जाना होता है, तीस साल पहले की उनके पिता की लकड़ी के टूटे-फूटे सामान से भरी वह दुकान कहीं नहीं दिखती है। लेकिन सरोज जीजी का चेहरा वहीं कहीं आसपास उस उजाड़ में किसी पेड़ पर टँगा या मकान पर लटका या किसी रिक्शे के पीछे चिपका नजर आ सकता है।

बहन की सहेली सरोज जीजी !

गोरी-चिट्टी मगर नाक-नक्श बेहद मामूली। उन दिनों वह बी.ए. में पढ़ती थीं। उनसे जलनेवाली लड़कियाँ यह तक कहती थीं कि दरअसल वह इतनी होशियार नहीं हैं—उनकी याददाश्त अच्छी है और रटंत विद्या भी उन्हें खूब आती है।

जो भी हो, एक सर्दी की दोपहर जब उनके घर जाना हुआ तो कच्चे आँगन में चारपाई पर बैठी वह अपनी ही क्यारी से तोड़कर मूली नमक लगाकर खा रही थीं। बहन से बातचीत करते-करते एकाएक वह उठकर गईं तो उनकी माँ ने अपने घूँघट के बीच में से फुसफसाया, "आज लड़केवाले इसे देखने आए थे। रिश्ता पक्का हो गया है पर इसका दिमाग खराब हो गया है। कहती है कि जब तक एम.ए. नहीं कर लेगी शादी नहीं करेगी। अब तुम्हीं कुछ समझाओ। अच्छा लड़का और अच्छा घर, बार-बार नहीं मिला करते।"

सरोज जीजी को आते देख माँ एक ओर चली गईं। उन्होंने बहन को कुछ शक्की और उड़ती हुई नजरों से देखा। लेकिन बहन इन्तजार करती रही कि वही कुछ बात कहें और उन्होंने कोई बात नहीं छेड़ी। उनकी रसोई से उड़ते धुएँ की लकीरें नागिन की तरह बल खा रही थीं। फिर एकाएक उन्होंने पूछा, "क्या इस धुएँ पर सवार होकर आसमान के पार भी जाया जा सकता है ?"

उस दिन के बाद कुछ दिन तक तो वह पढ़ने आती रही थीं। लेकिन फिर उन्होंने कॉलेज आना बन्द कर दिया।

एक दोपहर जब घर में गाय ने एक बछड़ा जन्मा था और गाय चाटकर बछड़े के पाँवों की शिराओं को मजबूत कर रही थी डाकिया एक बहुत मोटा लिफाफा दे गया था।

यह सरोज जीजी का पत्र था जिसे उन्होंने बहन के नाम लिखा था। घर के सब लोग चकित थे कि आखिर सरोज जीजी ने इतना मोटा पत्र क्यों लिखा होगा ? उस पत्र में और क्या लिखा था उसे तो वर्षों की आँधी अपने साथ उड़ा ले गई है। हाँ, इतना जरूर याद है कि उसमें उन्होंने लाल स्याही से अंडरलाइन करके एक लाइन जरूर लिखी थी कि आनेवाली बारह तारीख को मेरा जनाजा निकलेगा, सब लोग तमाशा देखना।

आनेवाली बारह तारीख को उनका विवाह होनेवाला था। ऐसी कौन-सी बात थी

जो विवाह को वह अपनी मृत्यु बता रही थीं। सब लड़कियों की शादी होती है, वह क्या अनोखी हैं—माँ कहती थी।

'वह पढ़ना चाहती है। कुछ करना चाहती है। लेकिन घर वाले उसे धुस्स गाँव में झोंके दे रहे हैं। शायद इसलिए'—बहन सोचती थी।

'कहीं ऐसा तो नहीं कि उन्हें वह लड़का पसन्द न हो और वह किसी और को चाहती हों।' उनकी सहेलियाँ सोचतीं। फिर खुद ही कहतीं, "कोई लड़का पसन्द होना तो दूर, हमने तो आज तक उसे किसी लड़के से बात तक करते नहीं देखा।"

धीरे-धीरे मालूम पड़ा कि शहर में उनके जितने परिचित थे, उनके अध्यापक, उनकी पत्नियाँ, उनके जान-पहचान वाले उन सबको उन्होंने इतने लम्बे-लम्बे पत्र भेजे थे।

उनके एक अध्यापक शहर छोड़कर जानेवाले थे, उन्हें लगा कि शायद वह उनके जाने के कारण इतनी दुखी हो रही हैं।

दूसरा विनोद जो सरोज जीजी के भाई का बचपन का दोस्त था। उसे वह बचपन से राखी बाँधती आई थीं। लेकिन उसने राखी को एक तरफ कर उनसे कुछ एडवांसेज किए थे। उस दिन के बाद सरोज जीजी ने उसे कभी राखी नहीं बाँधी थी। वह सोचता था कि शायद उसकी वजह से हुआ हो ऐसा।

इन सबके बीच उनकी माँ की राय सबसे अलग थी, "लौंडिया ने चार अक्षर पढ़ लिए हैं तो अपने को हुस्नाबानू समझने लगी है। जि कहौ कि ऐसी सकल-सूरत पै अच्छौ छोरा मिल गयौ। नई तो टप्पे मारती फिरती। एक बार ब्याह है जान देउ तब देखियों, सास रे ते जु कबू सकल दिखाय दे।"

तो ऐसी चर्चा-कुचर्चाओं के बीच बारह तारीख आ गई थी और बहुत साधारण तरीके से सरोज जीजी की शादी हो गई थी।

आज की शादियों के शोर-शराबे, सजावट और पम्प-शो से दूर।

दो-चार दिन बाद जब वह ससुराल से लौटीं तो भरी-भरी, खुश-खुश। अपनी सास की तारीफ से लहालोट होतीं कि उन्होंने पचीस साल से अन्न को हाथ नहीं लगाया है और हमारे वो—हमारे वो या ये ऐसा करते हैं, वैसा करते हैं वाली शरारत भरी अदा।

अपनी सहेली के इस तरह उमगने पर बहन ने राहत की साँस ली थी। कुछ ही दिनों में वह कॉलेज जाने लगी थीं। उनका कहना था कि उन्होंने अपने ससुरालवालों को मना लिया है कि वे उन्हें कम-से-कम बी.ए. करने देंगे।

लेकिन यह कथा यदि इतनी सीधी होती तो क्यों मैं इसे लिखती, क्यों आप इसे सुनते या पढ़ते। ऐसा तो होता ही है या इसमें ऐसा नया क्या है जो पहले कभी सुना न गया हो, पढ़ा न गया हो, जाना न गया हो, महसूस न किया गया हो—अनन्त जीवन की अनन्त कथाएँ एक से एक अनोखी उसमें सरोज जीजी के मामूली से जीवन का क्या महत्त्व ?

यहीं से यह कथा समर साल्ट ले सकती है, वह सिर के बल खड़ी हो सकती है।

आप नहीं जानते, सरोज जीजी ही मुझसे ऐसा करने को कह रही हैं। वह मुझे चुनौती दे रही हैं—करके दिखाओ तुम लेखिका, सृष्टि निर्माता, नियन्ता, ब्रह्मा ! नहीं-नहीं मैं ऐसा कैसे कर सकती हूँ ? किसी कथा का अन्त बदलकर मैं उसके पात्रों के साथ कितना अन्याय कर रही होऊँगी। फिर भी मुझे कथा को उस दिशा में तो ले जाना ही होगा जिस तरफ वह अपने आप जाएगी। किसी नदी का बहाव, किसी पक्षी की उड़ान।

तो सरोज जीजी जब ससुराल से लौटीं तो सचमुच वह बहुत खुश थीं। कोई नहीं जानता था कि उनकी मीठी हँसी के पीछे कितना बड़ा खारा समुद्र लहरा रहा था। अपने विवाह के ठीक पन्द्रह दिन बाद उन्हें डिप्रेशन का गहरा झटका लगा था। वह पागल हो गई थीं। जिस दिन ऐसा हुआ था उसके अगले दिन उनके पति उन्हें लेने आनेवाले थे। उनके घर में घबराहट फैल गई थी। कहीं लड़का यह न समझ ले कि उसके साथ धोखा किया गया है। पागल लड़की उसे भेड़ दी गई है।

तब रात में ही लड़के को सन्देश भिजवाया गया था कि मेहरबानी करके अभी एक महीने तक वह न आएँ। लड़की को ससुराल से लौटते ही टायफायड हो गया है। टाइफायड यानी एक माह की मोहलत।

कम बोलनेवाली सरोज जीजी डिप्रेशन के कारण इतना अधिक बोलने लगी थीं कि सचमुच सुनते-सुनते सिर दर्द होने लगता था। एक बार शुरू होतीं तो अभिज्ञान शाकुन्तलम के श्लोक-दर-श्लोक सुनाती चली जाती थीं। मानस की चौपाइयाँ, उर्दू की शेरो-शायरी, गजल और दूसरी ओर भूत-चुड़ैल उतारनेवाले ओझा, ज्योतिषी, पंडित, पीर फकीर और कौन-कौन नहीं।

तब किसी ने उनके पिता को सलाह दी थी कि उन्हें किसी मनोचिकित्सक को दिखाया जाए। उनके पिता की समझ में बात आ गई थी। सायकियाट्रिस्ट ने उन्हें ठीक कर दिया था। दवाओं के असर से वह बहुत मोटी हो गई थीं। ठीक होते ही उन्हें माता-पिता ने लगभग धक्का देने के अन्दाज में ससुराल भेज दिया था। कहीं दोबारा कुछ न हो जाए। उनका बी.ए. करने का सपना अधूरा रह गया था।

उसके बाद उस शहर से नाता टूट गया था। सरोज जीजी की स्मृति के गर्त में कहीं खो गई थीं। उनकी खबरें जरूर मिलती रहती थीं। वह एक बेटी की माँ बन चुकी थीं और अपने ससुराल में पागल बहू के नाम से विख्यात हो चुकी थीं।

धीरे-धीरे हमारी स्मृतियाँ वर्तमान के इर्द-गिर्द मँडराती रहती हैं, वैसा ही कुछ सरोज जीजी के साथ हुआ था। वह सचमुच कभी याद नहीं आई थीं। उन जैसी कोई स्त्री भी तो कभी नहीं दिखी थी, जिसे देखकर उन्हें याद किया जा सकता।

पिछले साल उसी शहर में विनोद बहन को मिला था। वही विनोद जिससे नाराज होकर सरोज जीजी ने उसे राखी नहीं बाँधी थी। बहन ने उससे पूछा था, "सरोज का क्या हाल है ?"

"उनकी तो डैथ हो गई बहन जी।"

"डैथ," बहन का मुँह खुला रह गया। और वह अफसोस में डूब गई।

चलते-चलते मैंने कहा था, “मैं आज तक समझ नहीं सकी कि उन्हें डिप्रेशन क्यों हुआ था।”

“अरे था एक हरामजादा।”

“क्या मतलब ?”

“एक लड़का जो इसके घर के सामने ही रहता था। इसे पता नहीं था कि वह शादीशुदा है। शादी के बाद कमीना उसके ससुराल भी जा पहुँचा। कह किसी से कुछ नहीं सकी, बस पागल हो गई।”

और इस तरह एक कथा जो जहाँ से शुरू होती है, जिसे हम जैसे खत्म करना चाहते हैं वह बिलकुल उस तरह से खत्म नहीं होती। जैसे कि हमारे चाहने से कोई कथा शुरू नहीं हो सकती। प्रेम करने के कारण लड़कियाँ पागल हो सकती हैं। मर सकती हैं, सरेआम फाँसी पर लटकाई जा सकती हैं या सरोज जीजी की तरह एक अधूरी जिन्दगी के पार जा सकती हैं।

(उदय)

अलविदा

जिन्दगी में कितनी कहानियाँ एक साथ चलती रहती हैं। बिलकुल बेतरतीब, एक-दूसरे से अलग-थलग। फिर भी बेमिसाल, एक-दूसरे में गुँथी हुई।

ध्यान करते वक्त जिस तरह मन बन्दर की तरह उछल-कूद करता रहता है, उसे वापस खींच-खींचकर लौटाना पड़ता है, जीवन की कहानी की तरह ही। पटरी पर दौड़ने के लिए

किसी फिल्म की तरह !

एक नाटक की तरह !

एक आधे-अधूरे जीवन की तरह !

पटरियाँ उखड़ गई हैं।

बहन की आँखों के तारे काले की जगह ब्राउन हो गए हैं। उनमें असाधारण चमक है। वे आपको सीधे देखती हैं।

कट—फ्लैश—दृश्य दिन का। स्थान नर्सिंग होम—जो एक घर में है—उसके बिस्तर पर पड़ी बहन। उसकी आँखों के तारे वही पहचाने काले रंग के। लेकिन वे पथराई बड़ी आँखें डरावनी लगतीं।

हमें आया देख भांजी ने कहा था, "देखो कौन आया है ?"

उसने सिर फिराकर देखा, उठने की कोशिश की कि किसी ने रोका, "नहीं-नहीं लेटी रहो।"

उसके बाल झड़ गए थे और आवाज़ में भी एक कम्पन। लेकिन वे जीवन रहित आँखें आँसू बहाने से नहीं चूकी थीं।

"बड़ी इच्छा थी, तुम लोगों को देखने की।" पास पड़ी तौलिया ने आँसू सोख लिए थे उसके। लेकिन उसके जर्द पीले हाथ—इन्हें क्या हुआ ?

बच्चों ने कहा, "अरे यह तो हमने पीला जर्द रंग लाया है।"

कितने सारे फ्लैशबैक—वर्तमान की मुसीबतों से भागकर हम अतीत में गुम हो जाते हैं। गुम हो जाना चाहते हैं—जहाँ कभी पहुँचा नहीं जा सकता—फिर से छुआ नहीं जा सकता। वह हमें आवाज़ दे-देकर बुलाता है। जिन्दगी बीत जाती है, दौड़ते-दौड़ते पीछा

करते। जो एक वक्त में इतना आकर्षण पैदा करता है वह इतना ही आकर्षणहीन कैसे हो जाता है।

बहन का वह क्लान्त चेहरा—क्या उससे उस सुन्दर चेहरे की कोई संगति बैठती है।

स्कूल से लौटती एक तेरह-चौदह साल की लड़की। बड़ा-सा घर, बड़ा-सा संयुक्त परिवार, चाचा-चाची, ताऊ-ताई, माता-पिता, भाई-बहन। और लड़की पर पड़ती चील नजरें।

लड़की लौट रही है। एक हाथ से बस्ता सँभालती। बार-बार उसका हाथ अपने सिर की ओर पल्लू को खींचता। अचानक तेजी से एक रिक्शा उसके पास से गुजरता हुआ उसे गिरा देता है। लड़की सँभलती है। किताबें उठाती है। चोट तो ज्यादा नहीं लगी मगर साड़ी फट गई है। पल्लू से अगर सिर ढके तो फटा पल्लू दिखाई दे। वह पल्लू को कमर में खोंस कर चल देती है। कि एक टहोका उसके सिर पर पड़ता है, "क्यों री लड़की, सारी हया-शर्म बाजार में बेचकर खा गई। घर चलकर बताऊँगा।" बड़े चाचा साइकिल पर फुर्र हो जाते हैं।

बहन से पहले सड़क पर सिर उघाड़े घूमने की बात घर तक पहुँच जाती है। सबसे पहले चाचा ही अपना जोर आजमाते हैं फिर ताऊ जी अपने न्याय का एक तमाचा रसीद करते हैं। पिता पीछे कैसे रहें ? एक तमाचा कम मारेंगे तो सब यही कहेंगे कि अपनी लड़की थी तो प्रेम उमड़ आया, कम मारा। यही क्या कम है कि लड़की को घर से बाहर निकालकर पढ़ने भेज रहे हैं। पिटाई के बाद अच्छा सबक तो मिलना चाहिए। इसलिए लड़की को खाना नहीं दिया जाना चाहिए।

लड़की पिछवाड़े की कोठरी में बैठ घुटनों में सिर छिपा लेती है। कोई उसके आँसू नहीं पोंछता। माँ सबसे ज्यादा नाराज है। सारे घरवाले क्या कहेंगे—लड़की को मूँड उघाड़कर घूमना सिखाया है। संयुक्त परिवारों में लड़कियाँ कितनी भारी विपत्तियों को साथ लेकर आती हैं।

"बस आठवीं पास कर ले तो कोई छोरा पकड़कर इसका मुँह काला करो। हमारे जमाने में तो लड़कियों की पढ़ाई-लिखाई कोई पूछता तक नहीं था। आज तो सबको दसवीं पास चाहिए। सब दिनों का फेर।"—चाची की कमेंट्री। संस्कृति जो लड़कियों की पीठ पर बोरे भर-भरकर लदी है, वे उसके नीचे दबकर जितनी कराहती हैं, उतनी ही अच्छी मानी जाती हैं। एक रास्ता जो वह कभी नहीं बनाती, जिसे उस पर चलना है। रास्ता जिन्होंने बनाया है उसके आस-पास कितने गहरे गड्ढे-खंदक-खाइयाँ हैं। लड़कियाँ इन रास्तों से हटेंगी तो, इन्हीं कुँओं में गिरेंगी। जो लड़कियाँ सिर ढँककर नहीं चलेंगी उन्हें उनके घरवाले ही इन कुँओं में फेंक देंगे।

तेरह साल की लड़की कुछ बड़ी हो गई है। अब वह अकेली घर के दरवाजे पर खड़ी नहीं हो सकती। जमाना बहुत खराब है, वह पचास साल पहले भी खराब था, पचास साल बाद भी। लड़कियाँ और जमाना दादी के लिए साथ-साथ चलता है। उधर जमाना खराब होता है, उससे पहले लड़कियाँ खराब हो जाती हैं। जमाने के साथ-साथ

लड़कियों के इर्द-गिर्द चारदीवारियाँ और ऊँची हो जाती हैं।

"जब तू स्कूल जा रही थी। पड़ोस के कादूदी का लड़का घूर-घूरकर क्यों देख रहा था ?" भाई दहाड़ता है।

"मुझे क्या मालूम ?"

"मालूम-वालूम कुछ नहीं। अगर उसने फिर कभी तुझे घूरा तो तेरे दाँत तोड़ दूँगा।"

घूरता कोई है, दाँत किसी के टूटते हैं।

भैंस बाल्टी भरकर दूध देती है। दही जमाकर बड़े-बड़े मक्खन से भरे बरतन। उनका घी बनाकर डिब्बों में भरा जाता है। लड़के घी खाएँ, सिर पर लगाएँ। हाथ-पैरों पर मलें। लड़कियाँ घी बनाएँ, छाछ पिएँ।

हाई स्कूल के रिजल्ट में बहन पास हो गई। कच्चे आँगन को लीपती वह गुनगुना रही है कि दादी टोकती है—"लड़की, भले घर की छोरियाँ फिल्मी गाना नहीं गातीं।"

बहन उँगलियों पर गिनती है। भले घर की लड़कियाँ क्या-क्या नहीं कर सकतीं—गाना नहीं गा सकतीं, छत और दरवाजे पर खड़ी नहीं हो सकतीं, किसी पड़ोसी के यहाँ नहीं जा सकतीं। स्कूल में नाटक, खेल-कूद आदि में भाग नहीं ले सकतीं। उन्हें तो सिर्फ दो-चार कीरम-काँटे काढ़ने के लिए पढ़ना है। जिसमें कि अगर ब्याही जाएँ कहीं दूर और कभी-कभार चिट्ठी लिखनी हो तो लिख सकें।

पैंतीस साल पहले के फ्लैशबैक-कट।

बहन की लम्बी उँगलियाँ टेढ़ी हो गई हैं। उसका मुँह आधा खुला है।

"सारे दुखों का अन्त हो गया।"—कोई कहता है।

"हाँ इनके दुखों का तो अन्त हो गया। हमारे दुख शुरू हुए हैं। सैल्फिश थीं। चली गईं।" उसकी लड़की कहती है।

माँ की याद में पूरी उम्र ही तो रोती हैं लड़कियाँ। माँ की विरासत उन्हें ही तो मिलती है। वे ही माँ बनती हैं। विरासत में चल-अचल सम्पत्ति कुछ नहीं सिर्फ दुख जो माँ से माँ तक ट्रांसफर होते रहते हैं।

दिन है, मगर आँगन की बिजली जल रही है।

लोग आ रहे हैं—स्त्रियाँ फाटक से ही चीखना-चिल्लाना चालू करती हैं। फिर बहन की मृत देह के पास कुछ पल बैठती हैं और एक तरफ खिसक जाती हैं।

बहन की इच्छाएँ अधूरी थीं। वह अपने काम पूरे करके नहीं मरी। इसलिए जरूर भूत बन गई होगी। स्त्रियों के भूत स्त्रियों को ही पकड़ लेते हैं।

अलमारियों में कितना कुछ जोड़ा था उसने अपनी लड़कियों के लिए। उसकी अपनी शादी पर हुए दुनिया के झंझट। बार-बार शादी का मुहूर्त निकलता था और कोई न कोई कारण ऐसा होता था कि शादी टल जाती थी। फिर जैसे-तैसे शादी का दिन आया था।

प्रकृति भी जैसे उसके पीछे पड़ी थी। इतनी तेज़ आँधी आई थी कि सारे कनात-तम्बू उड़ गए थे।

"जरूर छोरी ने बचपन में कड़हिया चाटी होगी।"

"और नांय तौ, इत्ते-पौहे-जेंगरे हते।"

वैसे भी बहन किसी अजूबे से कम नहीं। नौकरी करती है। गाँव की पहली एम.एम. पास लड़की जिसने नौकरी करने के लिए कदम बाहर रखा है।

"राम-राम क्या जमाना आ गया ? ऐसी से ब्याह कौन करेगा ?"

"औरत और कुतिया बाहर निकलें एक बार तो बस बाहर की समझौ।"

लुगाइयों की पंचायत !

कहीं एक ईर्ष्या भी—लो इस घर की लड़कियाँ भी कमाने लगीं अब। अपने ब्याह लायक तो खुद ही जोड़ लेगी।

बारात आ रही है।

घर में दो तरह की सेनाएँ आमने-सामने खड़ी हैं—ऊर्जा, ओज और स्फूर्ति से भरा युवा वर्ग।

दूसरी ओर मूँछों और लाठी पर पकड़ मजबूत करता, अतीत की महान गाथाओं में रमा बुज़ुर्गों का संसार।

बुज़ुर्ग लोग—चाचा, ताऊ, पिता, बड़े-बूढ़े भाई चारपाइयों पर विराजमान हैं। बूढ़ी चाची-ताइयाँ छह हाथ का घूँघट काढ़े हैं।

युवा सेना अपने मोर्चे पर अड़ी है।

बुज़ुर्गों की राय में—जयमाला डालना उनकी परम्परा के विरुद्ध है।

युवा वर्ग बुज़ुर्गों का उदाहरण देकर धोबी पाट लगता है तो बुज़ुर्ग हड़बड़ाते हैं। ताऊ जी की सफेद मूँछें फड़फड़ाकर कहीं भागने की तैयारी करने लगती हैं। जब कोई बात काम नहीं आती तो समवेत स्वर में बुज़ुर्ग घोषणा करते हैं—"तुम लोग नए हो। तुम्हारा खून गरम है। लेकिन हमारे यहाँ जो अब तक होता आया है वही होगा। हम अपने यहाँ की रीत नहीं तोड़ेंगे। सगुन-सात की बात है। कहीं कुछ बुरा हो गया तो।"

जब तर्क काम न दे तो डर काम आता है।

डर का महाशास्त्र जो रीति-रिवाजों के नाम पर अपने फन फुँफकारता रहता है।

लेकिन ऊर्जा-ओजस्विता से किसी भी प्रकार के डर पर विजय पाई जा सकती है। वह भी युवा वर्ग की ओजस्विता। चुपके-चुपके से बनी योजनाएँ। इतनी चुपचाप कि किसी को खबर न हो।

द्वाराचार का वक्त। दरवाजे के दोनों ओर खड़ी बरतनों की कुतुब मीनारें, नाँद, कलश, गंगासागर, लोटा, गिलास बीच में दूल्हे के लिए रखी चौकी।

आरती का बखत हुआ। माँ को बुलाया। कि युवा वर्ग दुल्हन को लिए आता है। इस गाँव के इतिहास में पहली बार कोई दुल्हन बिना घूँघट के है। ऐसा गजब—पंडितों के खानदान ने नाक कटा दी। 'नाक तो वई दिन कट गई जा दिन छोरी ऐ नौकरी करिबे भेजो ओ।' अपने-अपने बच्चों को गोद में लटकाए औरतें कहती हैं।

ताऊ, चाचा सब क्रोध से उबलते—जरा बरात विदा है जान देउ फिर इन्हें देखिंगे।

मामूली-सी घटनाएँ कितनी बड़ी बन जाती हैं जीवन भर के लिए।

अपने जीवन में बहन ने हर बनी-बनाई लकीरों को तोड़ा लेकिन अपने बच्चों के लिए वह उसी चौदहवीं सदी में चली गई जिससे जिन्दगी भर लड़ती हुई आगे बढ़ी थी।

रूढ़ियाँ, परम्परा, लोग क्या कहेंगे ! दुनिया के रीति-रिवाज कायदे कानून !

मृत बहन की देह के पास खड़े भाई ने कहा था, "शायद यह ठीक रहती अगर नौकरी करती रहती।"

सब मन समझाने के तरीके।

दुल्हन की तरह सजी वह खुली आँखों से हम सबको देखती चली जा रही है कभी न आने को। उसकी बेटियाँ रोती हैं। यह घर—उसमें लगे पेड़-पौधे—सबमें वह है।

उसका कुत्ता चार्ली एक कोने में बैठा आसमान की तरफ मुँह करता हूँकरा भरता है।

उसके जीवन के इतने बरस हवा की तरह गायब हो चुके हैं।

'उसकी उम्र तो बस इतनी ही थी।'

'क्या साथ जाता है ? सब कुछ यहीं तो रह जाता है। इस दुनिया के कायदे-कानून, रीति-रिवाज सब यहीं की नेमतें हैं। जब भी कोई मुसीबत आती थी वह अपने ठाकुर जी की शरण में दौड़ती थी। वह भी उसे बचा नहीं सके।'

'सिर में मणि जड़वाकर लाई थी तभी तो सुहागिन मरी। देखो तो दुल्हन बनी कितनी सुन्दर लग रही है।'

औरतों का भाग्य ! मृत्यु में सुन्दरता तलाशता ! अपने लिए जीवन नहीं मृत्यु की कामना करता।

लोग चाय के स्वाद पर डिस्कस कर रहे हैं। गरमी भी है। एक मृत्यु कभी किसी दूसरे को अपनी मृत्यु का अहसास नहीं कराती। लगता है जो कुछ उसके साथ हुआ वह हमारे साथ कभी नहीं होगा।

मरते ही सारे रिश्ते-नाते खत्म ! निकालो-निकालो घर से भगाओ।

बहन जा रही है, कभी न लौट आने के लिए। छत पर चढ़ी बोगेनवेलिया फरफराती है—अलविदा !

('आजकल' स्वर्णजयंती विशेषांक)

एक है सुमन

सूरज बादलों के पार जा चुका था, मगर उसके होने का अहसास, उजाले से भरी शाम में बाकी था। इतनी दूरी के बावजूद उसकी उपस्थिति महसूस की जा सकती थी।

रेत से भरी सड़क के दाहिनी तरफ नए बने घर थे। दूसरी तरफ कुछ खपरैल के कच्चे घर। जिनके मुख्य दरवाजों के आसपास बहुत-सी रंगोलियाँ बनी हुई थीं। कई भूरी-सफेद बकरियाँ जमीन पर बैठी पगुरा रही थीं। उनके सिर पर लगा बरगद लहर-लहर उठता था।

"अरे तुम !" दरवाजा, खोलते ही सुमन की आँखें कौंध उठी थीं और वह दोनों हाथ फैलाए गरदन से चिपक गई थी, "कब पहुँची ? पता तो था तुम आओगी...मगर इतनी जल्दी...अरे, ठहरो, देखो पानी तक नहीं पिलाया।" और वह रसोई में चली गई।

बड़ा-सा साफ सुथरा घर। भव्य ड्राइंगरूम जिसमें एक दीवान, दो कुर्सियाँ और एक दीवार पर मधुबनी पेंटिंग। कोने में गणेश जी। दूसरे कोने में डाइनिंग टेबिल।

वह पानी लाई तो उसकी चोटी आगे तक झूल आई। लगा कोई काला नाग ट्रे में रखे गिलासों से पानी पीना चाहता हो।

मुझे मुस्कराते देख बोली, "क्यों हँस रही हो ?"

"हँसी कहाँ ! मुस्कराई भर।"

"क्यों ?"

"तेरे बालों को देख मुझे वह विभु याद आ गया।" विभु का नाम सुन वह जोर से हँसी और गिलास गिरने से बचे।

"तुम्हें भी क्या-क्या चीजें याद आती हैं।"

"तेरे लम्बे बाल इतने दिनों बाद देखे तो बताओ विभु के अलावा और कौन याद आता जो तेरे बालों की छाँव में पूरी जिन्दगी बिताना चाहता था।"

"पता नहीं कहाँ है ? जिन्दगी तो उसके बिना भी बीती ही जा रही है। होगा कहीं, चलो पानी लो। मैं तब तक चाय रखती हूँ।"

मैं भी उसके पीछे-पीछे रसोई के दरवाजे पर जाकर खड़ी हो गई।

"चीनी कितनी ?"

"चीनी नहीं।"

"क्यों डायबेटिक हो।"

"हूँ नहीं, पर पहले से सावधानियाँ बरतने में क्या हर्ज है ?"

गरम चाय की चुस्कियों में ढेर-सी बातें थीं, अपनी नौकरी, वे सपने जो कभी पूरे नहीं हुए और वे सपने जो कभी देखे नहीं गए या जिन्हें देखने की कभी फुरसत ही नहीं मिली।

उसका खाना बनाने का मन नहीं था। हमने खाना बाहर से मँगवा लिया।

"चलो तुम्हें घर दिखाऊँ।" तीन खुले कमरों का घर। बालकनी जिससे दौड़ता-भागता हाईवे दिखता था। एक छोटा-सा पूजा का कमरा।

"तू पूजा कब से करने लगी ?"

"मजबूरी।"

"कैसे ?"

"जब सब तरफ से अवमानना मिले तो कहीं तो कोई सहारा ढूँढ़ना पड़ता है।" —उसकी आवाज़ दूर देखते खो गई।

"तू देख रही है न हाईवे, देख कितनी भीड़भाड़ है। एक-दूसरे से बचते हुए भी एक लीक पर चल रहे हैं। जो लीक पर चलते हैं गुम हो जाते हैं। जो दौड़ती सड़क से दूर हटकर कोई पगडंडी चुनते हैं, वे अक्सर अकेले दिखते हैं। उन पर पत्थर फेंकना बहुत आसान है। लेकिन जो पगडंडी पर चलते हैं, वे ही लीक तोड़ते हैं। लीक पर चलना भी कोई चलना है।"

उसकी आँखों में आर्द्रता भर गई—"आप पहली हैं जिन्होंने मुझे कुछ आश्वस्ति दी है।"

"आखिर हम आश्वस्ति तलाशें भी क्यों ? किसी के कुछ कहने-सुनने से फर्क भी क्या पड़ता है। इन दिनों जब निन्दा तक अपने अर्थ खो बैठी हो तब तारीफ का ही क्या मायने है ? तुम अपनी तारीफ किसी से क्यों सुनना चाहती हो ?"

उसके ओठ हल्के-से काँपे फिर उसने सिर झुका लिया, "और चाय पिएँगी ?"

"नहीं।"

मैंने देखा, कोई बात उसके गले से बाहर नहीं आ पा रही थी। उसकी आँखों का सूनापन छत से जा चिपका था, "आपको पता है पिछले चार सालों में मैं किसी शादी, तीज-त्यौहार या रिश्तेदारी में नहीं गई।"

"क्यों भला ? अपनी नजरों में खुद को अपराधी मान रही हो। तब फिर दूसरे ऐसा मानें तो क्या ! पहले खुद पर भरोसा करना सीखो।" मैंने लगभग उसे डाँटा।

"जानती हैं, आज लग रहा है, वर्षों से शायद किसी ने मुझे डाँटा ही नहीं है। और आप इतने दिनों बाद क्यों आईं...बताइए न !" वह बच्चों की तरह ठुनकने लगी, "आप चाहे जितने दिनों बाद मिलें कभी नहीं बदलती हैं। वैसी ही रहती हैं।"

"कैसी तो ?"

"बिलकुल वैसी ही, पहले जैसी। लोग तो अगले दिन बदल जाते हैं।"

"तुम मेरी दोस्त हो और अच्छाइयाँ देख रही हो। मेरे अन्दर बहुत-सी बुराइयाँ हैं। जिनके बारे में मैं जानती हूँ। वैसे भी हम हमेशा किसी पुराने में पहले जैसा सब कुछ ही क्यों तलाशते फिरते हैं।"

"बस, बस रहने दीजिए ज्यादा अपनी चीर-फाड़ करने की जरूरत नहीं है। आज तो आप रुकेंगी न !" वह बिना मतलब ही तालियाँ बजाने लगी।

"हाँ...इस वक्त कहाँ जाऊँगी ?"—मैंने कहा। तभी दरवाजे पर आहट हुई। सुमन की आँखें चमकने लगीं। एक बूढ़ा कृशकाय व्यक्ति अन्दर आया। सुमन परिचय कराती उससे पहले ही उसने कहा, "आप सुमन की मीना दीदी हैं। अक्सर बात करती है आपकी।"

"हाँ, मेरी योग्यतम छात्राओं में से एक थी।"

"मुझे दुबे कहते हैं।"

"जी पहली बार मिल रहे हैं। मगर बिना मिले भी मेरा परिचय है आपसे।"

"आपने खाना खाया ? और दवा ? अरे आपके लिए नींबू-पानी तो लाना भूल ही गई।" सुमन ने चिन्ता की।

दुबे जी के आते ही वह भूल गई कि मैं भी वहाँ हूँ। उनकी पसन्द, नापसन्द, बदलने के कपड़े, आराम सबके बारे में प्रश्न और हिदायतें।

"अब देखिए, यह इतनी पागल लड़की है कि मुझे कुछ करने ही नहीं देती।"

एक छिपी हुई प्रशंसा !

"आप आराम करें, मैं और दीदी बाजार होकर आएँ ?" सुमन ने पूछा।

उनके हाँ कहने पर हम बाहर निकल आए।

"आपको पता है, शुरू-शुरू में दुबे जी मेरे साथ जाने तक से शरमाते थे कि कहीं कोई हमें बाप-बेटी न कह दे। बहुत पढ़े-लिखे हैं। समझदार।" उसने जैसे खुद से कहा।

"उनके घर में कौन-कौन हैं ?"

"बेटे, बहुएँ, नाती-पोती, दो बेटियाँ।"

"और पत्नी ?"

"उन्हें गुजरे तो जमाना हो गया।"

"वे लोग आते हैं तुम्हारे पास ?"

"बहुत कम। उन्हें लगता है कि मुझे दुबे जी की प्रापर्टी से कुछ चाहिए। मेरा अपना घर है। अच्छी-भली नौकरी है। मैंने उनसे कह दिया है जमीन, जायदाद, खेती-बाड़ी और दुबे जी का नाम भी तुम रखो। मुझे तो सिर्फ दुबे जी दे दो।"

"हाँ, एक बूढ़ा व्यक्ति जो रिटायर हो चुका है, जिसकी पत्नी नहीं है, उसकी जरूरत किसी को क्यों होगी ?" मैंने कहा।

सुमन सब्जी की दुकान पर रुक गई। चुन-चुनकर और सोच-सोचकर सब्जी खरीदती रही। फिर लौटी, "मैंने कोई उनसे शादी तो की नहीं है जो अपना नाम बदलूँ।

वैसे भी आजकल शादी के बाद भी कौन नाम बदलता है। मुझे कुछ नहीं चाहिए, सिर्फ दुबे जी...यहाँ तक कि कोई सन्तान तक नहीं।"

सुमन की आँखों का बावलापन...जो व्यक्ति अपनों के लिए व्यर्थ हो चुका था उसे यह पराई लड़की किसी कीमती आभूषण की तरह सँभाल रही थी। उसने इस व्यक्ति के लिए दुनिया छोड़ दी थी, मगर दुनिया थी कि उसके पीछे पड़ी थी, उसे चैन से जीने नहीं दे रही थी।

उसका इतना बड़ा दिल, इतना उदार मन, कहीं तो कोई जरूर होगा जो जान सकेगा।

(आउटलुक, कहानी विशेषांक)

हर बार लौटना

मिसेज सक्सेना अब क्या करें ? दिन अभी शुरू नहीं हुआ कि खत्म होने का इन्तजार करने लगी हैं। कहने को तो बस नौ ही बजे हैं, लेकिन महसूस होता है जैसे घड़ी की सुइयाँ वहीं की वहीं अटक गई हैं। वे खिसक ही नहीं रहीं। नाश्ता बना चुकी हैं। पति का लंच बॉक्स उन्हें दे दिया है। बस दो महीने और बचे। फिर वह रिटायर हो जाएँगे—तब वक्त कैसे कटेगा ?

युवावस्था में वह नौकरी को कितना कोसते थे। बोरियत, उबाऊपन, अफसरों से कहासुनी, वक्त का न होना, बच्चों की देखभाल, बीमारियाँ और तमाम किस्म की दुनियादारी...तब जैसे अपने मन को समझाते थे नौकरी को गालियाँ देकर, एक प्रकार का कम्पनसेशन लेकिन आज उनका उदास चेहरा, खोयापन—दो महीने के एक दिन में से आधा खर्च हो और वे दो महीने कभी खत्म न हों। एक दिन का बीत जाना...एक डर को अपने साथ लिए आना, आजू-बाजू साथ-साथ चलना, बचना, खत्म हो जाना।

लेकिन उनकी ही क्या कहें। मिसेज सक्सेना, खुद को यह स्वीकार करते तकलीफ होती है कि पूरी की पूरी जिन्दगी बीत गई है। इस आखिरी सिरे पर खड़ी होकर पीछे मुड़कर देखती हैं, संध्या-वन्दन के समय सुबह की प्रार्थना, मन्दिर की घंटियों की हलकी आवाजें...कुछ भी तो साफ नहीं दिखता। सारी घटनाएँ अभी घटी लगती हैं—सब कुछ अभी तो हुआ है। चालीस साल पहले, नहीं कुछ वर्ष पहले, अभी इसी दिन, वह पट्टी-खड़िया लेकर स्कूल पढ़ने गई थीं। आटे, हल्दी, धूप, सिन्दूर, कनेर से पट्टी पूजती माँ का दिपदिपाता चेहरा अभी तक याद है...कैसे भूल सकती हैं ?

फिर भाई की शादी...वह भी नहीं भूली जाती। भाभी के सलमे-सितारे टँके कपड़े लम्बा घूँघट...चेहरा देखने के लिए जमीन से झाँकती आँखें...ऐसा करते देख भाभी हँसी थीं...उनके सफेद दाँत चमके थे। नथ हलके से हिली थी। भाभी ने उन्हें गोद में बिठा लिया था। फिर अपनी गोद में ही बैठाकर पूरी और आलू का साग खिलाया था...पूरी की टुकड़े तोड़ती मुँह तक बढ़ती उनकी मेंहदी रची उँगलियाँ अब तक आँखों के सामने जिन्दा हो जाती हैं। कई दिन बाद जब भाभी मायके जा रही थीं तो उनके साथ जाने की जिद। अपने कपड़ों की पोटली...जोर-जोर से रोना और भाभी का घूँघट से पलटकर

बार-बार देखना। जैसे वह साथ ले जाना चाहती थीं। उनकी आँखों में तिरता कुछ... कोई अपने ससुराल से मायके जाते वक्त भी रोता है। लड़कियाँ ससुराल के दुख की कल्पनाओं से कितनी भयभीत रहती हैं कि हर बार जब मायके से लौटती हैं, रोती हुई। भाभी जाते हुए रो रही थीं। उसके बाद वह भी नहीं मिलीं। अपने गाँव के घर में वह चूल्हे पर खाना पका रही थीं। कपड़ों ने आग पकड़ी तो समझा चूल्हे का ताप लग रहा है। नरम-सा सर्दियों का सुख...मगर वह ताप नहीं था। भाभी के लम्बे बाल सूखी दूब की तरह जल गए थे। रिक्शे में बैठकर घूँघट से झाँकती वह, उनकी सफेद स्थिर पुतलियाँ आज भी किसी फ्रीज हुए शाट की तरह मन में बैठी हैं।

कुछ माह बाद घर में दूसरी भाभी आ गई थीं। पहलीवाली भाभी को सब भूल गए थे...उन्हें जानबूझकर भुला दिया गया था। मृत आत्मा को बार-बार याद करो तो उसके चैन में खलल पड़ता है...जीवित लोग भी परेशान होते हैं...नई भाभी परेशान होतीं तो ! मरते ही सारे सम्बन्ध अपदस्थ हो जाते हैं...जिनके लिए जीवन गुजारा, सुख-दुख के तूफान झेले वे ही छूट भागना चाहते हैं...मुक्ति की कामना, सम्बन्धों से मुक्ति। लेकिन सचमुच क्या कोई मुक्त होता है ? मिसेज सक्सेना क्या हो सकीं ?

भाभी के साथ बिताए उन तीन-चार दिनों को याद करते वह नन्ही-सी बच्ची हो जाती हैं। आसपास फैली हल्दी, तेल, महावर, मेंहदी सबकी मिली-जुली गन्ध को महसूस कर सकती हैं। भाभी का चोटी बनाना और शीशे में देखकर छोटी-सी बिन्दी लगाना। माँ या भाई के आने पर झपटकर, घूँघट काढ़कर एक ओर खड़े हो जाना। उनकी वह गुलाबी साड़ी जिसके लिए भाभी ने कहा था, 'थोड़े दिन रुक जाओ।' इसमें से मैं तुम्हारे लिए फ्राक सिल दूँगी। कौन जानता था, भाभी कभी नहीं आएँगी। और वह कभी गुलाबी फ्राक नहीं पहनेंगी। तब से गुलाबी रंग को उन्होंने अपने जीवन से बाहर कर दिया था। शायद ही कभी कोई गुलाबी कपड़ा उन्होंने खरीदा। हिम्मत ही नहीं हुई। उनकी कल्पना में जब भी गुलाबी रंग आया, जली हुई भाभी की लाश दिखाई दी। अफसोस कि उनकी याद को जीवित रखने का और कोई सिलसिला उनके पास नहीं था। उनका एक फोटो तक नहीं। पर भाभी कभी स्मृतियों से जा नहीं सकीं। वे हर बार लौट आतीं। बार-बार कुछ और नया कहने के लिए। कुछ और नया सोचने के लिए।

जीवन का यह आखिरी पड़ाव...पहले सोचती थीं, जब बच्चे छोटे थे...चारों ओर कठिनाइयों के समुद्र लहराते थे...तब महसूस होता था शायद जीवन इसी तरह फिसल जाएगा। बच्चों का होमवर्क, उनकी पी.टी.एम., यूनिफार्म, रबर, पेंसिल, पैन, स्कैचपैन, प्रोजेक्टस, फंक्शन्स, कितना कुछ...दम मारने की फुरसत नहीं। फिर यह भी कि माँ आप काम क्यों नहीं करतीं ? सबकी मम्मी काम करती हैं।

'काम नहीं करतीं...' सुनकर वह चकित हो उठती थीं। घर का काम यानी काम नहीं...नौकरी करना असली काम। खाना पकाना, अचार बनाना, पापड़, बड़ियाँ, मिठाइयाँ, कांजी, कपड़े धोना, प्रैस करना, सिलाई, सफाई, मेहमाननवाजी काम कहाँ...एक व्यर्थता...क्या किया ? घर में रहनेवाली स्त्रियाँ...उन्हें क्या आता है ? वे क्या

करती हैं ? वे माँ होती हैं, जो करती हैं, मगर कहती कुछ नहीं। अपने लिए कुछ नहीं चाहिए। बीमारी और तकलीफ में भी उनकी आहें नहीं सुनी जा सकतीं। वे मुस्कराती हैं और मुस्कराती ही जाती हैं, जिन्दगी भर।' मिसेज सक्सेना भी इससे अलग कहाँ है। घर की कितनी चीजों पर बच्चों के निशान मौजूद हैं। लेकिन वे निशान ही हैं...बच्चे चले गए हैं। उनके मजबूत पंख उन्हें उड़ा ले गए हैं। वे पंख जो मिसेज सक्सेना ने अपने सामने उगते देखे, नन्हे-नन्हे। उन्हें मजबूत किया। मजबूती के लिए चाहिए थी अच्छी शिक्षा, पूरी नींद, पूरी केयर, पूरा प्यार, समय और समय का मैनेजमेंट। जीवन के बहुत-से वर्ष सिर्फ इस चिन्ता से बीत गए कि बच्चों को उनकी जरूरत है—इसलिए सीमा रेखा घर के अन्दर ही बनती है। उनके इम्तिहान, उनका रिजल्ट, उनकी कॉपी-किताबें एडमीशन—सफलताएँ।

सफलता की कामना के लिए कितने पूजा-पाठ व्रत-उपवास। हनुमान जी, शिवजी, दुर्गा, काली, गणेश, श्रीराम, कृष्ण-परशुराम। लक्ष्मी-सरस्वती रक्षा करो...सबको नमन...क्या पता कौन मदद कर दे...स्वार्थी मन देवताओं से भी बारगेन करता था..रक्षा करना...सफलता देना...नहीं तो देख लेना...देख लेना...अच्छा था मूर्तियाँ सुन नहीं सकती थीं...इसीलिए रिएक्ट नहीं करती थीं।

किताबों के समुद्र में डूबे बच्चे...कहीं मैथ्स उछल-कूद मचाता था...कैमिस्ट्री आँसू बहाती थी...फिजिक्स किसी पहलवान की तरह भुजाएँ फड़काती थी...ऐसे में बच्चों को क्या चाहिए ? चाय-कॉफी, खाना, म्यूजिक, सिर में तेल...बताए गए वक्त पर उठाना...उनके फैले कपड़े, बर्तन, जूते-चप्पल सब कुछ समेटना। खीजना। टेलीफोन पर धीरे-धीरे बातचीत। टी.वी. का बन्द हो जाना...एक चक्र—रात-दिन, दिन-रात चौबीस नहीं, अड़तालीस घंटे, तीन सौ पैंसठ दिन।

लेकिन अब कुछ बचा ही नहीं। बच्चों के फैलाए घर को देखकर पहले जहाँ परेशान होती थीं, अब सामान जहाँ रखती हैं, वहाँ से कोई हिलानेवाला नहीं बचा। पन्द्रह दिन बाद भी वह चीजों को अपने स्थान से उठा सकती हैं। पहले तो हाल की हाल रखी चीज नहीं मिलती थी। वह इस बात से परेशान हो उठती थीं। बच्चों को समझाती थीं। वे उस वक्त हाँ-हाँ करते थे और अगले ही पल भूल जाते थे।

फिर धीरे-धीरे वे घर से बाहर निकले और वापस आ गए। समय पर। उसके बाद समय पर आना न आना उनके काम पर निर्भर होने लगा। देर तक वह उनके लौटने, खाना खाने का इन्तजार करतीं लेकिन बहुत बार वे बाहर से खाकर आ जाते। वह नाराज होतीं। अगर फोन करके उन्हें बता दिया जाए, तो इतना खाना न बिगड़े। न उनकी मेहनत व्यर्थ हो। लेकिन उन्हें कभी याद न रहता। जिस दिन चिढ़कर खाना न बनातीं, उस दिन जरूर खाना माँगते।

लेकिन मिसेज सक्सेना ने यही चाहा था जीवन भर कि बच्चे सफल हो जाएँ, उन्हें भूल जाएँ तो क्या। सफलता का हर तर्क बुजुर्ग माता-पिता को खारिज ही करता है। फिर यह दुख क्यों, रोना-धोना क्यों ?

बच्चों को उसी तरह भूल जाएँ जिस तरह अपने माता-पिता को भूल गईं। भाई-बहन नाते-रिश्तेदार कोई भी याद नहीं आया। अपने परिवार के सामने। अपने अकेलेपन का वरण खुद उन्होंने ही तो किया था तो अब आँसू क्यों बहा रही हैं ?

भूलो-भूलो सब कुछ को भूलने से बेहतर कुछ नहीं...लेकिन कैसे भूलें ? इतने बचपन की स्मृति भाभी, उन्हें ही नहीं भूल सकीं।

('नवभारत', भोपाल)

रसोईघर

मैं पहली कलैक्टर थी उस सूबे की। पहाड़ी इलाकों और गाँवों में भी जाना पड़ता था। जगहें ऐसी थीं कि जहाँ गाड़ी भी नहीं जाती थी तब मैं हैट लगाकर घोड़े पर सवार होकर जाती थी।

• ग्रेनाइट से बने भव्य ड्राइंगरूम में घोड़े पर सवार एक युवती..विशालकाय चित्र दीवार को ढँकता। दीवारें गवाह हैं बहुत-सी स्मृतियों की। सामने जो बैठी हैं, वह कौन हैं।

घोड़े की टापों की दूर तक जाती आवाज़...टप...टप...टप। उन्हें पकड़ने की कोशिश...जब उम्र होती है लगता है वक्त थम गया है। जब उम्र नहीं होती वक्त को पकड़ने, उसे रोके रखने की सारी कोशिशें नाकामयाब हो जाती हैं।

सामने उफनती नदी है। मीराबाई घोड़े पर सवार उन्हें दूर उस पार जाना है। कोई नाव नहीं दूर-दूर तक। बिजली शैतान की आँख जैसी चमक रही है बार-बार। बारिश हो गई तो ठिकाना नहीं...भीगते हुए घर पहुँचने में कई घंटे लग जाएँगे तब बुखार, सरदी, खाँसी। कोई है, वह सोचती है जोर से पुकारें पर ऐसी आँधी-तूफान में कौन उसके कलक्टरी वाले रोब-रुतबे की आवाज़ को सुनेगा...कौन है जो दौड़ा आएगा...वह लौट चलती है। नदी अगर आदमी होती तो उसकी उस जुबानदराजी पर जमकर धुनाई करवातीं।

किसी जुलूस में जब कोई सबसे तेज़ नारे लगाता है तो वह मीराबाई के सबसे तेज़ शॉट को इन्वाइट करता है...टप...टप...टप टापें धीमी पड़ गई हैं। घोड़ा लौट गया है...दीवार के चित्र में घुस हिनहिनाकर कह रहा है...मैं वही हूँ...जो तुम्हारे साथ इतने दिन रहा और तुमने...

आपने अपने घोड़े को बचपन से पाला था आखिरी समय तक आपके साथ रहा।

नहीं...वह खो गई हैं। मेरा ट्रांसफर हो गया था। जिमी यानी कि मेरा घोड़ा बूढ़ा हो गया था। फिर तब तक गाड़ी भी खरीद ली थी मैंने...इसलिए...वह रुकती हैं। तस्वीर में उनकी आँखें गड़ जाती हैं फिर झुक जाती हैं, जैसे सामना न करना चाहती हों ! 'दे दिया मैंने किसी को, हालाँकि बहुत बुरा लगा।'

'झूठ है...झूठ है।' पूरे कमरे में गूँज रहा है झूठ है...झूठ है। लौटकर आती प्रतिध्वनियाँ...आगे-पीछे की आवाजों को पहचानना मुश्किल है।

तस्वीर का घोड़ा चिल्ला रहा है—इन्होंने मुझे किसी को नहीं कसाई को बेचा था। जब मैं बूढ़ा हो गया तो इन पर मामूली भूसा भी भारी पड़ने लगा। बस बेच दिया मुझे। आज अपना चेहरा चमकाने के लिए कह रही हैं कि बड़ा दुख हुआ था। इनके दुख का पैमाना भी मतलब से चलता था। दुख भी इनकी आँखों में आँसू बनकर तब तैरता था जब कोई महत्त्वपूर्ण आदमी देख रहा हो। घोड़ा किसी ज्ञानी की तरह चिन्दियाँ बिखेर रहा है...लेकिन मीराबाई सत्ता के गए वर्षों में उलटे पाँव दौड़ रही हैं।

सत्ता किसी की नहीं होती। वह न स्त्री देखती है न पुरुष। जो भी उसकी गिरफ्त में आता है, उसी के चलाए चलता है।

वह बता रही हैं...जब मैं लखनऊ में थी तो वहाँ गरीब घर की लड़कियों को पढ़ाई तो क्या दो जून की रोटी नसीब नहीं थी। तब मैंने तीन काम इकट्ठे किए थे। एक ट्रेनिंग सेन्टर खुलवाया। इसमें लड़कियाँ सिलाई-कढ़ाई सीखती थीं। वहाँ तैयार होनेवाले सामान को बिकवाने का इन्तजाम किया। फिर ट्रेनिंग सेन्टर में ही ये लड़कियाँ पढ़ती थीं। बहुत-सी लड़कियाँ बहुत काबिल निकलीं। उनमें से तो कई टीचर हैं। सबकी घर-गृहस्थियाँ हैं। बहुत दिनों तक मिलने भी आती थीं।

और तुम्हारी घर-गृहस्थी मीराबाई !

मैं अपने काम में ही इतना खोई थी। मगर यह सच नहीं है। सिर्फ मन को बहलाना है। दूसरों से भी ज्यादा खुद के मन को। बात तो यह है कि उन दिनों कलेक्टर लड़कियाँ, मुगलवंश की शहजादियों से कम न थीं। लड़कों को तो चाहिए थीं, घरेलू टाइम पर घर आनेवाली लड़कियाँ। मैं तो उन दिनों भी रात-बिरात घर लौटती थी। लड़के मुझे देखते तो उन्हें कॉम्पलैक्स हो जाता था। फिर मैं भी कोई कम गरूर में नहीं रहती थी। जिन दिनों लड़कियाँ घर से बाहर नहीं निकलती थीं, उन दिनों मेरे पिता ने मुझे लड़कियों नहीं लड़कोंवाले काम सिखाए।

कभी अकेलापन खला नहीं...।

नहीं तब तक तो नहीं जब तक नौकरी पर थी। भाग-दौड़ थी। आना-जाना था। यह मीटिंग, वह मीटिंग, कान्फ्रेंस, घूमना-फिरना...हाँ, रिटायरमेंट के बाद जरूर कभी-कभी लगता था क्योंकि मेरा कोई भाई-बहन भी नहीं है। मगर इस उमर तक तो आते-आते बड़े-बड़े जोड़े बिछड़ जाते हैं। जिन्होंने पचास साल साथ काटे होते हैं, उनमें से भी कोई एक रह जाता है।

मीराबाई के घर के बाहर आम के पेड़ पर तोता आम भी कुतर रहा है। आवाजें भी दे रहा है। जब तक दस-बीस कच्ची अमिया कुतर न डाले मानता नहीं। जब-तब अपने पूरे कुनबे को भी साथ ले आता है। चाहे जितना भगाएँ नहीं भागता। तभी भाग सकता है जब इस पेड़ को कटवा दें। वह खुद ही मुस्कराती हैं—आम बचाने के लिए तोते को भगाना है, इसलिए पेड़ कटवा दो। न पेड़ होगा न आम लगेंगे न तोते उस

पर आएँगे। वह बीते दिनों की डोर पकड़कर लौट जाना चाहती हैं। उनके बीते वर्ष...बड़े-बड़े बँगले, पेड़-पौधे, पशु-पक्षी सलाम की मुद्राएँ और उन मुद्राओं से बचकर कुछ विशिष्ट दिखने की ख्वाहिश। लेकिन जो किसी एक के लिए विशिष्ट होता है, हो सकता है वह दूसरे के लिए बिलकुल मामूली हो।

वे लड़कियाँ जिनके पढ़ाने में उन्होंने मदद की थी अपनी जैसी ही दूसरी लड़कियों के सामने खुद को कैसा समझने लगी थीं। कल तक जैसी वे खुद थीं आज वैसी लड़कियों से बात तक न करती थीं। उनके सामने अपने हुनर और पढ़ाई-लिखाई को बढ़-चढ़कर बताती थीं। लड़ाई के वक्त अपने को श्रेष्ठ साबित करने के लिए गाली-गलौज तक की भाषा पर उतर आती थीं। लगभग यही स्थिति मीरा की अपने परिवार में थी। उनकी चचेरी, ममेरी बहनें...कितनी ईर्ष्या की लपटें...तुलना, नफरत-प्रतिहिंसा तब मीरा का मन अहंकार और तृप्ति से भर उठता था। है कोई उन जैसा, जो उनकी आलोचना करती हैं। शादी न होने पर आगे नाथ न पीछे पगहा का उलाहना देती हैं, वे अपने दुख को कभी नहीं बतातीं, काश ! वे भी उन जैसी हो सकतीं। उन्हें भी खुले आसमान में उड़ने की इतनी आजादी होती। सचमुच चित्र से निकलकर घोड़ा फिर से भागा जा रहा है। आसमान में दौड़ लगा रहा है। मीरा बाई ने बड़े जतन से लगाम कस रखी है। आसमान से जमीन पर गिरना...जो आसमान छूते हैं वे कभी न कभी जमीन पर गिरने के खतरे से परेशान रहते हैं।

वह उतरना चाहती हैं, बचना चाहती हैं, मगर घोड़ा है कि उतरने नहीं दे रहा। वह उसकी लगाम खींचती हैं लेकिन उस पर कोई असर नहीं पड़ता।

वह आसमान में उड़ रहा है। अचानक ठहर जाता है। उसकी पीठ पर लहरों की तरह सिहरनें उठती हैं। मीराबाई गिरने लगती हैं—नीचे और नीचे। गिरने की कोई सीमा नहीं होती अन्त भी नहीं।

अच्छा, क्या सचमुच आप इतनी कठोर और पत्थर दिल हैं कि कभी कोई अच्छा नहीं लगा।

कौन अच्छा लगता ? कोई फुरसत ही नहीं मिली। झूठ है सब झूठ...बहाने हैं... जो अच्छा लगा उसकी स्टेटस...उसका फैमिली बैकग्राउंड, खाना खाने, कपड़े पहने के तौर-तरीके, चाल-ढाल, उठक-बैठक, आखिर साथ रहने के लिए जीवन काटने के लिए कितनी नाप-जोख, उठक-बैठक और उस सबके बाद एक खालीपन...पसन्द-नापसन्द के लिए कितना कुछ जानना पड़ता है। पर अब इस उम्र में...पीछे मुड़कर देखना, लौटना, लौटो तो कहाँ तक जा सकते हो ? बीते हुए वर्ष ! कॉलेज के दिन...पढ़ना-पढ़ना और पढ़ना। अपनी सफलता से भी ज्यादा यह चिन्ता कि कौन कितना पीछे छूट गया ? जीवन की आपाधापी में अपनी प्रगति से भी ज्यादा चिन्ता दूसरों के पीछे छूट जाने की होती है।

है कोई पूरे घर, मोहल्ले, कसबे, जिले में ! एक इकलौती मीराबाई ! हमारी बेटी ! बेटी क्या बेटे भी ऐसे नहीं होते। है कोई ! कोड़ा तड़तड़ाता। घायल करता चलता है

सबको। सब उम्मीद करते हैं कभी वह कोड़ा हाथ आ जाए तो उसके इतने टुकड़े कर दिए जाएँ कि वह कभी किसी पर न बरस सके। लेकिन वह कभी हाथ नहीं आता। उसकी शक्ति बढ़ती है, चोटें बढ़ती हैं, दुश्मन बढ़ते हैं।

हजारों दुश्मन ! एक से बढ़कर एक। नीचा दिखाने को आतुर। लेकिन मीराबाई के माता-पिता ने भी तो कम लोगों को नीचा नहीं दिखाया है। उसी का बदला वे उन से लेते हैं तो क्या !

लेकिन पीछे मुड़कर कितना देखें ? कितना अतीत में जाएँ !

वह देखती हैं नए किराएदार के जोड़े को। वे हमेशा कैसे हँसते-खिलखिलाते नजर आते हैं। क्या सचमुच लोगों के जीवन में इतनी ही खुशी होती है या वे खुशी का दिखावा भी करते हैं। तभी नई आई वह लड़की चुपके से उनके पास आकर खड़ी हो जाती है। उसके चेहरे से लालिमा फूटी पड़ती है। उम्र की ताजगी चेहरे से टपकती है।

वह अपनी यादों में गोते लगा रही हैं और लड़की इन्तज़ार में है कि वह लौटें तो कुछ कहे। वह मुड़ती हैं। पुराना अफसरी अन्दाज लौट आता है। आँखों की भाषा बिना कुछ कहे पूछने की।

लड़की समझ जाती है।

"आंटी वहाँ तो एक आदमी भी ठीक से खड़ा नहीं हो सकता और पत्थर इतने नीचे लगे हैं कि सिर में लगते हैं।"

"कहाँ !"—छोटा सवाल। आसमान में तिरती आँखें जैसे वहीं कुछ छिपा हो।

"किचन में आंटी। इतना अनकम्फर्टेबल है।"

—लड़की एक्सप्लेन करती है।

"लेकिन किचन से तुम्हें क्या मतलब ?" वह आँखे तरेरती हैं।

"आंटी मैं समझी नहीं।" वह सचमुच नहीं समझ पाती। उसकी आँखें आश्चर्य से फैल जाती हैं, "हम खाना किचन में ही तो बनाएँगे। आप कहती हैं, मुझे किचन से क्या मतलब ?" मीराबाई मुसकराती हैं।

"भाई मैंने तो कभी इस बारे में सोचा नहीं। जब से पैदा हुई, किचन में नौकरों को ही खाना पकाते देखा।"

"इसलिए आंटी किचन में पत्थर इतने नीचे लगे हैं कि वे लगातार सिर से टकराते रहें। कोई वेंटीलेशन नहीं, फ्रेश एअर नहीं। खड़े होने की जगह तक नहीं।" लड़की खौलने लगती है।

"अरे भाई नौकर को किचन में सुलाना थोड़े ही था। ये सारी सहूलियतें तो बेडरूम में होती हैं।"

मीराबाई हँसती है। उनकी हँसी हवा में तिरती है देर तक। वह हैं तो उनकी हँसी है। यह लम्बा-चौड़ा घर है। उनकी क्लास है रूलर्स की। जहाँ कोई काम हाथ से नहीं किया जाता।

आम पर बैठा तोता उनकी हँसी में सुर मिलाने की कोशिश करता है। मगर उसके

मुँह से आवाज़ नहीं निकलती। एक अमीर रिटायर्ड आफीसर की नकल करने को भी बहुत साहस चाहिए। आम से पेड़ के पत्ते श...श...श...कर रहे हैं, तोते को चुप करना चाहते हैं, मगर वह नहीं होता। आखिर हर आवाज़ की एक कीमत होती है।

शाम को वही लड़की फिर से आ खड़ी होती है। इस वक्त वह मुस्करा नहीं रही है, जैसा कि वह अक्सर करती है।

वह कहती है, "आंटी, हम इस पहली तारीख को शिफ्ट कर लेंगे..."

मीराबाई आश्चर्य से देखती हैं, ऐसी क्या बात हुई ? उन्होंने तो ऐसा कुछ नहीं कहा।

फिर...किचन तो उन्होंने हमेशा से ऐसा देखा है मगर...

(आकाशवाणी)

खामोशी

नेहा वर्मा तुम्हारी दुबली-पतली देह, गोरा रंग, पिचके हुए गाल, रँगे हुए बाल और जरूरत से ज्यादा बड़ी और बाहर निकली आँखें....आस्था क्यों जगाती हैं ? तुम अब भी हँसती हो तो आश्चर्य होता है कि कैसे हँसती हो ? तुम रोजमर्रा के कामों में तल्लीन रहती हो, घूमती-फिरती हो। चलते-चलते ठहरकर, भरी दोपहर में अमलतास के झूमरों को देखती हो, गुलमोहर के फूल की लाल पत्तियों को चुनती हो। कौन जान सकता है तुम्हारे अन्दर क्या चल रहा है ?

वैसे ऐसा नहीं है कि कोई जान ही नहीं सकता। जब जीवन एक अँधेरी सुरंग-सा लगता हो, आस्था का मामूली-सा प्रकाश भी न फूटता हो, कोई सन्देश आशा से भरा न हो, तब लोग तुम्हारी तरह धैर्य और हिम्मत नहीं जुटाते। वे विलाप करते हैं, वे दोष देने को इस या उसका कन्धा ढूँढ़ते फिरते हैं। मन में ढेरों शिकायतें जगती हैं। ऐसा क्यों हुआ ? ऐसा हमारे साथ ही क्यों हुआ ? हमने क्या पाप किया था ? कोई भी विपत्ति ऐसे कितने सारे सवालों-शिकायतों को जन्म देती है, इसे तुमसे बेहतर कौन जानता होगा ?

क्या कभी तुम्हारे मन में ऐसा कोई चमत्कार जागता है कि एक रात तुम सोई होओगी। कुंडी खड़केगी। तुम नींद भरी आँखों से दरवाजा खोलोगी और वहाँ...

हालाँकि जीवन में चमत्कार बहुत कम घटते हैं, इसलिए हमेशा हम उनकी आस लगाए रहते हैं। चमत्कार की आशा मनुष्य को जिन्दा रहने का सहारा देती है, उम्मीद जगाती है। तर्क जहाँ ढेर हो जाता है, वहाँ शायद मनुष्य के जीने के लिए आस्था ही काम आती है।

तुम्हारे भीतर ऐसी कौन-सी आस्थाएँ हैं, जो तुम्हें जिलाए जा रही हैं। इतने दुखों में भी तुम सीधा चलना नहीं भूली हो। किसी ने तुम्हें रोते नहीं देखा है। न ही तुमने 'त्राहिमाम, त्राहिमाम' करके किसी से दया की गुहार की है।

तुम्हारे कमरे में लगे ढेरों चित्र, जिनमें तुम हँस रही हो, अवाक हो, चश्मा लगाए हो, समुद्र के तट पर खड़ी हो, नाव में सवार हो, दौड़ रही हो, अपने बच्चे के पीछे खुशी के बहुत-से पल नेहा वर्मा, जो बीत गए हैं, जो अब कभी वापस नहीं आएँगे, लेकिन

तुम्हारे चलने-उठने-बैठने, हँसने सबसे यही लगता है कि तुम उन्हीं पलों में जिन्दा हो, बल्कि अपने कमरे की हर दीवार पर उन चित्रों को फैलाकर देखना यही बताता है कि तुम अब कभी उन पलों से बाहर निकलना नहीं चाहतीं...एक सपने का लम्बा होते चला जाना, लेकिन सपना जितना लम्बा होता है रात भी उतनी लम्बी होती है, वैसे लोग दिन में भी सोते हैं...सपने देखते हैं।

जिन्दगी का यथार्थ कुछ और कहता है। बड़ा आसान है उपदेश देना...यथार्थ का सामना करो...सच्चाई से भिड़ जाओ...सच्चाई से बचा नहीं जा सकता, उसका साहस से सामना करना पड़ता है...सच इन खूबसूरत शब्दों को सुनने के बाद तुम्हारी तकलीफ किस कदर बढ़ जाती होगी...तुम, जिसने अपना बेटा खो दिया...भरी जवानी में। जिसने अभी कुछ नहीं देखा था। जिन्दगी की दौड़ में शामिल होने के लिए जिसने अभी आँखें ही खोली थीं...जिसने हर पल सफलता पाई थी...वही जीवन की दौड़ में पिछड़ गया...गुम हो गया। नदी उसे बहा ले गई...तुम अन्तिम बार भी उसे देख नहीं सकीं। तुम्हारा वही बेटा, जो कमरे की दीवारों पर तुम्हारे साथ है...जिन्दा है। खिल-खिल से भरा है।

उसे लेकर बनाई तुम्हारी सारी योजनाएँ धरी रह गईं...कितने सपने थे तुम्हारे, उसे लेकर कितनी आशाएँ थीं...उसकी होशियारी और लगन ने तुम्हारी उम्मीदों पर कभी पानी भी नहीं फेरा था...उसके कैरियर को लेकर तुम कितनी आशावान थीं...मगर मानती हो, आदमी कल तो क्या, आज इसी वक्त की योजना नहीं बना सकता।

बचपन में पढ़ा वह डरावना वाक्य तुम्हें याद होगा कि एक आदमी अपनी सफलता की खुशियाँ मना रहा था और प्रारब्ध उस पर हँस रहा था, क्योंकि उसी शाम उसकी मृत्यु होनेवाली थी। प्रारब्ध की हँसी, यह क्रूरता तुम समझ नहीं पाती थीं। सिहरन-सी होती थी कि एक खुशी मनाते आदमी को मौत के मुँह में जाते देख प्रारब्ध क्यों खुश हो रहा है ?

वही प्रारब्ध उस दिन खुश हुआ, जब तुमने अपने बेटे को उसके दोस्तों के साथ घूमने भेजा था। एक हफ्ते बाद उसे नौकरी पर जाना था। उससे पहले वह दोस्तों के साथ कुछ मौज-मस्ती करना चाहता था। कितना मलाल होता होगा ! कितने किन्तु-परन्तु आते होंगे ! काश, तुमने उसे भेजा ही न होता ! क्या पता तुम लोगों के साथ जाता, तो ऐसा न होता ! दोस्तों के साथ गया था, किसी दोस्त ने तो कुछ नहीं कर दिया !

तुम्हारे पति बच्चों को कहीं अकेले नहीं जाने देते थे। तब तुमने ही बेटे के जाने का पक्ष लिया था। कहा था कि अब वह बड़ा हो गया है। अकेला बाहर नहीं निकलेगा, तो जिन्दगी कैसे जिएगा ? कब तक माता-पिता की उँगली पकड़े रहेगा। तब तुम्हारा बेटा खुश हुआ था, क्योंकि तुम्हारे पति मान गए थे, लेकिन फिर ढेर सारी हिदायतें देना नहीं भूले थे। जिनमें एक हिदायत तो यही थी कि घूमना-फिरना तो ठीक, मगर नदी खतरनाक है। उसके किनारे पर फिसलन है। उससे दूर रहना।

लेकिन जैसा कि बच्चे आमतौर पर करते हैं—एक हद के बाद उन्हें माता-पिता की आवाज़ और हिदायतें सुनाई देना बन्द हो जाती हैं...वही तुम्हारे बेटे के साथ हुआ। वह भूल गया कि व्यास नदी जब उफनती है, तो बड़ी-बड़ी चट्टानों को भी बहा ले जाती है। उसे पिता के कहे शब्द याद नहीं आ रहे थे।

और सचमुच वह नदी में फिसल गया था। जब तक दोस्त कुछ कर पाएँ पानी उसे दूर बहा ले गया। अफसोस कि किसी दोस्त को तैरना नहीं आता था।

दोस्तों के पछतावे का अन्त कहाँ ! वे घबराए हुए तुम्हारे सामने आए, तो तुम यही कह सकीं, 'तुम चार थे, उस एक को नहीं बचा पाए ?'

वे क्या कहते ! उनके पास शब्द तो नहीं थे, लेकिन तुम्हारे दुख तक नेहा वर्मा वे कभी नहीं पहुँच सकते थे। तुम माँ जो थीं। तुम्हारे बेटे के सारे स्पर्श, तुम्हारे अंग-अंग में मौजूद थे। जो तुमने खोया था, वह किसी भी तरह वापस नहीं आ सकता था।

इसीलिए तुम गुजरती हो, तो आस-पास वाले तुम्हें देखकर चकित रह जाते हैं। इतना साहस, इतना धैर्य कहाँ से आया है तुममें ! जिस बेटे के बिना एक पल भी तुम रह नहीं पाती थीं, उसके न होने पर तुम इतनी दृढ़ता और शान्ति से आगे कैसे बढ़ती जाती हो, कैसे तुम हर काम करती हो ! मशीन तो नहीं हो न ! हाँ, तुम्हारी आँखों का सूनापन कोई पढ़ सके, तो जान सकता है कि तुम पर क्या गुजर रही है, तुम पल-पल मर रही हो, बेआवाज !

(मधुरिमा-भास्कर)

घर और घर

एक घर जो कमरों, रसोई, बाथरूम, बरतन, कपड़ों, टेलिफोन, दाल-चावल, हरी मिर्च आदि से बनता है और एक घर इस घर के भीतर बैठा रहता है, चुपचाप बेआवाज। छिपा हुआ अलमारियों में, ड्राअर्स में, बिस्तर के अन्दर, पर्दों के पीछे।

जब कभी यह छिपा हुआ घर वापस निकलता है तो वह आम दिखनेवाले घर की सारी चमक-दमक को अपने फूहड़पन से तबाह कर देता है। छिपा हुआ घर हर जगह अपना कब्जा जमा लेता है। हर जगह कुछ न कुछ बिखेर कर।

पैक किया गया वह लिफाफा जिसमें लाल हरी-स्याही से लिखे ढेर सारे प्रेमपत्र थे। लिखनेवाले अलग-अलग लेकिन भाषा सबकी एक जैसी—"मैं तुम्हारे बिना नहीं रह सकता। जितना मैंने तुम्हें चाहा है कभी कोई नहीं चाहेगा, क्या तुम्हें पा सकता हूँ—हम न भी मिलें तो भी हमारा प्यार जिन्दा रहेगा। तुम मुझे भला क्यों पसन्द करोगी ? किसी गरीब को किसी लड़की ने पसन्द किया है आदि उलाहने, ताने, घृणा, नफरत।" इन प्रेम करनेवालों के पास शब्द इतने कम क्यों होते हैं ? इनकी भाषा इतनी लचर क्यों होती है ? ई-मेल और इंटरनेट के जमाने में शायद लोग किताबों के आदान-प्रदान के जरिए प्रेमपत्र देना भूल गए होंगे—प्रेम जितना दिखता है उतना ही आकर्षण खो बैठता है। प्रेमपत्रों से भरे लिफाफे को पूरी सफेदी के दौरान इधर से उधर रखना पड़ता था। कहीं बच्चे देख न लें। माँ होते ही स्त्रियाँ बहुत कंजरवेटिव हो जाती हैं।

कई बार बच्चों ने पूछा भी—"माँ इसमें क्या है ?"

'अरे कुछ नहीं मेरे काम की चीजें हैं।' लेकिन अभी तक मैंने इन्हें नष्ट क्यों नहीं किया है ? इसमें कितनी बातें छिपी हैं, कितनी तसवीरें। वर्षों हुए जब मैंने और पति ने इन्हें इकट्ठे बैठकर पढ़ा था और खूब हँसे थे। यों यह बात भी कुछ अजीब-सी ही थी। कौन-सा पति अपनी पत्नी के लिए लिखे गए प्रेमपत्रों को पढ़कर हँसना चाहेगा। लेकिन सचमुच ऐसा हुआ था। प्रेमपत्रों को छाँटकर नम्बर दिए गए थे फर्स्ट, सैकंड, थर्ड।

जिसे पहला नम्बर मिला था उसकी भाषा दार्शनिक थी। अब जब इसे लिखनेवाले का भी कुछ पता ठिकाना नहीं। वह यह भूल भी गया होगा कि उसने कभी किसी को

ऐसा पत्र लिखा था और अपनी बीवी-बच्चों को पाल रहा होगा। तो कुछ पंक्तियाँ आपको पढ़वाने में भी क्या हर्ज है—सम्बोधन आदि को छोड़ आगे बढ़ती हूँ—'तुमसे जो प्रेम कभी हुआ था और जो नहीं भी हुआ था।'

प्रेम क्या सिर्फ किशोरावस्था के लोगों के खाते में ही कैद है—बाकी उम्र नदी में डूबे पत्थरों के साथ अपनी उम्र, अपना जीवन, अपना सब कुछ डुबोने की है।

कितनी बार मेरा मन किया कि उस भरे कमरे में जहाँ पचासों जोड़ी आँखें एक-दूसरे को न देखते हुए भी देखती थीं, दौड़ूँ और छिप जाऊँ तुम्हारे अन्दर। मैं क्यों तुम्हें पाना चाहता था। क्यों हर पल, हर जगह मेरी आँखें तुम्हें ढूँढ़ती थीं। मेरे सामने उम्र का कोई पड़ाव ऐसा नहीं था जहाँ भविष्य की कोई राह दीखती हो। तुम्हारी छुट्टियाँ मुझे इतनी बुरी क्यों लगती थीं। तुम्हारा सामने से बिना कुछ कहे गुजर जाना इतना परेशान क्यों करता था। क्यों ऐसा होता था कि तुम्हारे आने से पहले की हर बात तुम्हारे सामने आते ही दिमाग से उड़ जाती थी। तुम जिस दिन नहीं आती थीं पूरे स्कूल में मैं तुम्हें ढूँढ़ता था। बच्चों की आँखों में मुझे तुम ही तुम क्यों नजर आती थीं।

जानती हो मुझे तुमसे प्यार नहीं भयानक नफरत थी। नफरत से भी कोई आकर्षण पैदा होता है ? प्यार जगता है ? मुझे ऐसा करते देख अनु की आँखों में ईर्ष्या लपलपाती थी। वह सोचती थी सब जगह उसी का कब्जा हो। मैं उसकी ईर्ष्या के पन्ने पलट देता था, यह तब की बात है जब पढ़ाई खत्म करने के बाद मैंने एक स्कूल में वक्त काटने के लिए नौकरी कर ली थी। वहीं मेरी मुलाकात साइंस के इस अध्यापक से हुई थी जो एसिड भरे टेस्ट ट्यूब के धुएँ में मेरी साँसों की गन्ध और लिटमस पेपर के बदलते रंगों में मेरा चेहरा तलाशता था। नाटे कद का यह लड़का अपने को नेपोलियन बोना पार्ट कहता था क्योंकि नेपोलियन भी तो नाटा था, यू नो, वह कहता। उन दिनों जब वह उपमान, उत्प्रेक्षा और रूपकों में बिहारी की टाँग तोड़ रहा होता तो न जाने क्यों उसके चेहरे में मुझे उस चूहे का चेहरा नजर आता था जो जब-तब उस अल्मारी से झाँककर मुँह हिलाता था जो मेरे बिस्तर के पास ही थी। एक बार जब मुझे टायफाइड हुआ था तो इसी चूहे ने मेरा कान काट लिया था। वैसे तो क्या पता कि यह वही चूहा था, या उसका कोई नाती-पोता।

बात लम्बे प्रेमपत्रों या साथ-साथ घूमने तक ही सीमित रहती तो भी ठीक थी अचानक मेरा नेपोलियन बेइंतहा पजैसिव हो उठा। किससे मिली थीं, कहाँ गई थीं ? उससे क्यों मिलीं, बात क्यों की ? फलां पिक्चर क्यों देखी ? इतनी डार्क लिपिस्टिक क्यों लगाई ? इतनी सजती-सँवरती क्यों हो ? तो एक दिन मैंने उसे उसी के एसिड भरे कंटेनर में सिर के बल यह कहकर डुबो दिया था, 'यू जस्ट शटअप एंड माइंड योर ओन बिजनैस।'

सैकंड डिवीजन में जो पत्र पास हुए हैं वे वो हैं जिनके लिफाफे प्रायः गुलाबी या हरे रंगों के होते थे। पत्र तेज़ खुशबू से महक रहे होते थे। और पत्र की शुरुआत 'जानेमन' और 'हाय मेरी जान' से नीचे नहीं होती थी। ये पत्र वह लड़की लेकर आती

थी जो आठवीं में पढ़ती थी और मैं दसवीं में। एक दिन असेम्बली के दौरान डिसिप्लिन कमेटी की एक लड़की ने उस पत्र को पकड़ा था। खैरियत थी कि उस पर मेरा नाम नहीं लिखा था नहीं तो अपने उस प्रेमी के साथ मुझे खासी बदनामी झेलनी पड़ती, जिसे मैंने कभी नहीं देखा था।

तीसरा नम्बर उन प्रेमपत्रों को मिला था जो शेरो-शायरी से भरे थे। मुझे लगा कि मेरे पति ने इस चुनाव में कुछ हेराफेरी जरूर की थी। वह कविताएँ और शायरी पसन्द करते थे। इतने रद्दी पत्रों को तीसरा नम्बर देने में शायद उनका यही साफ्ट कार्नर काम आया होगा।

लिखनेवाले का नाम बताने का लाभ नहीं, लेकिन मैं सोचती हूँ कि जब मेरे बच्चे कुछ और बड़े हो जाएँगे तो मैं इन पत्रों को पढ़वाऊँगी।

छिपे हुए घर के इस सामान में मेरे बच्चों का बचपन छिपा पड़ा है। परछत्ती का बहुत-सा सामान निकालकर हमने सीढ़ियों पर रख दिया था। लड़की स्कूल जाते हुए वापस लौटकर आई थी।

"माँ, इसे उठाकर अन्दर रखो सब देख लेंगे ?"

आखिर सबके पास कुछ न कुछ छिपाने को क्यों है ?

"क्या सब देख लेंगे ?" उसके पिता ने पूछा।

"वह।" उसने इशारे से कहा और ठुनकी। जितना वह ठुनकती उतना ही सब हँसते।

उसके पिता को भी उसे चिढ़ाने में आनन्द आने लगा।

"अच्छा, अच्छा शाम को रख देंगे। पहले ऊपर रहनेवाले सब लोग देख तो लें।"

अन्त में उसने खुद प्लास्टिक की पौटी उठाकर बाथरूम में पटकी और तेजी से बाहर निकल गई। अन्दर की दीवार जब खुरची जा रही थी तो उस पर बने उसके ढेरों चित्र सूरज, पेड़ चिड़ियाँ, झोंपड़ी, फूल, तारे, गुब्बारे—उसकी जिन नन्ही उँगलियों ने उन्हें बनाया था क्या मैं उन्हें फिर से वैसी ही देख सकती थी।

सफेदी न होती तो कितना कुछ जो गुजर गया है, कभी याद ही न आता।

सत्तर के दशक की पत्रिकाएँ, अस्सी के दशक की कटिंग्स इन्दिरा गांधी के मुखपृष्ठ जो तानाशाह-तानाशाह चिल्लाते हैं। राजीव गांधी के अनुपम चित्र और टुकड़े-टुकड़े हुआ उनका शरीर। जो कभी भविष्य हुआ करता था वह अतीत बनकर कितना डरावना लगता है।

छोटी-छोटी बन्दूकें, बैटरी से चलनेवाली आवाज़ करती बन्दूकें—वे ही क्या अब अफगानिस्तान के बच्चों ने थाम ली हैं। पुरानी कापियाँ। पोषक तत्त्वों वाला खाना। हमारी माँ। गाय। फूल बेटी की नन्ही उँगलियाँ। बेटे के एक दिन के कपड़े जो अब उसकी हथेलियों में भी नहीं समाते।

बाहर जुलाई की धुआंधार बारिश हो रही है। अड़ोसी-पड़ोसी कह रहे हैं, 'इस मौसम में सफेदी। चमक नहीं आएगी सीलन से।'

हमारे बुझे चेहरों पर भी किसी सफेदी से चमक वापस आ सकती है। सब कुछ इतना वीरान, उजाड़ और स्वार्थ से भरा है। आँखें झूठ बोलती हैं। भावनाओं के छल को समझना कितना कठिन है। एक बार के छल से कोई कुछ नहीं सीखता—एक दो सौ कितने झूठ—फिर भी यह भरोसा क्यों रहता है कि आगे कभी कुछ नहीं होगा। जो कुछ होगा हमारी इच्छा से। लेकिन हमारी इच्छा से क्या होता है ? मृत्यु हमारे देखते-देखते दबे पाँव आ जाती है।

हरीश भाई साहब की लाल डायरी !

1980 के इसी जुलाई की सात तारीख को उन्होंने हिसाब लिखा है—

पचीस पैसे की चाय, एक रुपया बस का किराया। एक रुपया प्रेस, पचास पैसे पान।

उनकी उँगलियों को राख बने अठारह साल बीत चुके हैं।

उनके चित्र, घूमते लोग, बैठे-बतियाते कुत्ते को घुमाते। बातचीत करती लड़कियाँ। पेड़-पौधे, चिड़ियाँ। एक सैल्फ पोर्ट्रेट भी है। उनकी बड़ी-बड़ी आँखों में इतने सारे चित्र एक साथ कैसे समाते थे ! या वह एक-एक करके आँखों में भरकर किसी विचार को कागज पर उकेरते थे। सिर्फ दो बड़ी आँखें और ढेर सारे चित्र ! जीवन की घटित-अघटित तस्वीरें।

फर्श पर पड़े मोमजामे में लड़की की पूरी गृहस्थी बसी हुई है—छोटे-छोटे कप, केतली, पूरा टीसैट। सोफा, डबल बैड, मेज, ड्रेसिंग टेबल, छोटा-सा प्रेशर कुकर, रसोई गैस, बरतन, गुड़िया। गुड़ियों में से किसी का हाथ टूट गया है। किसी की आँख चली गई है। कई गुड़ियों के चेहरे रंगों से खराब किए गए हैं। उनके हाथ-पाँवों पर टेढ़ी-मेढ़ी लकीरें खिंची हैं। वे लड़कियों की सच्ची तस्वीरें हैं।

जब भी सफेदी होती है लगता है बहुत सारा सामान हटा दूँगी। इन छोटे घरों में बीते वर्षों को जीवित रखने के लिए पुराने सामान को संजोया नहीं जा सकता।

लेकिन जब भी ऐसा होता है एक दुख, एक अवसाद मन को घेर लेता है। मेरी बेटी की नन्ही उँगलियाँ इन छोटे प्यालों में कैद हैं। मेरा एक दिन का बेटा इस झबले में ढूँढ़ा जा सकता है। अपने स्वर्गवासी देवर की उँगलियों का कमाल मैं उनके बनाए चित्रों में देख सकती हूँ। कल जो बीत गया है, वह वापस आएगा कभी। कभी नहीं, कभी नहीं।

घंटी बज रही है। रद्दीवाला है। वह अपना बोरा फैलाकर सामान समेटने लगता है। मैं कहती हूँ यह नहीं, यह भी नहीं। वह भी नहीं। बिलकुल नहीं।

वह हँसने लगता है। "आप सब कुछ तो देने के लिए मना कर रही हैं। लगता है सामान छाँटा नहीं है। पहले छाँट लो। फिर आऊँगा।"

वह चला गया है। मैं हत्प्रभ होकर देख रही हूँ। घर में खड़े होने को जगह नहीं है। घर के अन्दर वाला घर मुँह चिढ़ा रहा है।

(मंथन)

कार्ड

माँ के हाथों की हल्की-सी कँपकँपी मुझे याद है। फिर उनका पैन माँगना। कागज न होने पर सिगरेट का खाली पैकेट बहुत शर्मिंदा होते हुए मैंने उन्हें थमाया था। मैं उनके सामने कभी सिगरेट नहीं पीता था।

सहारा देकर मैंने उन्हें बिठाया। वह लिख नहीं पा रही थीं, फिर भी कोशिश कर रही थीं। आड़ी-तिरछी रेखाओं के साथ उन्होंने वाक्य खत्म किया। सिगरेट का डिब्बा और पैन मुझे लौटाया और वापस लेट गईं। मैंने उनके लिखे को पढ़ने की कोशिश की। टूटे-टूटे अक्षर—क्या यह माँ का ही सुन्दर मोती जड़ा हस्तलेख था। पर्ची पर लिखा था, 'बेटा, पापा का ध्यान रखना, वह बहुत अकेले हैं।'

सिगरेट के डिब्बे को जेब में रखकर मैंने वापस उन्हें देखा। वह आँखें बन्द करके लेटी थीं। कई दिन से उनकी तबियत ज्यादा खराब थी। डॉक्टरों ने आशा छोड़ दी थी। कहा था कि उन्हें घर ले जाएँ। कम-से-कम आखिरी साँस तो वह घर में लें। लेकिन घर में उनकी देखभाल कैसे होगी ? दर्द से छटपटाते हुए उन्हें राहत देनेवाला कौन होगा ? यहाँ तो जब ज्यादा कराहती थीं तो नर्स इंजेक्शन लगा देती थी—कुछ देर की ही राहत सही, राहत तो मिलती थी। हर शनिवार-इतवार बड़े भाई भी आकर देख जाते थे। पापा और मैं भी बारी-बारी छुट्टी लेते थे। दो-तीन दिन पहले तक वह लगातार मना करती थीं कि हम लोग क्यों हर समय उनके सिरहाने बैठे रहते हैं। जाकर अपना-अपना काम करें। लेकिन दो-तीन दिन से अपनी सूनी आँखों से जैसे वह देखती थीं—उसमें कितनी याचना छिपी हुई थी बचा लो, मुझे बचा लो। मैं तुम लोगों के साथ रहना चाहती हूँ—लेकिन वह कैंसर की लास्ट स्टेज में थीं और यह बात सिर्फ एक महीने पहले पता चली थी। डॉक्टर जब हमें उनकी हालत के बारे में बता रहे थे तो यकीन ही नहीं हो रहा था कि यह बात हमारी माँ के बारे में हो रही है। वह माँ जो हम सबके उठने से पहले उठती थीं जो हम सबके बाद सोती थीं। पता नहीं कैसे सबके मन की बात समझ लेती थीं—बड़े भइया को क्या चाहिए ? पापा को कौन-से कपड़े पहनने हैं और मैं क्या खाना चाहता हूँ ? जब तक हममें से एक भी घर नहीं लौटता था, वह बेचैन हो बार-बार गेट तक जातीं और लौटतीं। पापा उनकी इस बेचैनी का मजाक भी

उड़ाते थे, "तुम्हें क्या लगता है, बच्चे गेट तक आ गए तो बीच में ही कहीं रुक जाएँगे ? घर नहीं आएँगे ? या तुम्हारे बार-बार गेट तक जाने से जल्दी आ जाएँगे ? इस तरह तो तुम सिवाय खुद को थकाने के कुछ नहीं करोगी।"

वह बिस्तर पर इतनी असहाय होकर भी पड़ सकती हैं ! सच जब तक वह रात-दिन फिरकी की तरह हमारे लिए घूमती रहीं तब तक हमने कभी नहीं सोचा था कि वह किसी दिन बीमार पड़ जाएँगी। अस्पताल से कभी घर वापस नहीं आएँगी।

माँ की आँखें बन्द थीं। मैंने हल्के-से अपनी हथेली उनके माथे पर रखी। हमारी माँ, मेरी माँ। मेरी माँ इसलिए कि माँ हमेशा ही मुझे बड़े भाई से ज्यादा प्यार करती थीं। जब भी कभी बड़े भाई और मुझमें लड़ाई होती तो वह उसे ही समझातीं, "तू बड़ा है। छोटे की बात मान लेगा तो तेरा क्या बिगड़ जाएगा ?"

बड़ा भाई अक्सर इस बात से नाराज हो जाता, "वह छोटा है तो क्या आप हमेशा उसी का पक्ष लेंगी ?" तब माँ उसे भी मनातीं। उसके मनपसन्द आलू के पराँठे बनाती। उसे अपने हाथ से खिलातीं।

पापा कई बार कहते थे कि माँ ने हमारी इच्छा पूरी कर-करके हमें बिगाड़ दिया है और सच जब कभी हम स्कूल से लौटते थे और हमें दाल-सब्जी नहीं भाती थी तो माँ दोबारा से हमारे लिए कुछ बनाती थीं। या बाजार से कुछ लाती थीं। अगर हम ठीक से नहीं खाते थे तो माँ के मुँह में भी खाना नहीं चलता था।

तब हमें कभी नहीं लगता था कि हमारी माँ कभी थकती भी हैं। हम तो सिर्फ हुक्म चलाना जानते थे या अपनी इच्छाएँ बताना। माँ उन्हें कैसे पूरा करेंगी यह कभी नहीं सोचते थे।

धीरे-धीरे हम बड़े हुए तो पता चला कि माँ जब पढ़ती थीं तो उन्हें कविताएँ लिखने का शौक था। वह डायरी भी लिखती थीं। एक बार मैंने उनसे छिपाकर उनकी डायरी पढ़ी भी थी, जिसका माँ को कभी पता नहीं चला। माँ खूब पढ़ना चाहती थीं लेकिन उनके पिता जी की जल्दी मृत्यु हो गई और उनकी शादी कर दी गई। तब बहुत-सी बातें ऐसी थीं जो समझ में नहीं आई थीं जैसे कि, 'तीसरी सन्तान का मैं क्या करूँगी। ये दो ही पल जाएँ।' आज, बहुत कुछ समझ में आ रहा है।

बड़े भइया जब इंजीनियरिंग में सलेक्ट हो गए तो समस्या हुई कि इतना भारी खर्चा, कमानेवाले पापा अकेले। क्या होगा ? एकबारगी तो भाई ने मन बनाया कि वह इंजीनियरिंग करेंगे ही नहीं। आखिर दुनिया के सारे बच्चे इंजीनियर ही तो नहीं बनते। कुछ और कर लेंगे।

लेकिन माँ अड़ गईं। उनका कहना था कि लाखों बच्चों के बीच से कम्पटीशन में सलेक्ट होना ही बड़ी बात है। चाहे कुछ भी हो वह नहीं चाहतीं कि पैसे के कारण बच्चे का भविष्य बिगड़े।

उन्होंने पापा को भी नहीं बताया और अपने सारे जेवर बेच दिए—इस तर्क के साथ कि असली जेवर तो बच्चों की पढ़ाई होती है। भगवान देगा तो और बन जाएँगे।

आखिर सोना-चाँदी मुसीबत के दिनों में ही काम आने के लिए होते हैं।

माँ ने सिगरेट के पैकेट पर क्या लिखा है, यह मैंने किसी को नहीं बताया था। रात के साढ़े ग्यारह बजे माँ ने जब आखिरी साँस ली मैं उनके पास ही था। उनकी साँस टूटती हुई धीमे पड़ गई थी और फिर थम गई थी। उनकी आँखें खुलीं थीं और मुँह पर वही मुस्कराहट थी जैसे वह अक्सर मुस्कराती थीं।

पिछले तीन दिन से लगातार उनकी मृत्यु की प्रतीक्षा। माँ के मन में बहुत कुछ ऐसा रह गया जो उन्होंने हमसे कभी नहीं कहा। उनके आँसू हमें कभी दिखाई नहीं दिए। हमने देखने की कोशिश भी नहीं की। माँ के कर्तव्यों की फेहरिस्त में माँ का कितना शोषण छिपा रहता है यह हमें कभी बताया नहीं गया।

माँ के फूल चुनते हुए पहली बार मैंने पापा को फूट-फूटकर रोते देखा। तब मुझे सिगरेट के पैकेट पर लिखी बात रह-रहकर याद आने लगी। माँ को मैंने कभी पापा से ज्यादा बात करते नहीं देखा था, लेकिन वह कितनी अच्छी तरह जानती थीं हम सबको। मैंने उस पैकेट को अपनी अटैची में छिपाकर रख दिया था। मैं उसे नहीं दिखाना चाहता था किसी को।

माँ को गुजरे हुए एक साल हो गया था। बड़े भइया बाहर नौकरी कर रहे थे। उनकी शादी की बातें चल रही थीं। हमारी मौसी ने रिश्ता पक्का करा दिया था। पापा बहुत तड़क-भड़क नहीं चाहते थे। वैसे भी शादी में जितना काम फैलता है, उसे करता कौन ? इसलिए तय किया गया था कि पाँच आदमियों को ले जाकर शादी मन्दिर में कर दी जाएगी। बाद में एक रिसेप्शन दे देंगे।

एक शाम जब मैं घर लौटा तो बाहर तक तेज़-तेज़ आवाजें आ रही थीं। भइया और पापा किसी बात पर जोर-जोर से बहस कर रहे थे। मेरे आते ही चुप हो गए। लेकिन थोड़ी ही देर में बहस फिर शुरू हो गई।

तब भइया ने मुझे अपने पास बुलाकर छपा हुआ कार्ड मेरे सामने रख दिया। पहले तो मेरी समझ में कुछ नहीं आया। फिर भइया ने इशारा किया जहाँ कार्ड में पापा और माँ का नाम लिखा था।

मेरी समझ में कुछ नहीं आया तो भइया बोले, "माँ का नाम देखो।"

"माँ का नाम। ठीक तो है।" मैंने कहा।

"ठीक है। तेरी आँखों पर भी पर्दा पड़ गया है। यहाँ हमारी अपनी माँ का नाम होना चाहिए।"

"हमारी अपनी माँ...।" गुस्से से मैं खौलने लगा, "क्या एक साल पहले जो गुजरीं वह हमारी माँ नहीं थीं।"

"नहीं, वह तो हमारी सौतेली माँ थीं। शादी के कार्ड में हमारी अपनी माँ का नाम होना चाहिए था।"

मैंने देखा पापा कुछ कह नहीं पा रहे थे लेकिन उनकी आँखें डबडबा आई थीं।

"भइया जब माँ ने अपनी पढ़ाई के लिए जेवर बेच दिए तब तो आपने ऐसा नहीं

कहा। जब आप होस्टल लौट जाते थे और माँ चुपके-चुपके रोती थीं तब भी आपने ऐसा नहीं कहा। आप जानते हैं वर्षों पहले माँ ने अपनी डायरी में लिखा था कि मैं कुछ भी कर लूँ कहलाऊँगी तो सौतेली ही। आप कुछ भी कहें मेरी माँ तो वही थीं, जो एक साल पहले गुजरीं, जिन्होंने पाला-पोसा, अपने पैरों पर खड़ा किया और हमारी खुशियों की खातिर एक सन्तान तक पैदा नहीं की जिसकी वह असली माँ होतीं। जो उन्हें कभी सौतेली कहकर न पुकारती।"

(वनिता)

स्मृतियों के शिलालेख

मृत्यु माने आस्थाओं का अन्त !

जीवन से परे चले जाने और फिर उस व्यक्ति की स्मृतियों के झाड़ने-पोंछने और खत्म करने की जल्दी...शोक में कब तक रहा जा सकता है। शो मस्ट गो ऑन।

सब बहानेबाजी है कि जो कुछ हमारा होता है, हमारे लिए होता है उसे हम जिन्दगी भर नहीं भूल पाते। नहीं, हम उसे उसी पल भूल जाते हैं क्योंकि किसी की मृत्यु के आसपास हम कभी अपनी मृत्यु नहीं देखते। एक मृत देह को देखती जीवित देहें शायद ही कभी अहसास कर पाती हैं कि एक दिन बिलकुल ऐसे ही वे सब चली जाएँगी... सब बचते हैं इस सचाई से। तभी तो एक तरफ लाश पड़ी होती है और दूसरी तरफ पेट भोजन माँगता है, अँतड़ियाँ कुलबुलाती हैं। छिप-छिपकर ? देह की माँग ! कौन कहता है कि यह दुनिया आत्मा की माँग से चलती है, यहाँ सिर्फ देह चलती है ! देह के अनेकों धर्म ! बेइमानियाँ, चालाकियाँ, दूसरों को सताना, झूठ सब इस दुनिया के नियम हैं और यह दुनिया इस देह से चलती है। जो मर जाता है उसके लिए दुनिया खत्म हो जाती है !

भाई साहब की इस वृद्धावस्था में भी वह बलिष्ठ देह ! इस देह से उन्हें कितना प्यार था ! देह की ताकत, उसकी शक्ति को जीवन भर संजोया था उन्होंने ! उनकी देह का बल और उसका आतंक ! वह जब भी चलते थे अक्सर टेढ़ी गरदन करके अपनी भुजाओं और छाती को देखते जाते थे। उनकी गरदन अक्सर अकड़ी रहती थी और कदम धम-धम पड़ते थे।

बचपन में कितने सारे चित्र कौंधते हैं मन में...

गेहुँओं की बोरी ढोते भाईसाहब, बिगड़ैल गाय को नाथते भाई साहब, सुबह बटाई के खेतों में पानी देते...पागल कुत्ते को चकरघिन्नी की तरह घुमाते...एक पूरे पेड़ की लकड़ी को कुल्हाड़ी से काटते...दस-दस ईंटें इधर-उधर बाँधकर वेट लिफ्टिंग करते और अस्पताल में पड़े वह लाचार...अच्छा है तू अकेली आई है। मेरी दुकानों के कागज बनवा दे। एक दुकान बड़ी बहू के नाम करवा दे। मान ले मेरी तबियत ज्यादा खराब हो गई तो उसे तो यह लड़का रोटी नहीं देगा।

अपने लड़के से चिढ़-नफरत, मगर बहू से लगाव। एक गिल्ट, 'मैंने बहुत बड़ी गलती की इसकी शादी करके। कितनी बद्दुआएँ देती होगी।'

एक हूक...मेरे बचने की रणनीति...'कल को इनके लड़के तो मुझे ही भला-बुरा कहेंगे।'

इन इतने वर्षों में कभी नहीं लगा कि उनसे कोई लगाव के बिन्दु भी बचे हैं लेकिन मेरा सोचना गलत ही था...जिसे हम लगाव को खत्म होना मान लेते हैं वे बिन्दु कभी खत्म नहीं होते। जब देखो तब नासूर की तरह उभर आते हैं। किसी भी दुख या कष्ट को क्या मात्र आँसुओं से परिभाषित किया जा सकता है। एक हूक-सी उठती है। ऐसा नहीं लगता था कि वह चले जाएँगे। वह कभी नहीं लौटेंगे। वेंटीलेटर पर पड़े-पड़े वह आखिरी साँस लेंगे। कोई कह रहा था—'विधि ने लिखा होगा कि इस दिन, इस बार, इतने बजे, इस अस्पताल के आई.सी.यू. में यह आखिरी साँस लेंगे।' उनकी पसलियाँ नीली पड़ गई थीं। मुँह आधा खुला था। हथेलियों के पीछे का हिस्सा सूज गया था। क्या यही थे जो किसी से नहीं डरते थे। जिन्होंने जीवन भर शाकाहार को ढोया। शराब, सिगरेट यहाँ तक कि पान को भी हाथ नहीं लगाया, तब ? इस तब का जवाब नहीं मिलता है। उनके फेफड़ों को क्या हुआ ? उन्हें कैंसर ने कैसे घेरा ? कोई डॉक्टर इसका क्या जवाब देगा ? वे भी इसे होनी का खेल कहकर और हाथ ऊपर उठाकर चुप हो जाएँगे।'

"हानि-लाभ जीवन-मरण यश-अपयश विधि हाथ।"

वह पंचकों में मरे थे...हाय-हाय रे यह क्या हुआ ! पंचकों में मरना यानी कि पाँच मौतें...शान्त कराओ जी,...बड़ा अशुभ है...जैसे कि जब कोई मरता है, उसकी आखिरी साँसें चलती हैं, उसके शरीर के सारे सिस्टम्स एक-एक करके काम करना बन्द कर देते हैं तो उसे इन पंडितों से पत्रा निकलवाकर देख लेना चाहिए कि वह कब मरे ! पंचक तो नहीं हैं—बृहस्पतिवार तो नहीं।

कल तक जो जीता-जागता, चलता-फिरता हमारे सामने था...आज वह नहीं है और सिर्फ आज ही नहीं वह कभी नहीं दिखेगा...क्या उससे बड़ा कड़वा सच...अशुभ कुछ हो सकता है...लेकिन जो बच गए हैं वे अपने डरों को शुभ-अशुभ में तौलते हैं, जिसने परिवार के नाम पर परिवार के लिए जीवन होम कर दिया, उसके बारे में कौन सोचता है ? जिन्दगी थम गई है ? दिमाग बन्द हो गया है। जैसे कुछ करने को नहीं बचा। सब बातों का एक अन्त, तो फिर कुछ करने का लाभ। एक निराशा घेरती है। निराशा पीछे खींचती है, जीवन आगे ठेलता है—आज का दिन, आज का काम एक छुट्टी बच जाने के फायदे ! हानि-लाभ, गुणा-भाग करते-करते ऐसे ही जीवन बीत जाता है। कुछ दिन की स्मृतियाँ बचती हैं। कंकड़ गिरने से जैसे छपाक की आवाज़ होती है, सब चौंकते हैं और फिर सब कुछ रिल-मिल जाता है। कभी कोई चित्र पूरा नहीं बनता, सब आधे-अधूरे रह जाते हैं—भाई साहब की तरह।

स्मृतियों से निजात...तेरह ब्राह्मण तेरहवीं के और तेरह ही बरसी के...साथ के साथ

बरसी कर दो...चौंसठ वर्ष का इतिहास तेरह दिन में समाप्त हो चला है...तेरह भी नहीं सही मायने में बारह दिन में खत्म हो चला है। कौन ढोएगा शोक को बरस भर ! कौन जिम्मेदारी उठाएगा हर महीने ब्राह्मणों की। कर्मकांडों में छिपा यह सच कि कम-से-कम एक बरस तक हम चले गए व्यक्ति को याद रख सकें...उसकी पसन्द का खाना, उसकी रुचियाँ। इन दिनों सब बेमानी हो चला है। लोग सामने-सामने जीवित व्यक्ति को भूल जाते हैं तो मरे को कौन ढोए ? भाई साहब चले गए हैं, अब वह किसी का क्या स्वार्थ साध सकते हैं ? किसी के क्या काम आ सकते हैं ? सो भूलो-भूलो खत्म करो, आगे चलो। उन्हें ही याद करते बैठे रहें, तो रोजी-रोटी कब कमाएँ ? लेकिन जो चला गया है, जिसने शोक दिया है उसे याद करके तो कुछ शुभ नहीं किया जा सकता...भूलो-भूलो। श्रीकृष्ण को याद करो...'आत्मा अजर-अमर है। न कोई मरता है न जन्म लेता है।' तो कौन मरा है कोई नहीं। आत्मा शरीर को वैसे ही बदलती है जैसे हम कपड़े।' 'आएगा सो जाएगा, राजा, रंक, फकीर !' भाईसाहब कौन थे न राजा, न रंक, न फकीर... अन्त-अन्त तक उनकी जिन्दा रहने की इच्छा...आगे बढ़ने की ललक। प्रगति के लिए कुछ भी कर देने की हिम्मत !

इसीलिए मन लौटता है ! वह आँगन जहाँ कभी बेर का पेड़ था, अब पक्का है। इस मकान की ईंट-ईंट जोड़ने में उन्होंने जीवन गुजार दिया...उनकी स्वार्थपरताएँ... लेकिन क्या अब यह उन सब बातों को सोचने का वक्त है।

कमरे में हवन का धुआँ भर गया है। भिंडी, अरबी, गोभी-आलू, मटर-आलू, दही-बूरा, रायता सब उनकी पसन्द का खाना।

'क्या फायदा...उन्होंने तो पन्द्रह दिन कुछ नहीं खाया...वह तो भूखे ही चले गए।' उनकी बेटी कहती है।

भाईसाहब, जो मनपसन्द खाना न मिलने पर थाली उठाकर पटक देते थे...वह पन्द्रह दिन भूखे कैसे रहे होंगे ?

जो भी मर जाता है लोग उसके बारे में कहने लगते हैं, 'उसे तो अपने मरने का अहसास हो गया था।'

पर यह सच नहीं है, अन्त-अन्त तक आदमी को लगता है, वह ठीक हो जाएगा। डॉक्टरों, हकीमों, वैद्यों, तन्त्र-मन्त्रों और पूजा-पाठ की शक्ति उसे बचा लेगी। पर ऐसा कभी नहीं होता, कोई चमत्कार जीवन में नहीं घटता है।

शाम हो चली है, सूरज डूब रहा है, थोड़ी देर में अँधेरा छा जाएगा। भाई साहब के लम्बे जीवन की स्मृतियाँ भी सूरज की तरह विलीन हो जाएँगी।

उनकी गाय...चालीस वर्ष पहले पाली गाय की सन्तति...बाहर खड़ी है। उसकी पूँछ—गले में कलाया बाँधा जा रहा है। भाभी उसके माथे पर तिलक लगाती हैं। गाय उनका हाथ चाटने लगती है। भाभी पाँव छूती हैं और जोर से रोने लगती हैं। गाय ले जानेवाला उसकी रस्सी थामे नीचे उतरता है। गाय लाचार आँखों से पीछे मुड़कर देखती है, जैसे कह रही हो, मुझे कहाँ भेज रहे हो ? क्यों भेज रहे हो ? मेरा मालिक चला गया

तो मुझे भी दर-बदर कर दिया। पर कह नहीं पाती। आगे बढ़ जाती है। सब रो रहे हैं ? हमने गाय दी है, या भाईसाहब के साथ उनके परिश्रम को भी विदा कर दिया। बच्चों को शुद्ध दूध मिले इसके लिए वह हमेशा गाय पालते थे। आज खूँटे पर कोई नहीं है। लगता है जैसे अभी सामने से साइकिल चलाते वह आ जाएँगे। खूँटा खाली देखकर गुस्से से पूछेंगे–'कहाँ भगा दी तुमने गाय ?' और साइकिल वहीं खड़ी करके गाय को ढूँढ़ने निकल जाएँगे।

उनकी साइकिल आँगन में खड़ी है। वह भी हो सकता है, कल किसी को दे दी जाए, स्मृतियों के अन्त का यह भी एक तरीका है।

(आकाशवाणी)

कौन है कि जो रोता है

बची एक पुतली के सहारे जहाँआरा की माँ देखती है :

आसमान में कालिख और लाली साथ-साथ हैं। खूब आवाजाही है, फिर भी सन्नाटा। चील-कउए उड़ रहे हैं। वे दूर से सब कुछ देख लेते हैं। धूल उनकी आँखों का कुछ नहीं बिगाड़ पाती। कौन है कि जो रोता है।

यह लाल समन्दर-सा क्या है ? क्या पानी में पड़ती उषा की लाली है या डूबते सूरज की परछाईं। कौन, आसपास कानों में हवा दुत्कारती है, नहीं पता, यह शहीदों का खून है।

शहीदों का खून ! यानी कि जो देश के लिए जिए देश के लिए मरे...इसमें अनुज नैय्यर का खून शामिल है और विवेक याद है न ! जिसकी डॉक्टर पत्नी ने मिलिट्री यूनिफार्म में पति की लाश को सलामी दी थी। या वह दाढ़ीवाला लड़का विकास बत्रा ऐसा ही कुछ नाम था न उसका जो टी.वी. स्क्रीन पर यह दिल माँगे मोर चिल्लाता था और अगले दिन मारा गया था। या कि वे चार सैनिक जो एक पत्रकार की गलती से मारे गए थे। पत्रकार ने मोबाइल से सन्देश भेजा। और उधर से आई एक मिसाइल ने चारों का काम तमाम कर दिया। या कि रजिया बानो जिन्होंने अपने बेटे अब्दुल की जान की कीमत वसूलने से मना कर दिया। सरकार का दिया पेट्रोल पम्प नहीं लिया।

कौन जानता है, अब्दुल कारगिल में मारा गया, हो सकता है गुजरात में मार दिया जाता ! सम्मान की खातिर ! जो जौहर हुआ ! मातृभाषा जिसमें आगे चली दंगाई पीछे ! और अनुज नैय्यर, वह गोधरा की लपटों की भेंट चढ़ जाता, तब भी क्या दिल्ली की मुख्यमन्त्री बार-बार फोन करके उसके घर पूछतीं कि 'बॉडी कब आएगी।'

ऐसा भी हो सकता है कि कोई रतिलाल राठौड़ मुसलमान से विवाह करने के अपराध में रजिया बानो का सिर कलम कर देता। उनके गर्भ से क्या पता अब्दुल ही निकलता और उसे आग के हवाले कर दिया जाता।

धर्म और जंग के नाम पर सब जायज है ? मगर कोई तो बताए कि यह खून किसका है ? पास ही पड़ी एक औरत की लाश उठ खड़ी होती है। वह निर्वस्त्र है। वह कहती है, 'मुझसे मत डरो। भागो मत। मैंने कपड़े नहीं पहने। नहीं, मेरे कपड़े इतनी

बार फाड़े गए हैं कि मैं उन्हें पहनना भूल गई हूँ। और मेरी छातियाँ, ये घुटनों तक इसलिए लटक गई हैं कि उन्हें खींच-खींचकर इतना बड़ा कर दिया गया है। इनसे दूध नहीं खून बहता है।'

और यह खून इसमें जहाँआरा का खून भी शामिल है। पूछोगे नहीं कौन जहाँआरा ?

वही जिसे कल संगसार कर दिया गया। कसूर उसने व्यभिचार किया था। जब चौदह साल की थी, पचास साल के आदमी के साथ बाँध दी गई। पचास साल का वह भी टी.वी. का मरीज। शादी के तीन महीने बाद ही वह मर गया। अकेली जहाँआरा, ऐसे में कुनबे के हर मर्द की बन आई। वह हर एक की साझी सम्पत्ति बन गई। जेठ ने तो बिना ब्याह के ब्याहता बना लिया। जब जहाँआरा ने एक बच्चे को जन्म दिया तो समाज ने थू-थू की। विधवा और माँ ! व्यभिचारिणी। जेठ अपराधी है यह पुलिस को नहीं, पंचायत को नहीं, कानून को नहीं, बुर्के में लिपटी जहाँआरा को सिद्ध करना है। बुर्का, दुशाला, घूँघट...इसमें लिपटी औरतें अपराधी को ढूँढ़ेंगी, कैसे ? जहाँआरा सिद्ध नहीं कर पाई। मार दी गई। हर पत्थर मारनेवाले ने सोचा कि वह धर्म की रक्षा कर रहा है। क्योंकि धर्म की रक्षा करने के नाम पर औरत को दर-बदर करने का कानून जिस शहंशाह ने बनाया था, जब वह एअरक्रैश में मारा गया था, तो पश्चिमी और एशियाई मीडिया ने इस बात को बड़ा हाईलाइट किया था कि बेशक शहंशाह की लाश तन्दूर में पड़े मुर्गे की तरह भुन गई थी। लेकिन उसकी जेब में रखा पाक ग्रन्थ सुरक्षित था।

क्या यह पोएटिक जस्टिस था या औरतों की हाय कि जिसने उन्हें कानूनन भेड़ियों के सामने फेंक दिया, वह ऐसे मारा गया।

औरत बोल रही थी। उसकी आवाज़ गूँज रही थी। लोग ठहर-ठहर जाते कि वह जोर से हँसी—'देख क्या रहे हो ? यहाँ भी बहुत-से पत्थर बिखरे हैं। मार डालो हमें। खत्म कर दो। इस धरती से हमारा नामोनिशां मिटा दो। मगर तुम लाचार हो...मेरा क्या बिगाड़ सकते हो ? जिन्दा औरतों से डरते हो न ! यह डर ही है जो औरतों को तरह-तरह से कैद करने, खतम करने के नुस्खे ढूँढ़ता है। लेकिन तुम्हारा कोई पत्थर न मुझे मार सकता है, न मेरी आवाज़ बन्द कर सकता है। मैं तो पहले ही मरी हुई हूँ। याद करो, पहचानो, मैं उसी जहाँआरा की माँ हूँ जिसे मारने में तुम्हारे सैकड़ों पत्थर खर्च हुए। जिस दिन वह मरी उससे पहले हर दरवाजा, हर कुंडी खटखटाई। सारे के सारे रोब-रुतबेवाले, आला हुक्मरान, पैसे के गरूर में दोहरे होते कोई भी तो उसे नहीं बचा सका।'

जब मेरी जहाँआरा पत्थरों के वार सह रही थी तब उसका जेठ एक कोने में खड़ा अपनी लम्बी मूँछों पर ताव देता मुस्करा रहा था। अब उसे एक नई जहाँआरा चाहिए थी। क्योंकि जब मरना था तब जहाँआरा को ही, या उसी जैसी किसी और को।

इसीलिए जब वह मरी, उसके कुछ दिन बाद ही मौत मुझे लेने आ पहुँची। मैंने उससे गुजारिश की, 'मेरी प्यारी मौत, मैंने तो सब कुछ देख लिया, सुख-दुख, ब्याह-शादी,

सौगातें मुझे जाने का कोई दुख नहीं लेकिन मेरी बेटी अभी पन्द्रह साल की ही थी। उसने तो अपनी आँखों से पूरा आसमान भी नहीं देखा था। फिर उसे लेने तुम इतनी जल्दी क्यों आ पहुँचीं ? मुझे पता है तुम्हारे राज्य में कोई छोटा-बड़ा नहीं है। न तुम किसी के साथ पक्षपात करती हो। मगर यह तो जानती हो कि मेरी बेटी बेमौत मारी गई थी। जिसने उसे मौत के मुँह में धकेला या जिन्होंने उसे पत्थर मारे उनमें से किसी एक को तो ले चलतीं। पता तो चलता अकाल मौत किसे कहते हैं।'

मैंने उस दिन मौत को रोते देखा। बोली, 'खुद औरत हूँ तुम्हारे दुख को समझ सकती हूँ। लेकिन ईश्वर के विधान में कोई दखल नहीं दे सकती। ईश्वर भी तो मर्द है। इसीलिए सारे पुरुष उसके नाम पर औरतों को मारते रहते हैं। ईश्वर कभी इस बात का विरोध नहीं करता।'

तब मैंने उस नन्ही बच्ची-सी दिखती मौत के सिर पर हाथ फेरकर पूछा था, 'सुना था कि मौत के कभी आँसू नहीं आते फिर तुम क्यों रोती हो ?'

"इसीलिए कि खुद को बचाने के लिए दूसरे को मौत सौंप देना कितना आसान है।" और मौत चली गई।

सुन रहे हो अब्दुल गुजरात में जब तुम्हें तुम्हारी दाढ़ी या टोपी के कारण मार दिया जाता तब भी क्या कोई तुमसे यह पूछता कि अरे क्या तुम वही हो जो कारगिल में शहीद हुए थे और यहाँ बेवजह क्यों मारे जा रहे हो ? तब भी क्या किसी साधु के इकतारे से यह आवाज़ निकली–

'शहीदों की चिताओं पर लगेंगे हर बरस मेले' कारगिल की बर्फ गुजरात की लपटें...सब कुछ एक जैसा, दर्द और बँटवारे को कभी परिभाषित नहीं किया जा सकता। क्या वन्देमातरम् कहने भर से तुम अधिक देशभक्त हो जाते !

तुमने वहाँ अपनी जान गँवाई। तुम्हें किसी ने जेड ग्रेड की सिक्योरिटी नहीं दी। तुम्हारी जान की कीमत ही क्या थी ? तुम हुर्रियत के नेताओं की तरह जहर उगलकर मलाई नहीं बटोर सकते थे !

तुमने जान देकर किस आजादी की जंग जीती ? वह आजादी जो हुर्रियत वालों को चाहिए या वह आजादी जब तुम आखिरी साँस ले रहे थे तो इस देश के कर्णधार किसी-न-किसी बहाने, गरमी के दिनों में विदेश यात्राओं पर निकले हुए थे। हर जनसेवक का ओहदा इस बात से तय होता था कि वह कितनी बार विदेश गया।

आजादी चाहिए थी न !

देश की समस्याओं से बचने के लिए तो एक ओढ़ी हुई मुस्कान काफी रहती थी। यदि उससे काम न चले तो मीठी जबान। यदि वह भी कम पड़े तो बीमारी का बहाना। यदि यह हथियार भी कारगर न हो तो अपने आसपास के अफसरों को दिखावटी डाँट डपट। ऐसे में जब सब अपने घर भरने में लगे थे तो तुम्हारी माँ ने पेट्रोल पम्प की अंधी कमाई क्यों ठुकरा दी थी।

दुनियादार लोग कहेंगे क्या बेवकूफी की। एक शहीद को याद करने का इससे

अच्छा तरीका क्या हो सकता है कि उसकी जान की कीमत सात पीढ़ियों तक वसूली जाए। सात पीढ़ियाँ खाएँ-पिएँ मौज करें और आठवीं के लिए बहुत कुछ छोड़ जाएँ। तुम्हारे ही एक साथी अनुज नैय्यर का क्षत-विक्षत शरीर जब आनेवाला था तो कई राजनेता इस बात को लेकर परेशान थे कि वे अनुज के घर तब जाएँ जब ज्यादा-से-ज्यादा लोग उन्हें देख सकें। कि देखो एक शहीद का वे कितना सम्मान करते हैं। तब अनुज के पिता ने नाराज होकर कहा, "हमारे बच्चे गाजर-मूलियों की तरह काट दिए जाते हैं और ये नेता यहाँ मौज करते हैं।"

सिर्फ युद्ध के मैदान में ही नहीं, हर जगह, हर क्षण, हर पल—क्या किसी दंगे में किसी नेता को मरते देखा है ?

मौत तुम क्यों रोती हो ? मत रोओ। खामोश हो जाओ। तुम्हारे आँसू कौन देखेगा, जब जीते-जागते मनुष्यों की परवाह किसी को नहीं है।

अलमाटी में अटल और मुशर्रफ आमने-सामने हुए हैं। इससे पहले आगरा में। उसके बाद अखबारों और टी.वी. के जरिए।

दो बूढ़े शेर एक-दूसरे को देख गुर्राते हैं। तभी बीस हजार किलोमीटर दूर बैठा विदेशी टी.वी. स्क्रीन पर देख लेने की धमकी देता है। और बूढ़े शेर खीसें निपोरते पूँछ दबाकर इधर-उधर हो लेते हैं।

क्या, युद्ध टल गया है ? नहीं न, जब तक उगला हुआ जहर शिराओं में न बहने लगे, हजारों जानें न चली जाएँ, लाखों बेघर न हो जाएँ—बूढ़े शेर चैन से नहीं बैठ सकते। वे नूरा कुश्ती लड़ते हैं, लोगों की शिराएँ तड़कने लगती हैं। जोश से, उत्तेजना से। हर जगह दंगा फैल जाता है।

'ओह वोदका पीना कितना अच्छा लगता है।' टाँग फैलाकर बैठा बूढ़ा शेर मार-काट को देखता है और दूसरे बूढ़े शेर को बधाई देने के लिए टेलीफोन का चोंगा उठाता है।

खून में सनी औरत एक अँगड़ाई लेती है तो उसकी सूखी हड्डियाँ एक-दूसरे से अलग हो जाती हैं। इस सदी में, कहते हैं इक्कीसवीं सदी, बीसवीं सदी से पूरे सौ बरस छोटी, उसकी छोटी बहन। वह बीसवीं सदी जिसके बारे में कहा जाता है कि मानव सभ्यता के इतिहास यदि इसे पाँच हजार वर्ष पुराना कहें तो ऐसी क्रान्तिकारी सदी नहीं देखी। उसी क्रान्तिकारी सदी की छोटी बहन एक पन्द्रह साल की लड़की को चौदहवीं सदी के कानून से लहूलुहान होती, मारी जाती देखती है। माँ बहुत महान होती है न ! अनब्याही माँ दुनिया का सबसे बड़ा पाप। इतने बड़े-बड़े महासागरों का खारा पानी भी कम पड़ जाए...आँसू हैं कि बहते नहीं सूख गए हैं। तलवारें चमक रही हैं, त्रिशूल हवा में लहरा रहे हैं। चाकू-फरसों पर सान धरी जा रही है। मारो-मारो, खत्म करो—जहाँआरा किस पत्थर से मरी होगी ? कंकाल बनी उसकी माँ सोचती है। ये पत्थर किस पहाड़ के होंगे। क्या इनके भाग्य में किसी ज्योतिषी ने लिखा होगा कि ये किसी को, किसी को नहीं एक लड़की को मारने के काम आएँगे।

किस रंग का पत्थर, कौन-सा निशाना ? किसका हाथ ? क्या जहाँआरा की हाथ की लकीरों में ऐसा कुछ लिखा था। जब उसे यह सजा सुनाई गई, उस वक्त तो मैंने कोई पीर-फकीर-दरगाह नहीं छोड़ी। तब, तब क्यों ऐसा हुआ ?

लेकिन किसी-न-किसी के खिलाफ एक युद्ध चाहिए। युद्ध, क्या पता कौन हारता है कौन जीतता है ? कहते हैं तीस प्रतिशत जलने के बाद आदमी जलन का अहसास करना भूल जाता है। पत्थरों की चोट के साथ भी तो ऐसा हो सकता है कि अगला, फिर अगला और फिर अगला उसे कुछ याद ही न रहा हो। फिर कैसे पता चल सकता है कि वह किस पत्थर से मरी ?

युद्ध ! अनवरतः आँखों की भाषा ! हिंसा-प्रतिहिंसा ! दमन ! क्रूरता—ठंडी हँसी। जहाँआरा को पत्थर मारने में कुछ औरतें भी शामिल थीं। उन्हें धर्म की रक्षा करनी थी। पुरुषों के बनाए सारे धर्मों की रक्षा औरतें करती फिरती हैं। सब व्रत-उपवासों का ठेका उन्हीं के जिम्मे है।

कंकाल बनी औरत करवट बदलती है कि उसे अपने पास गुलाब, गेंदा, चमेली की खुशबू महसूस होती है। इतने दिनों में उसकी आँख के तारे का एक कोर बचा है। उसे कीड़ों ने नहीं खाया है। वह उसी की मदद से देखती है। अरे, यह क्या ! उसके चारों ओर फूल-ही-फूल बिछे हैं। इतने सारे फूल तो फूलों की घाटी में मिलते हैं। उसे किसी ने बताया था। यहाँ कहाँ से आ गए ? क्या सचमुच युद्ध की जगह दुनिया में शान्ति छा गई है। लोग हथियारों की जगह फूलों की खेती करने लगे हैं।

फूल जिन्हें छुआ जा सकता है, जिनकी कोमलता को महसूस किया जा सकता है। अचानक जहाँआरा की माँ को आसमान में प्रकाश दिखाई देता है। कौन हो वहाँ ? क्या बारिश होनेवाली है जो बिजली चमकी हो ? लेकिन बादलों का तो दूर-दूर तक पता नहीं है। आसमान साफ है। रोशनी और उजास से भरा !

उसे वहाँ, उजाले में बचपन वाली जहाँआरा दिखाई देती है। वह उसे पुकारना चाहती है, मगर कैसे पुकारे ? उसकी जीभ तो कब की गल चुकी है। उसे मरे तो जमाना हो गया। आवाज़ गले में अटकी रह जाती है।

जहाँआरा वैसे ही हँस रही है, जैसे वह बचपन में हँसती थी। उसके सुन्दर सफेद दाँत चमकते थे। लेकिन उसके पास इतने फूल कहाँ से आए ? क्या वह सचमुच जन्नत में चली गई है और वहाँ से फूल फेंक रही है।

कि जहाँआरा गायब हो जाती है। वहाँ उसे तीन स्त्रियाँ दिखाई देती हैं। वे अभय की मुद्रा में हाथ उठाती हैं। कहती हैं, "तुम सोच रही होगी हम कौन हैं ? हमें पता है तुम बोल नहीं सकतीं। तुम मर चुकी हो। तुम्हारी आवाज़ खत्म हो चुकी है। वैसे जीते-जी भी हमारी आवाज़ कौन सुनता है ? सबने मुँह छिपा लिया। लेकिन अपनी बेटी को बचाने के लिए जितनी मेहनत तुमने की उस पर हमें गर्व है। हमारी कभी बेटियाँ नहीं हुईं। बेशक हम हिन्दू देवियाँ हैं। तुम मुसलमान। लेकिन सच पूछो तो हम औरतों की न कोई जात होती है न धर्म। आज हम विद्रोह करके आई हैं। देवताओं ने तो हमें

वहुत रोका था। अपने बगीचे से फूल चुनने को भी मना किया था लेकिन हम नहीं मानीं। हमने साफ कह दिया आप तो अक्सर युद्ध में विजयी लोगों पर फूल बरसाते रहते हैं। हम तो एक उस स्त्री की लाश पर फूल बरसाना चाहते हैं जिसने अपनी बेटी को बचाने के लिए रात-दिन एक कर दिया। हम चाहें तो तुम्हें जीवित भी कर सकते हैं, लेकिन इस दुनिया में वापस आकर क्या करोगी जिसमें इतने बम और इतनी मिसाइलों के जखीरे हैं कि पूरी की पूरी दुनिया को कई-कई बार नष्ट किया जा सकता है। फिर भी मनुष्य का पेट नहीं भरता, हर रोज नए-नए हथियार बनाता है।" आसमान में फिर से अन्धकार छा गया है। देवियाँ गायब हो गई हैं।

कंकाल औरत हँसती है। उसकी हँसी में खनक नहीं विद्रूप है। वह बहुत-सी आवाजें सुन सकती है। लोग पागल हो गए हैं और युद्ध-युद्ध पुकार रहे हैं—

देशभक्ति बहुतों के लिए पराँठे की तरह है, स्वादिष्ट पराँठा। अपने घर का कोई न मरता हो, उँगली न कटती हो तो लड़ाई कितनी आकर्षक लगती है।

लेकिन यह लाश बनी औरत कौन है ? क्या सचमुच यह जहाँआरा की माँ है, या कहीं शाहबानो तो नहीं है। कब्र में बैठी शाहबानो कराहती है, "या खुदा रहम कर हम औरतों की दुनिया पर। या तू खुद कभी औरत बनकर देख। कहीं खून की नदियाँ न बह जाएँ इसलिए तो मैंने कहा था कि सुप्रीम कोर्ट ने मेरे पक्ष में फैसला देकर गलत किया। लेकिन उससे भी क्या हो गया, औरतों का भाग्य नहीं बदला। कितनी औरतों की सम्पत्ति हड़प उन्हें मार दिया गया। परिवार के सम्मान की रक्षा के नाम पर। कितनी बलात्कार की शिकार हुईं और व्यभिचारिणी कहकर खत्म कर दी गईं। तालिबानों ने क्या किया ?"

उसी वक्त एक मधुर आवाज़ सुनाई दी, "आपा।" शाहबानो ने इधर-उधर देखा, दरख्तों के बीच से एक छाया निकली। सजी-सँवरी। जेवरों से लकदक। उसे देख शाहबानो बोली, "तुम कौन हो बेटी ?"

"मैं कौन हूँ ? नहीं पहचानतीं। अरे मैं हूँ असली जहाँआरा। औरंगजेब की बहन। जो कुँआरी जन्मी थी कुँआरी मर गई। हिन्दुस्तान का सबसे बड़ा सम्राट भला अपनी बेटी या बहन ब्याहकर किसके आगे सिर झुकाता ? इसलिए आसान रास्ता था उनका ब्याह ही मत करो। हम पिता के घर में जन्मीं थीं वहीं मर गईं। जहाँआरा आज नहीं मरी, तब ही मर गई थी। एक संगसार हुई, दूसरी दम घोंटकर पत्थर बना दी गई... स्त्रियाँ जो पत्थर बनीं, मरीं, युद्ध किसी ने जीता, इज्जत किसी की लुटी, कोई रणभूमि में गया, जौहर में जान किसी ने दी।"

दिल्ली में इन दिनों आर.टी.वी. यानी कि स्कूल ट्रांसपोर्ट व्हीकल की भरमार है। ये छोटी और बेहद तकलीफदेह बसें—फिर भी लोग इनमें आते-जाते हैं। नौकरी करनी है, समय पर दफ्तर पहुँचना है, जेब में ऑटो लायक पैसे नहीं होते हैं। वैसे भी हर रोज ऑटो कौन अफोर्ड कर सकता है ! जिनके मीटर हमेशा किराए से दस-बीस प्रतिशत अधिक

बताते हैं।

रोहिणी से कनॉट प्लेस आनेवाली यह छोटी बस। इसके आगे की सीटों पर सभी औरतें बैठी थीं। पीछे की सीट पर चार आदमी। औरतें बहुत देर तक इस बस के आने-जाने के टाइम के बारे में डिस्कस करती रही थीं। शायद यह बस नई चली थी और इन कामकाजी औरतों के लिए आरामदेह थी।

अचानक साइड में बैठे दुबले-पतले आदमी ने जिसके सारे बाल सफेद हो चुके थे और जिसने किशोरावस्था में एक टाँग अड़ाने के लिए उन पर बुरी तरह से मेंहदी पोत रखी थी, अपने साथ बैठे आदमी के पुट्ठे पर हाथ मारते हुए कहा, "इस साले पाकिस्तान को तो आडवाणी के हवाले कर देना चाहिए। फिर देखना क्या कराची, क्या लाहौर, क्या इस्लामाबाद एक रात के हमले में तबाह हो जाएँगे। यह जो मुशर्रफ बड़ी-बड़ी बातें बना रहा है तब देखना कैसे अँगूठा चूसता है।"

दूसरा आदमी जो च्युइंगम चबाने की तरह रुक-रुककर बोलता था और अटल बिहारी वाजपेयी की तरह एक वाक्य से दूसरे वाक्य में काफी दूरी रखता था, उसने कहा, "अरे भाई अब इतना आसान नहीं है। यह कोई पैंसठ या इकहत्तर तो नहीं है। पाकिस्तान भी न्यूक्लीयर पावर है।"

"तो क्या हुआ ? हम तो चौहत्तर से परमाणु शक्ति हैं।" मेंहदीवाला बोला।

तीसरे हिटलर जैसी मूँछोंवाले को लगा कि बातचीत में उसकी भी कुछ भूमिका हो सकती है, कहा, "आप चौहत्तर से न्यूकपावर हों या चौंसठ से लेकिन आपने कर क्या लिया पाकिस्तान का।"

मेंहदी वाले ने दाँत मिसमिसाए, "यही तो खराबी है हम इंडियंस में। हमारा फौजी, एक-एक दस पे भारी रहता है। लेकिन फौजी क्या कर लेंगे जब आप और हम जैसे लोग ही यह कहेंगे कि क्या कर लिया पाकिस्तान का ? इससे ज्यादा बड़ी बात क्या होगी कि बांग्लादेश बनवा दिया।"

"तो वह अब कश्मीर में उथल-पुथल मचवा रहा है।" चौथे ने कहा।

च्युइंगम चबानेवाले ने कहा, "कश्मीर तो अब हमारे खून से ही बन सकता है।"

हिटलर की मूँछवाला जोर से हँसा, "हाँ यार, तुमसे पहले गांधी जी ने भी कहा था कि पाकिस्तान तो मेरी लाश पर बनेगा।"

मेंहदीवाला खिलखिलाता बोला, "यही तो मैं कह रहा हूँ, अरे मैं कह रहा था अहिंसा-फहिंसा गई तेल लेने। इस देश में एक अरब लोग रहते हैं। एक फूँक मार देंगे तो पाकिस्तान का पता नहीं चलेगा।"

हिटलर को मेंहदीवाले की जोर से कही बात कुछ नागवार लगी। उसे लगा यह बात तो उसे कहकर बाजी मारनी चाहिए थी। वह पान मसाले का पूरा पाउच मुँह में उँड़ेलता बोला, "यार इस एक अरब में से सोलह करोड़ मुसलमानों को तो हटा ही दो।"

यह सुनकर च्युइंगम वाला बोला, "यह कोई बात नहीं है। आखिर फौज में भी इतने मुसलमान हैं। सारे लोग एक जैसे थोड़े ही होते हैं। आखिर हाथ की पाँचों उँगलियाँ

एक बराबर नहीं होतीं। इस देश का तो राष्ट्रपति भी मुसलमान रह चुका है। पाकिस्तान में वन सकता है कोई हिन्दू राष्ट्रपति ? अरे तुम किसी हिन्दू को पाकिस्तान में तो क्या, अमरीका में राष्ट्रपति बनवाकर दिखा दो। सब साले हरामजादे हैं। आखिर हम हिन्दू अस्सी प्रतिशत हैं इस देश में।

अस्सी प्रतिशत हिन्दू। सारे अधिकार, सारी सम्पत्ति, सारी प्रतिष्ठा बीस प्रतिशत के पास ! जब वोट की बात हो हिन्दू अस्सी प्रतिशत हो जाते हैं, जब मन्दिरों में जाने की बात तो हिन्दू सिर्फ बीस प्रतिशत रह जाते हैं सवर्ण...

युद्ध चाहिए न !

गीता में श्रीकृष्ण ने अर्जुन से कहा, "हे पार्थ, इस दुनिया में न कोई अपना है न पराया। न कोई मरता है न जिन्दा रहता है। मैं ही मरता हूँ, मैं ही जिन्दा रहता हूँ। इसलिए सब मोह-माया त्यागकर युद्ध के लिए तत्पर हो जाओ।"

हमारी सभ्यता का इतिहास। रक्त रंजित। खून से लथपथ। स्पर्धा की इस दुनिया में कोई किसी को रौंदकर ही आगे बढ़ सकता है।

वीर तुम बढ़े चलो
धीर तुम बढ़े चलो

दूर तक फौजी बूटों की गूँज सुनाई देती है। यहाँ बस के भीतर तक। मेंहदीवाला चीखता है, "हम हिन्दू बाई नेचर ही डिफीटिस्ट हैं। खुद की बुराई करने को तैयार बैठे रहते हैं। किसी और को सुना है तुमने अपनी बुराई खुद करते। इसीलिए सब उल्लू के पट्ठे सिर पर जूते रखकर चलते चले जाते हैं। झुको और झुको...इस दुनिया में कोई भी झुकनेवाले की तारीफ नहीं करता। दुनिया का दस्तूर है जो झुकता है उसे और झुकाया जाता है उसका स्वाभिमान नष्ट करने के लिए जिससे कि वह दोबारा न उठ खड़ा हो। हिन्दुओं को इसी झुकने ने, अहिंसा के सिद्धान्त ने पिटना सिखाया है।"

उसकी बात सुन उड़ीसा के कोने में बैठा दारासिंह हँसता है, "मैं कहता था न यह हिन्दू अब वह हिन्दू नहीं है; यह अब उग्र हो चला है। उग्रता से ही उग्रता को काटा जा सकता है। एक बार हिन्दू उग्रवादी हो उठे, जागरूक हो जाए, तब देखना देश के किस कोने में रहता है इस्लामी उग्रवाद। मैंने ग्राहम स्टेंस को उसके दो लड़कों के साथ जला दिया, किसी ने क्या कर लिया मेरा, बल्कि एक पार्टीवाले तो मुझे चुनाव लड़वाने को तैयार कर रहे थे।"

"हाँ, कोई क्या कर लेगा ?" बस में बैठा हिटलर चीखता है, "इतने यहूदी मारे गए किसी ने क्या कर लिया ?"

"अरे यार तू तो इमोशनल हो गया। डोंट गेट इमोशनल। हम या तू कौन-सा फ्रंट पर लड़ने जा रहे हैं। वो बात यह है यार, लड़ाई की बात हो तो जरा जोश आ जाता है। अच्छा टाइम पास हो जाता है।"

अनुज नैय्यर के पिता, रजिया बानो आप सुन रही हैं युद्ध लोगों के लिए किसी देशभक्ति का नाम नहीं टाइम काटने का तरीका है। आपने अपने बच्चे खोए, उनकी

क्षत-विक्षत लाशें देखीं। जब से, 1990 के बाद से युद्ध टी.वी.पर लाइव दिखाई देने लगा है, तब से मिसाइलें हवा में उड़ती किसी बड़ी हवाई की तरह दिखाई देती हैं। और बम हजारों को तहस-नहस करनेवाले किसी पटाखों की लड़ी की तरह फूटते हैं। ओह युद्ध ! कितना बड़ा मनोरंजन है।

एक थ्रिल ! जिसमें जाती हुई जानें, माता-पिता के चिन्तातुर चेहरे और अचानक ही बिखरे हुए सपने कुछ भी तो नजर नहीं आता। युद्ध मौत नहीं, तकलीफ नहीं, प्रतिहिंसा नहीं एक सतत उत्तेजना का नाम है।

कुछ दिन अखबारों की सुर्खियाँ, शहीदी का तमगा, फिर सब कुछ गायब।

जहाँआरा शाहबानो से पूछती है, "क्या सचमुच लड़ाई होगी, तब कौन हारेगा, किसकी होगी जीत ?"

"क्या पता जहाँआरा, हर बार जब भी कोई जीतेगा मनुष्यता तो हार ही गई होगी। बेशक, कोई कहता रहे कि दर्द ज्यादा बढ़े तो उसका अहसास खत्म हो जाता है। इसीलिए दर्द से छुटकारा पाने का तरीका है कि उसे खूब सहा जाए। उसका डटकर मुकाबला किया जाए। मैंने यही तो किया था।"

"और मैंने भी वही किया।" फूलन देवी के कातिल शेरसिंह राणा ने जब फूलन देवी को मारा तो बयान दिया, "मैंने यह ठाकुरों के सम्मान की खातिर किया।"

परिवार के सम्मान की खातिर जहाँआरा संगसार हुई। ठाकुरों के सम्मान के लिए फूलनदेवी। जिस दिन फूलनदेवी के मरने की खबर बेहमई पहुँची वहाँ दिवाली मनाई गई। बेंडिट क्वीन जिसे देख उसके गाँव के आसपास की बहुत-सी लड़कियाँ डाकू बनने को उतावली हो उठीं। ढेर-सा लूट का माल, नाम, गिराम, फिल्में और स्त्रीत्ववाद का ठप्पा भी।

"और मैंने भी वही किया।" रामसिंह की आत्मा ने पुकारा—यदि राजपूतों के सम्मान के नाम पर मैंने रूपकंवर के सती हो जाने को सही ठहराया तो क्या गलत किया ? मैं सही था यह तो रूपकंवर के सती स्थल पर हर साल लगले वाले मेले से जाना जा सकता है।

कि अचानक बचाओ-बचाओ की आवाजें आने लगीं। पता चला कि चुड़ैल बनी रूपकंवर ने रामसिंह की आत्मा के गले में पैने नाखून चुभो दिए। फिर अट्टहास करती बोली, "महसूस कर रामसिंह इन नाखूनों की चुभन और जलन को और फिर सोच कि एक जिन्दा औरत को चिता में झोंके जाने के बाद कैसा लगता होगा ? मेले की बात कर रहा है न ! मेला लगे, कमाई हो, इसीलिए तो तुमने मुझे मारा था। उन दिनों कितनी कमाई थी तुम लोगों की। कमाई के लिए किसी की जान लेना मामूली बात है।"

"छोड़े दो-छोड़ दो।" रामसिंह की आत्मा ने गुहार की तो रूपकंवर उसे डपटती हुई बोली, "लानत है, तुझ पर। तू तो नेता था न। और नेता क्या, सिर्फ आदमियों का। औरतों का नहीं जो बात-बात पर शादी के वक्त दी जानेवाली उन तीन चुन्नियों को

दिखाता था जो लड़की को शादी के वक्त दी जाती थीं। जिसमें एक चुन्नी सती हो जाने के लिए होती थी। तुझे मालूम है न, मौत के लिए उकसानेवाला भी उतना ही बड़ा अपराधी होता है जितना मारनेवाला।"

रामसिंह की आत्मा गिड़गिड़ाई, "माफ कर दो बहन।"

"तेरे माफी माँगने या बहन कहने से मैं जीवित नहीं हो जाऊँगी। लेकिन जा... और अपने घटिया विचारों समेत इस धरती की तरफ रुख मत करना।"

रामसिंह की आत्मा भागी तो देर तक उसकी घबराहट को महसूस किया जाता रहा। तब रूपकंवर हँसी ठठाकर और तब तक हँसती रही जब तक पूरा आसमान चिता की लपटों से नहीं भर गया।

शाम के सात बजे का समय ! दिन रविवार ! रविवार की शाम कितनी उदास लगती है...एक दिन भरा-पूरा आनेवाला हफ्ता अपनी तमाम परेशानियों के साथ मुँह बाए खड़ा रहता है।

जीवन की आपाधापियाँ, परेशानियाँ, भाग-दौड़, छल-कपट, उन सबके बीच सरपट दौड़ती जिजीविषा ! जीना है, जीना है, आगे बढ़ना...अतीत को भूलकर।

"कोड़ा जमालशाही, पीछे देखा आफत आई।"

कालबैल बहुत बेसुरे सुर में राग अलाप रही है। सैल खत्म हो गया है। कौन है ? अच्छा राजू।

"आओ बेटा, अन्दर आ जाओ।"

वह आकर जमीन पर उकड़ूँ बैठ जाता है। हमारे लाख कहने पर भी वह कभी सोफे या कुर्सी पर नहीं बैठता ! उसमें भरी हीनता हमें अपनी नजरों से गिरा देती है।

लेकिन नहीं उसका स्वाभिमान ! वह कभी पैसे नहीं माँगता। किसी त्योहार, होली-दिवाली पर वह मिठाई या रुपए लेने से इनकार कर देता है।

जब तक कपड़े लाए जाते हैं तब तक वह युद्ध के सबसे बड़े बाजार टेलीविजन को देखने लगता है। वहाँ युद्ध बोया जा रहा है, काटा जा रहा है। दाम लगानेवाले और वसूलनेवाले खड़े हैं—बोलो सुखोई लोगे या एफ 16 क्या तुम अपने पड़ोसी से कमजोर दिखना चाहोगे ? व्यापार का तर्क ! एक को दूसरे से भिड़ाकर पैसे बटोरने की रणनीति।

राजू बोल रहा है, एक पैंट, एक बड़ी चादर, एक छोटी, एक कुर्ता, तीन सलवार, पाँच टी शर्ट, एक झाड़न।

फिर वह अपने पतले हाथों से कपड़ों की पोटली बाँधता है, लेकिन उठता नहीं, वैसे ही उकड़ूँ बैठा रहता है।

थोड़ी देर बाद नजरें झुकाकर पूछता है, "बाबू जी, क्या युद्ध होगा ?"

"क्या पता, क्यों तुम्हें क्या लगता है ?"

"हो ही जाए।" उसकी आँखें चमकती हैं।

"क्यों भला ? कितने लोग मर जाते हैं। कितने घायल हो जाते हैं ?"

"मगर यहाँ रहकर भी क्या...वह अपना वाक्य अधूरा छोड़ देता है—लड़ाई हो साब तो मैं भी फौज में भर्ती जो जाऊँ।"

"बावले हुए हो, क्या फायदा ? यहाँ तुम्हें क्या कमी ? वहाँ तो गाजर-मूली की तरह कटवा देते हैं।"

"कोई बात नहीं साहब, जब तक जिन्दा रहूँगा पेट भर रोटी मिलेगी। घर भी पैसे भेज दिया करूँगा। और मर गया तो...फौजी के मरने पर घरवालों को सरकार की तरफ से बहुत कुछ मिल जाता है।"

वह दरवाजा भिड़ाकर चला गया है।

वह कितने मामूली शब्दों में अपने और उनके मन की बात कह गया है जो बस ऐसे ही मर जाते हैं। जिन्हें शहीद-शहीद कहकर बहुत कुछ अपनी जेबों में चला जाता है, इस उम्मीद में कि काश ! अगला युद्ध जल्दी हो !

राजू की सूनी आँखें आसमान में फैल गई हैं। उनमें कोई सितारा नहीं चमकता।

(जनसत्ता)

•

बिन्दास

उसे कितने नामों से पुकारा जा सकता है !

अनु, अन्नू, अनुभा, नुभा, आभा और चिढ़ाओ तो कहो कि तू 'आना' तो क्या 'अन्नी' भी नहीं। स्त्रीलिंग-कमतर !

और ऐसा कहो तो एक पाँव पर घूम जाएगी—(भला हो धरती का कि इस तरह एक भारी-भरकम शरीर उस पर पालोटा मारे और उसका कुछ न बिगड़े) फिर कहेगी, "मुझे लोग एक नाम से पुकारें या छत्तीस नामों से, तुम्हें क्या ?" मैं तो ऐसी ही हूँ। और वैसे भी टू बी वैरी फ्रेंक जिस देवी के यहाँ जाकर जै माता दी-जै माता दी कहते हो, उसके कितने नाम हैं कुछ पता है। जीती देवियों को जिन्दा मत रहने दो और पत्थर की देवियों को पूजते फिरो—वाह क्या रिवाज है, दुनिया है क्या !

फिर वह अपना स्क्वेयर हाथ (पामिस्ट्री की भाषा में प्रैक्टीकल, वैरी प्रैक्टीकल) साथ खड़े पुरुष के कन्धे पर जोर से मारती है। वह निहाल होकर धनुष हो जाता है, "ओह अनु, माय प्लेजर।"

'चल-चल परे हो...मैं कोई फेमिनिस्ट नहीं हूँ। सब बकवास, कोई लफड़ा नहीं, इधर समझा कि नहीं—चल निकाल कॉफी के पैसे ?' वह जोर से खिलखिलाती है—'एक बला की खूबसूरत लड़की को कॉफी पिलाते तेरा हाथ रुकता है। चल जल्दी कर।'

साथ खड़ा लड़का दूसरे से कहता है, 'अब कोई भैंस भी लिपिस्टिक-पाउडर लगाकर खुद को ऐश्वर्या राय समझ ले तो कोई क्या कर सकता है ?'

कॉफी की हल्की गरमाहट उँगलियों के पोरों से होती हुई शरीर में पहुँच रही है, गरमी माने जीवन, आदमी ठंडा हुआ तो गया न काम से। अनु को लड़के अपनी गुपचुप बातचीत में 'हाट केक' पुकारते हैं।

एक को दूसरे से कान में खुस-पुस करते देख वह चीखती है, 'ओय साले, यह क्या लौंडियों की तरह कान में कुछ कह रहा है। जोर से बोल न अपनी इस बहन के बारे में।'

दोनों लड़कों का चेहरा उतर जाता है। बहन या माँ का नाम आते ही बेचारों का चेहरा उतर जाता है। फिर वे डिफेंस मैकेनिज़्म करते हैं, 'अनु, तुम्हारे बारे में तो कोई

बात ही नहीं हो रही थी।'

''मेरे बारे में नहीं तो क्या अपनी गर्लफ्रेंड के बारे में—साले चला रहा है। फिर इतनी धीरे क्यों बोल रहा था ? तू यह मत समझ कि एम.सीज.बी.सीज. मैं नहीं कर सकती। पर चल माफ किया। बहनों को माफ कर देना चाहिए भाइयों को।''

कॉफी पिलानेवाला लड़का प्रोटेस्ट दर्ज करता है—"यह बहन, बहन क्या लगा रखा है। जरूरी तो नहीं कि हम हर रिश्ते को कोई नाम देते फिरें। है कि नहीं अनु।"

"ठीक कहता है तू।" अनु कॉफी का खाली प्याला डस्टबिन में फेंक देती है, "फिर तुझे भाई बनाकर करूँगी भी क्या ? तू खुद तो किराए पर साँस ले रहा है। मुझ जैसी भारी-भरकम की रक्षा क्या करेगा ? चल माफ किया। ओ.के. मैं चली।"

एक तूफान है कि आता-जाता रहता है, कभी किसी के कॉफी के प्याले में, कभी बोतल में, कभी आँखों में—तूफान के लिए कोई जगह निर्धारित नहीं होती। सड़क पर आँधी आ जाए तो सब कुछ उलट-पुलट हो जाता है, हवा की साँय-साँय, देर-देर तक कानों में बजती है, आँखों में मिट्टी किसी कड़वी बात की तरह किरकिराती है। सबके होने के बावजूद लगता है कि सब खाली हैं।

अनु...सबकी है...मगर वह किसकी है ? जो सबका होता है, वह खुद जानता होता है कि वह किसी का नहीं है—यूज एंड थ्रो।

तूफान है कि अपने आने का पता नहीं देता, वह पास से पड़ोसी की तरह गुजर जाता है, बेपहचान। आजकल बेपहचान हो जाने में कितना सुख छिपा है। 'पता नहीं' ब्रह्मवाक्य में बचने की कितनी नियमावली ! अनु को, अनुभा को कुछ पता नहीं है, उसे सच पता नहीं। वह इन्नोसेंट और भोली है। आदमियों के विमर्श में शामिल एक स्त्री !

धम-धम—तूफान गुजर रहा है। अनु जा रही है। स्त्री, देवी, सत्य का स्वरूप।

'नहीं, मैं हमेशा सच नहीं बोलती।' वह इठलाती है, 'क्यों बोलूँ सच ? कौन मुझे हीरों जड़ा, मुकुट पहनाकर कहेगा कि देखो जी, यह हैं अनुभा देवी जो सत्य के लिए जीईं, सत्य के लिए मरीं। यह इस जमाने की राजा हरिश्चन्द्र हैं, जिन्होंने सच तो बोला लेकिन सच के लिए किसी डोम के घर पानी नहीं भरा। क्यों बोलूँ सच ? कुंडली में लिखा है। मैं तो खूब झूठ बोलती हूँ। जरूरत पड़े तो फौरन मुकर जाती हूँ। और अब तो भगवान भी जानता है कि इस इक्कीसवीं सदी में बिना झूठ बोले किसी का काम नहीं चल सकता। भगवान की कसम खिला लो, बिना पलक झपकाए मैं सच को झूठ और झूठ को सच बना सकती हूँ। जब सब झूठ बोल रहे हैं तो मैंने कौन-सी धर्म की ध्वजा फहराते रहने का व्रत ले रखा है।'

और शिव, क्या कहते हो जी, कौन गंगाजली उठाकर कह सकता है कि उसने न कभी किसी का बुरा चाहा है, न किया है, न सुना है। इस कम्पटीटिव दुनिया में जब तक आप दूसरे की टाँग पकड़कर नीचे नहीं गिरा देते और उसे क्षत-विक्षत करते हुए आगे नहीं बढ़ जाते तब तक कौन किस को आगे बढ़ने देता है। तुम लिए फिरो अपनी

इमोशनलिज़्म की टोकरी। ढोओ जीवन भर उसका भार। हू केअर्स। इसलिए मैं तो भई इस सर्टिफिकेट की दरकार नहीं रखती कि लोग मेरे बारे में कहते फिरें कि भई मैं इस धरती पर किसी और लोक की वासी हूँ। और आखिरी क्या है ! सत्यम् शिवम् और वह सुन्दर न !

हाँ, यह ठीक है, सुन्दर तो मैं हूँ न ! अरे एक जमाना वह था कि यहाँ से वहाँ तक, कहाँ से कहाँ तक लड़कों की मेरे लिए लम्बी लाइन लग जाती थी...वक्त-वक्त की बात है। सब कहते थे इतनी सुन्दर लड़की हमने कभी नहीं देखी। छुट्टियों में मम्मी-पापा के पास आस्ट्रेलिया जाती तो वहाँ तो बस गोरे मुझे देखकर चित्त हो जाते।

अनुभा देवी जा रही हैं। उनका दिमाग उनसे तेज़ जा रहा है...है कोई कि जो बताए कि कौन लड़की है। किससे इसे प्यार है...किससे नफरत है, कौन है कि जो इसकी आँखों में आँखें डालकर बात नहीं कर सकता और अछूता रह जाता है।

उसका दोस्त कमल, जिसे वह दोस्त कहती है, उसे समझाता है, "अन्नू, तू हर एक से ऐसे लिपटती-चिपटती है, मत किया कर ऐसे।"

"क्यों, बुरा लग रहा है तुझे, जेलस। मुझ पर क्यों अधिकार जमा रहा है। तेरी बीवी हूँ।"

"ज्यादा बक-बक करेगी तो एक झापड़ रसीद करूँगा। सिर्फ ब्लैक-एंड-व्हाइट में सोचती है। तुझे मालूम है, अभी थोड़ी देर पहले जिस बहुगुणा की छाती से तू लिपटी थी, तुझे मालूम है उसने अपनी लड़की को को-एड में इसलिए नहीं पढ़ाया था कि कहीं वह बिगड़ न जाए। दूसरों की स्त्रियों को छाती से चिपकाता फिरता है।"

"हाय ले बेबी, आ जल्दी तेरे गले से लिपट जाऊँ।"

—अनुभा ने आँख मारी।

"माफ कर मुझे अपनी जान बहुत प्यारी है, तू गले से लिपटी तो पता नहीं, गरदन का क्या होगा ? एक झटके में उखड़कर जमीन पर आ गिरेगी। आखिर तुझ जैसी बेबी एलीफेंट से बचकर रहना पड़ता है।" कमल अभिनय करता है, बचने का।

"हरामखोर, सीधे-सीधे हिन्दी में नहीं कह पा रहा है तो अंग्रेजी की टाँग तोड़ रहा है—बेबी एलीफेंट। तो तू क्या है, गैंडे का परदादा।" अनुभा चीखती है।

"देख अनु, तू किसी सीरियस बात को भी मजाक में उड़ा देती है। यह कोई अच्छी बात नहीं है। तू नहीं जानती दुनिया में लोग कैसे होते हैं। वे लड़कियों को सिर्फ अपने बने नए खानों में फिट करने के आदी होते हैं। तू बदल गई है, तो क्या तेरे साथ-साथ दुनिया तो नहीं बदली न !" कमल समझाने की कोशिश करता है।

"डोंट टाक लाइक माई हस्बेंड।" अब सचमुच अनुभा आँखें तरेर रही है, "दुनिया नहीं बदली तो जाए भाड़ में। मैं क्यों उसकी परवाह करूँ ? सात हाथ घूँघट मार लूँ। तुम साले सब..." वह वाक्य अधूरा छोड़ देती है, "कंजर्वेटिव कहीं का। इसलिए सलाह दे रहा है कि मुझे अपनी दोस्त समझे बैठा है। बाकी किसी और के साथ तो तू भी वैसा ही करेगा जैसा और करते हैं।"

कमल उसकी तरफ देखता है तो देखता ही रह जाता है, कितनी भारी मुसीबत है यह लड़की। कोई नहीं कह सकता कि यह अगले पल क्या कर बैठेगी ?

"अरे देख तो सामने से कौन चला आ रहा है ? देख न !" अचानक मुँह फुलाने की तरफ जाते-जाते वह चहक उठती है, "चल, मैं किसी के गले नहीं लग सकती मगर..."

"मगर क्या !"

"अभी पता चल जाएगा।" कहती हुई अनुभा आगे बढ़ जाती है। कमल परेशान-सा उसके पीछे दौड़ता है, रोकने के लिए। फिर रुक जाता है। क्या पता डाँट ही न दे।

सामने से इस संस्थान का हीरो नम्बर वन चला आ रहा है। वह हमेशा ऊँट की तरह गरदन ऊँची करके चलता है और बाकियों को कीड़े-मकोड़ों की तरह देखता है।

देख रहा है कमल दूर से।

अनुभा उसके पास पहुँच कर जोर से सीटी बजाती है, आँख मारती है। फिर उसे जोरदार एक धक्का देती है और खुद जमीन पर गिर पड़ती है।

बेचारा हीरो। ढेर सारी सॉरियाँ उसके गले में अटकी हुई बाहर निकलती हैं—माफ कीजिएगा, वो गलती हो गई...आप गिर गईं..वो गलती से...चोट तो नहीं लगी।

धीरे-धीरे उठती अनु सोचती है—इसकी डिक्शनरी में सिवाय 'वो' के कुछ और है भी कि नहीं।

हीरो नम्बर वन ने उसे उठाया और अनु लगभग उसके कन्धे पर झूल गई है।

हीरो शर्मिंदा है, इस लड़की को लेकर आगे कैसे बढ़े जिसकी माँग में इतना मोटा सिन्दूर भरा है। उसकी साँस सम पर नहीं लौटती, "कॉफी पिएँगी।"

"कॉफी क्या तुम्हारे हाथ से तो जहर भी पी लूँगी जानेमन। उस बात के लिए क्यों शर्मिंदा हो रहे हो, जो तुमने की नहीं।"

"क्या ?"

"तुमने मुझे धक्का थोड़े ही दिया था, धक्का तो मैंने तुम्हें दिया था। वरना तुम्हारा यह कन्धा थोड़े ही मिलता सिर रखने को। कितने दिन से तमन्ना थी कि इस भरे दफ्तर में तुम्हारे कन्धे पर सिर रखूँ। देखो, वह सामने कमल खड़ा है उससे शर्त लगाई थी मैं एक हजार रुपए जीत गई।"

सत्यम् का सत्य, झूठ से जान बचाकर भाग रहा है। अनुभा को पता है, वह झूठ की चक्की में सच को पीस रही है, उसकी हड्डी-पसलियाँ एक करने के लिए। कोई भी सच पूरा नहीं होता। किसी के भी अधूरे सच, पूरे झूठ से भी बुरे होते हैं।

"ओ कमल, ला निकाल मेरे एक हजार रुपए। देख मैं शर्त जीत गई हूँ।"

"एक हजार रुपए, शर्त !" कमल चौंक जाता है। अनुभा आँख के इशारे से कुछ कहती है, "झूठ बोल रहा है। अभी मैंने तुझसे शर्त नहीं लगाई।"

कमल बात का सिरा पकड़ता है। अनुभा के लिए उसे न जाने क्या-क्या करना

पड़ता है ? सच को सिर के बल खड़ाकर झूठ बनाना पड़ता है, झूठ को सच !

वह जेब में हाथ डालता है कि वह बरजती है, "तेरे पास कोई काँरू का खजाना है जो इतने पैसे साथ लेकर घूमेगा। चल, कल दे देना। माफ किया। बहुत हुआ हँसी-मजाक। घर में मेरा मियाँ पानी पी-पीकर कोस रहा होगा।"

अनुभा जा रही है...लहर...लहर उसके बाल बाल उड़ रहे हैं। मेंहदी से रँगे काले बाल भी सुनहरे नजर आते हैं।

कमल और हीरो नम्बर वन हैरान हैं, "कैसे झेलता होगा इसका पति इसे ! कहीं ऐसा तो नहीं कि इसकी शादी हुई ही नहीं। माँग भरने से क्या पता चलता है ! सिन्दूर की डिब्बी तो बाजार में मिलती है, कोई भी खरीद ले।"

यह कई दिन की बात है, अनुभा दौड़ रही है कार में। इतनी भीड़ ! ओह 'स्पीड थ्रिल्स, बट किल्स।' लेकिन जिसकी आ गई है उसे कौन रोक सकता है। तब क्यों न थ्रिल का मजा लिया जाए। लाल बत्ती। वह अपने दाहिने हाथ की तरफ देखती है—आइकन में बैठा एक लड़का धूप का चश्मा लगाए उसे वेव करता है। अनुभा मुँह फेर लेती है।

उसका मोबाइल बज रहा है। ओफ, सड़क पर कितनी धूल, धक्कड़, शोर-गुल है। उसका पति—ब्रज। उधर से जल्दी आने के लिए कह रहा है। शिट ! वह मोबाइल पटक देती है। जब देखो जब जल्दी आना। हमेशा डर लगा रहता है इसे, कहीं किसी के साथ भाग न जाऊँ। भागूँगी तो तुझे पता भी नहीं चलेगा। अनुभा दौड़ पड़ती है। हरी बत्ती—भागो। अगली रेडलाइट पर वही आइकन वाला उसकी बाईं तरफ है। अचानक वह बाहर आता है, "मेरा मोबाइल खराब है। मुझे अपनी वाइफ को अर्जेन्ट मैसेज देना है। क्या आपका मोबाइल यूज कर सकता हूँ।"

अनुभा कुनमुनाती है। लेकिन पता नहीं बेचारे को क्या मैसेज देना है। इतना मीन भी नहीं होना चाहिए। वह अपना मोबाइल उसे पकड़ाती है और लालबत्ती को निहारने लगती है। अगर कोई औरत लालबत्ती जितनी बड़ी बिन्दी लगाए तो उसका चेहरा कितना बड़ा होगा। सोचकर वह मुस्कराती है। वह लड़का जल्दी ही उसे मोबाइल लौटा देता है।

गाड़ी तेज़ भाग रही है कि फिर से मोबाइल बजने लगता है, "थैंक्यू आपने मुझे मोबाइल यूज करने दिया और मुझे आपका मोबाइल नम्बर मिल गया।"

''ओह यू चीट।'' अनुभा चकित है। आज मिला है कोई उससे आगे का।

"कहीं मिलेंगी ?"

"क्यों भला ? तुमने मेरे गले का मंगलसूत्र और माँग का सिन्दूर नहीं देखा।"

"मगर उससे क्या होता है ! मंगलसूत्र और माँग में सिन्दूर भरकर भी कोई किसी से मिल सकता है।"

"ठीक है, फिलहाल तो ट्रैफिक पुलिसवाला घूर रहा है।" अनुभा ने मोबाइल बन्द कर दिया है।

वह जल्दी से जल्दी पहुँचना चाहती है। क्लाइन्ट इन्तजार कर रहा होगा। छोटा-मोटा क्लाइन्ट नहीं है। पूरे डेढ़ लाख का मामला है कि फिर मोबाइल बजने लगता है। 'ओफ ओह, वही चीमड़ होगा। साला आज चालान कराके रहेगा।'

"हाँ बोल।"

"जान गई थी कि मेरा ही फोन होगा।"

"हाँ, जल्दी बता।"

"नाम ! नाम तो बताया ही नहीं।"

"क्या करेगा नाम का। मोबाइल नम्बर है न।"

"बदल गया तो।"

अनुभा हँसती है, "बेटे, मेरा कैश कार्ड खत्म हो गया तो पूरा वसूल लूँगी—तू तो ऐसे पीछे पड़ गया जैसे पुराने जन्म का आशिक है।"

"पुराने जन्म का तो नहीं पर इस जन्म में बस यह बता दो कब मिलोगी ?"

"देखूँगी यार।" कहकर अनुभा खट से फोन बन्द कर देती है।

जिस क्लाइन्ट से मिलने आई है, होटल लॉबी में इन्तजार कर रही है उसका। यहाँ दिन में भी बिजली जल रही है। बाहर इतनी गरमी। घरों में बिजली नहीं और यहाँ। फव्वारे से गिरते पानी की आवाजें और इधर-उधर उड़ती पानी की बूँदें। तभी रिसेप्शनिस्ट बाती है आकर, "मि. खन्ना का मुम्बई से मैसेज है आपके लिए। आज वह नहीं मिल पाएँगे। अगले हफ्ते किसी वक्त।"

ओह ये एड एजेंसी वाले—वह ओठ काटने लगती है। पूरा दिन खराब हो गया।

बाहर निकलती है कि कोई पीछे से पुकारता है, "हाय मिस मोबाइल।"

अनुभा पीछे मुड़कर देखती है, "अरे तुम, यहाँ भी पहुँच गए !"

"हाँ मिस मोबाइल, अपनी आदत है जो चीज अच्छी लग जाए उसे हासिल करके ही रहता हूँ।"

"हूँ।" अनुभा उसकी आँखों के आर-पार देखती है। इतना अभिमान। इस मुर्गे को काटना ही पड़ेगा।

वह उसे देखकर मुस्कराती है, "आज मेरा काम तो हुआ ही नहीं। जिससे मिलना था वह तो आया ही नहीं।"

"टाइम हो तो कहीं चलें ?"

"टाइम, हाँ शायद एक घंटा, कहाँ चलोगे ?"

"कहीं भी, माई प्लेजर।"

"मगर फिर क्या हम अलग-अलग गाड़ियों में चलेंगे।"

"नहीं, तुम अपनी गाड़ी यहीं छोड़ दो।"

"क्यों न हम इसी होटल में बैठ जाएँ ?"

"हाँ, यह भी ठीक है। चलो। क्या नाम है ?"

"कुछ भी, वैसे राजू कहो।"

"राजू, खा ले काजू।" कहती हुई ताली पीटती अनुभा हँसी है जोरों से।

वे दोनों आमने-सामने बैठे हैं। अनुभा के बाल उड़कर उसके मुँह पर आ जाते हैं। राजू जेंटिलमैन जैसे इसी बात की तलाश में है। वह फौरन हल्के से उसके बालों को माथे से हटाता है।

"क्या लोगी ?" वह रोमांचित है।

"कुछ भी।" अनुभा हँस रही है, मन-ही-मन।

"कुछ पिओगी।"

"हाँ, सोडा।"

"सिर्फ।" राजू आँखों-ही-आँखों में कह रहा है जिसे अनुभा नहीं समझना चाहती। इस तरह चलते-फिरते आँखों की भाषा पढ़ने की नहीं पड़ी उसे।

"क्या करती हो ?" राजू को सब कुछ जानने की जल्दी है।

"तुम्हारा नाम सचमुच राजू है ?" अनुभा की आँखें अविश्वास से कुरेद रही हैं।

"क्यों भरोसा नहीं है ?"

"नहीं, कुछ-कुछ बच्चों जैसा, मम्मीवाला। जिस नाम से मम्मी पुकारती है।" अनुभा हँसती है।

"हाँ, अभी...ठीक कहा, अभी तो मम्मीवाला ही होगा न ! तुम्हें कौन-सा चाहिए बीवीवाला।"

अनुभा नोटिस करती है...वे दोनों एक-दूसरे को तुम-तुम कह रहे हैं। निकटता का सूचक कुछ पल की पहचान।

"तुमने नहीं बताया, क्या करती हो ?" राजू प्रश्न दोहराता है। होटल दिप-दिप कर रहा है। लोग आ-जा रहे हैं, एक-दूसरे से बेखबर।

"कुछ नहीं करती, सिर्फ मस्ती। ईट, ड्रिंक एंड बी मैरी।" अनुभा बात को टालती है। अपनी प्रायवेसी को वह बहुत जल्दी शेअर नहीं करती। हँसी-मजाक सब अलहदा बातें हैं।

वे बाहर निकल आए हैं।

"अब कब मिलोगी ?"

"जल्दी ही।"

"फोन करोगी।" राजू उसके कन्धे छूता है हल्के से।

वह उसे नहीं टोकती, कर ले वह भी अपने मन की। ये लड़के कैसे होते हैं, लड़की मुस्कराई और ये...

"फोन करेगी न !" वह अधिक आग्रहशील हो उठा है, "यह मेरा कार्ड रख लो।"

"तुम्हारा मोबाइल है न मेरे पास।"

"फिर भी रख लो इसे। कभी मोबाइल न मिले तो..."

अनुभा एक नजर कार्ड पर डालती है। सचमुच राजू है उसका नाम। राजू सिंह। करोल बाग में शोरूम है। हुँह...बड़े बाप का बेटा है।

"तो कब...अगले हफ्ते।"

ऐसा लगता है जैसे उसकी सूई एक जगह अटक गई है। टेप फँस गया है।

"अभी कुछ नहीं कह सकती। अगले हफ्ते बाहर जा रही हूँ।"

"कब तक लौटोगी ?"

"कब तक ? एक हफ्ते में...नहीं, पन्द्रह-बीस दिन लग जाएँगे।"

अनुभा बाय कहकर अपनी गाड़ी में बैठ जाती है। थोड़ी दूर तक वह अपनी गाड़ी में साथ आता है, फिर दूसरे रास्ते पर मुड़ जाता है।

जोर से हँसती है अनुभा। भूल गया सब कुछ। कौन हूँ, कहाँ से आई हूँ, क्या करती हूँ। क्या नाम है ? मुझ जैसी बला को देख आखिर लड़कों को क्या हो जाता है ?

घर पहुँचने ही वाली है कि मोबाइल फिर बज रहा है, "हैलो अनुभा पहुँच गई।"

"हें...मगर मैंने तो तुम्हें अपना नाम नहीं बताया।"

"मगर अपना पेंडेंट छिपाया भी नहीं। तुम लड़कियाँ हम लड़कों को जितना बेवकूफ समझती हो, हम उतने होते नहीं। सोच रही होओगी कि न नाम न पता, अब क्या करेगा ?" वह जोर से हँसता है।

बहुत दिनों में घबराती है अनुभा ! बाप रे। वह मोबाइल का कार्ड निकालती है और उसे छिपा देती है। अब क्या करेगा ?

गाड़ी पार्क करके वह घर की सीढ़ियाँ चढ़ रही है। अच्छा हुआ जो घर का पता ठिकाना नहीं दिया, नहीं तो यहीं पहुँच जाता।

तस्वीर

गरमियों के तारों भरे आसमान या तेज़ आँखें दिखाते सूरज के आसमान के मुकाबले इन दिनों का आसमान कुछ अधिक नजदीक उतर आया था। अधिक नजदीकी की मुसीबतें। भरोसा, आग्रह, दुराग्रह और चीटिंग। वह कोहरे के साथ धुआँ बना उड़ रहा था। बालकनियों में घुसा चला आ रहा था। बाहर तेज़ ठंड थी। और घर में गैस खत्म हो चुकी थी। दूध भी नहीं था।

अब चाय का क्या हो ? घर और माँ बेहद याद आई। तब जब आँख खुलने से पहले चाय का प्याला हाथ में आ जाता था और माँ के कर्तव्यों के नाम पर उसकी कोई कीमत नहीं होती थी।

वह तो खैरियत थी कि आज इतवार था और दफ्तर नहीं जाना था। मगर पूरे दिन गैस न होने की आफत। बाजार खुलने का इन्तजार करना था जिससे कि फौरन ही एक हीटर खरीदा जा सके।

तभी सामने की बालकनी में बुजुर्ग महिला चाय का प्याला थामे दिखीं। कोहरा उनके रँगे हुए बालों को छू-छूकर निकल रहा था। कई बार उनसे नजर मिली तो उन्होंने जोर से कहा, "आओ, चाय पी लो।"

और कोई दिन होता तो 'पी चुकी हूँ' या 'आपकी ही चाय पीती हूँ' कहकर बात टाल देती। वह मिसेज शुक्ला थीं। हमारी आते-जाते दुआ सलाम हो जाती थी।

लेकिन आज मेरे पास कोई चारा नहीं था। ऊपर पहुँची तो मिसेज शुक्ला बहुत गर्मजोशी से मिलीं। मुझे बिठाकर चाय बनाने चली गईं।

पहली बार किसी के घर में जाना और कुछ बेपहचान चीजों से रूबरू होना। लटकी हुई कपड़े की चिड़ियाँ। पीतल का खूबसूरत फूलदान और दीवार पर मिसेज़ शुक्ला की जींस टी शर्ट पहने हुए एक लड़की के साथ हँसती तस्वीर। बालकनी में चिड़ियों के लिए लकड़ी का बनाया एक घोंसला भी था।

ट्रे में चाय के दो प्याले लिए वह लौट आई थीं। बैठते हुए बोलीं, "मैं तो पी चुकी हूँ। लेकिन तुम्हारा साथ देने के लिए..."

"हाँ, आज अचानक सुबह-सुबह गैस खत्म हो गई। दूध भी नहीं था।" मैंने सफाई दी।

"हाँ...गैस खत्म हो जाए तो बड़ी मुश्किल आती है...मेरे यहाँ दो सिलेंडर हैं एक तुम ले जाओ...लेकिन तुम ले कैसे जाओगी...ठहरो अभी माली आता है...पाँच...दस रुपए लेकर पहुँचा देगा। उनकी इस उदारता पर मेरे मुँह से धन्यवाद तक नहीं निकला...वह इसी दिल्ली शहर में रहती थीं, जिसके बारे में मशहूर था कि यहाँ कोई किसी की परवाह नहीं करता।"

किसी भी बात की शुरुआत कितनी मुश्किल होती है, उसी को तोड़ने के लिए मैंने पूछा नकली घोंसलें की तरफ इशारा करते हुए, "इसमें चिड़ियाँ आती हैं।"

"अरे न पूछो, इस बालकनी में एक चिड़ा आता था। बेचारे की एक टाँग थी। मुझसे इतना हिल-मिल गया था कि आकर कन्धे पर बैठ जाता था। उसी के लिए लगवाया था यह घोसला। अब बहुत दिनों से नहीं आया। न जाने कहाँ गया ? क्या पता किसी बाज ने मार दिया हो ! बीमार पड़ गया हो ! वैसे भी इनके कौन-से अस्पताल खुले हैं।"

कोहरा घोंसले में घुसने की फिराक में था। मिसेज शुक्ला क्या घर में बिलकुल अकेली रहती हैं, मेरी तरह क्योंकि उनके अलावा वहाँ और कोई नजर नहीं आ रहा था।

मगर दीवार पर वह तस्वीर ?

"आपकी बेटी है ?" मैंने पर्सनल सवाल किया।

"अरे नहीं, सभी यही समझते हैं। मेरी बहू है। लोग सोचते हैं कि बहुओं के साथ कोई सास ऐसे हँसती है क्या ?" मिसेज शुक्ला ने चाय की चुस्कियों के बीच अपने दाँत झिलमिलाते हुए बात को आगे बढ़ाया, "भाई मेरा तो मानना है कि इज्जत करो तो इज्जत पाओ। अब कपड़े को देख लो, साज-सँवारकर रखो तो कभी भी निकालकर पहन लो। कपड़ा इज्जत बढ़ाए और गूदड़ बनाकर रखो तो गूदड़ जैसे ही दिखो।"

उनके घर में निपट शान्ति है। उन कमरों में कौन है जिनके दरवाजे बन्द हैं। उनकी बहू कहाँ है जिसके कन्धे-से-कन्धा भिड़ाए वह दीवार पर चिपकी हँस रही हैं।

कुछ ही पलों में इतना कुछ जानने की जिज्ञासा मेरे अन्दर हिलोरें क्यों मार रही है। सिर्फ एक कप चाय की ही तो भागीदारी है मेरी उनकी।

मैं उठ खड़ी होती हूँ वह एक बार भी नहीं कहतीं रुक जाओ। दरवाजे तक आती हूँ तो पुकारती हैं, "सुरभि।"

"इन्हें मेरा नाम भी मालूम है।"

वह समझ जाती हैं, "एक दिन पोस्टमैन तुम्हारी चिट्ठी यहाँ डाल गया था। मैं सिलेंडर भिजवा दूँगी। वैसे थोड़ी देर और रुको ? एक कप चाय और..."

कोहरा मेरी आँखें मिचकाता कहता है, "ज्यादा नखरे मत दिखाओ। पी लो, पी लो।"

मैं बैठ जाती हूँ। चाय के साथ गप-शप का दूसरा दौर शुरू होता है, "इस दिवाली पर तुम घर नहीं गईं।"

"घर...मम्मी-पापा तो भइया के पास यू.एस.ए. गए हुए हैं...फिर..."

"अच्छा ! ओह" वह जैसे अपने पूछने पर अफसोस-सा करती हैं, "तुम भी चली जातीं ?" फिर अपने आप ही जवाब देती हैं, "छुट्टी मिलती है। तुम यहाँ आ जातीं।" वह आगे के लिए भी निमन्त्रित करती हैं, "कभी अपने को अकेला मत समझना। यहाँ आ जाना। यों मान लो तो सब अकेले हैं। न मानो तो पूरी दुनिया ही अपनी है।"

"तो मैं चलूँ। बहुत-से काम निपटाने हैं।"

"ठीक है बेटा, एक मिनट..." वह फ्रिज खोलकर गिलास में दूध भरकर पकड़ाती हैं।

उनके बेटा कहते ही सारी औपचारिकताएँ काफूर हो जाती हैं, "आंटी इसकी कोई जरूरत नहीं। बाजार खुलेगा ही..."

"अरे मैं कौन-सा तुम्हें भगौना भरकर दे रही हूँ। क्या पता, चाय पीने का फिर मन करे...वह बालों में हल्के हाथ फेरती हैं।"

मैं नीचे उतर आई हूँ। ओफ कितनी ठंड है। मन करता है कि रजाई की नरम, गुनगुनी तपिश को बस महसूस करती रहूँ। मगर पूरा हफ्ता है कि कोहरे के आर-पार खड़ा हँस रहा है। अगर काम नहीं निपटाया तो क्या होगा ? कपड़े गन्दे पड़े हैं। फ्रिज खाली है। कमरे में धूल अँटी पड़ी है। हर रोज थोड़ा-थोड़ा काम निपटाने से काम निपट जाता है लेकिन दो महीने से तो जैसे सुबह-शाम तक का पता नहीं है।

सर्दियों की रात...भयावह है। कल ही माँ का फोन आया था। वह चिन्तित हैं। कहती हैं जिस तरह भी हो घर बसा लूँ। लेकिन लगता है इसी तरह ठीक हूँ। अपनी जिम्मेदारी तो सँभलती नहीं, किस-किस की और सँभालती फिरूँगी। माँ कहती है जिन्दगी में कोई तो चाहिए सुख-दुख बाँटनेवाला...मगर कहीं ऐसा तो नहीं कि सुख अपने पास रख लेगा, दुख मुझे दे देगा। जिसको जाना-समझा नहीं, उसके बारे में फैसला कैसे लिया जा सकता है ? बचपन की सहेली निशू कहती है।

'ठीक है, जल्दी भी क्या है ? आजकल तीस से तो जिन्दगी शुरू होती है।' मैं मन-ही--मन कहती हूँ—भले ही शुरू होती हो। इस उम्र तक लड़कियाँ तो क्या लड़के भी कुँआरे नहीं बैठे रहते।'

'नहीं बैठे रहते तो जाएँ भाड़ में।' फिर गरम सूप की चुस्की लेते अकेली हँसते हुए बरफानी हवा की ठंडक महसूस करती हूँ। भला हो शुक्ला आंटी का, मिसेज शुक्ला से वह शुक्ला आंटी बन गई हैं, 'गैस का सिलेंडर भिजवा दिया, माली को पैसे भी नहीं देने दिए...कुछ लोग बिना कारण अच्छे लगने लगते हैं...कारण तो है...गरम चाय, मीठी बातें, गैस का सिलेंडर...'

दादी की बातें, 'स्वास्थ लोग करें सब प्रीति।'

दादी कई बार कितना कड़वा बोलती थीं। माँ की उनसे कभी नहीं बनती थी।

लेकिन वे नफरत करते हुए भी एक-दूसरे के बिना नहीं रह सकती थीं। प्यार से अधिक पक्की शायद नफरत की डोर होती है। दादी के जाने के बाद माँ अक्सर उनकी चीजों को देख-देखकर उन्हें याद करती। क्या मिसेज शुक्ला की बहू भी उन्हें ऐसे ही याद करेगी ?

सर्दी बहुत है। क्यों है ? पेड़ कट गए हैं। कंक्रीट के जंगल उग आए हैं। सूरज की गरमी कम होती जा रही है। धरती पर पाप बढ़ गए हैं। ऊन के व्यापारियों ने यज्ञ कराए हैं जिससे उनका धन्धा चले।

उस शाम दफ्तर से जल्दी लौटने पर सामान से लदी-फदी मिसेज शुक्ला दिखाई देती हैं। मैं जबर्दस्ती उन्हें घर ले आती हूँ। उनका ऋण है मुझ पर।

मैं चाय बनाती हूँ। उनके सामान में मूलियाँ, चाय पत्ती का पैकेट और माचिस की डिब्बियाँ झाँक रही हैं।

"आप लाइटर यूज नहीं करतीं ?"

"करती थी। एक दिन लाइटर जला नहीं, गैस पूरे किचन में फैल गई तो तुम्हारे अंकल ने मना किया। तब से बस माचिस ही यूज करती हूँ...आखिर दूसरों की बात माननी भी पड़ती है...हालाँकि गन्दगी बहुत फैलती है।"

"अंकल ऊपर हैं...देखा नहीं कभी।" मेरा सुर कुछ तेज़ है।

"देखोगी कहाँ से, उन्हें गए तो दस साल हो गए।"

मैं भौंचक उन्हें देखती हूँ। वह आँखें झुका लेती हैं। मैं मन-ही-मन खुद को लानतें भेजती हूँ। ऐसा सवाल पूछा ही क्यों...लेकिन क्या पता था ?

मैं उन्हें खुश देखना चाहती हूँ, "और आंटी आपकी बहू ?"

"वह भी अपने घर में खुश होगी।"

"क्या मतलब ? आपके साथ नहीं रहती ?"

"रहती थी..." उनकी आँखें स्थिर-सी हो जाती हैं—"बेटा कारगिल की लड़ाई में मारा गया था। वह क्या करती ? मैंने उसकी दूसरी शादी कर दी। इतना लम्बा जीवन पड़ा था उसका। प्रेगनेंट थी। मैंने ही अबार्शन करा दिया। मेरे बेटे की निशानी को कोई दूसरा क्यों ढोता ? मेरे शरीर में इतनी जान नहीं थी कि अपने बल पर एक बच्चे को पाल लेती...किसके भरोसे वह बच्चा इस दुनिया में आता।"

वह दुख के समुद्र में गोते लगा रही हैं। मेरा दिमाग बन्द हो गया है।

वह बात जारी रखती हैं, "अब भी आती है मिलने। फोन तो अक्सर ही आ जाता है। फिर से प्रेगनेंट है। ईश्वर उसे सुखी रखे। देखो, वह थैले से ऊन निकालकर दिखाती हैं—कपड़े बनाऊँगी उनके बच्चे के लिए।"

वह उठ खड़ी हुई हैं। मैं उनका सामान उठाने की कोशिश करती हूँ। वह मना करती हैं, "आदमी जब अकेला हो तो उसे अपना काम खुद करना चाहिए। नहीं तो आदतें बिगड़ जाती हैं।"

फिर वह कहती हैं, "सुरभि तुम्हारे पास नए गानों के कैसेट हैं ? मुझे फास्ट म्यूजिक

अच्छा लगता है। मेरा बेटा कहता था कि मैं अपने समय से दो सौ साल पहले पैदा हो गई।"

मैंने कैसेट दे दिए हैं। वह चली गई हैं। सर्द हवाएँ भी उन्हें रोक नहीं पा रही हैं। कोई बात है जो मेरा दम घोंट रही है। इतना सहना फिर भी उफ न करना।

दीवार के फ्रेम से जड़ी उनकी बहू पास कहती है, "जिन्दगी जीने के लिए सुख अपने भीतर ढूँढ़ने पड़ते है। तुम ढूँढ़ोगी ?"

मैं...कौन-सा सुख ? शायद आज अमरीका से फोन आता हो...हो सकता है कि उनके पास कोई सुख बचा हो। अगर होगा तो मैं सारा-का-सारा मिसेज शुक्ला को दे दूँगी।

(सहारा)

सन्दर्भहीन

पालिका बाजार में भीड़ ऐसे समा जाती है जैसे किसी भयावह राक्षस के पेट में मनुष्य...। पालिका बाजार क्या, कहाँ भीड़ नहीं है। तालस्तोय मार्ग...आज से दस साल पहले हरे-भरे वृक्षों में डूबी कोठियों से घिरा...सुनसान कि पत्ता भी खड़के तो आवाज़ हो। आज वहाँ बहुमंजिला मीनारें खड़ी हैं। एक के ऊपर एक लटकाए ताबूतों की तरह। तालस्तोय मार्ग पर ट्रैफिक जाम होने लगा है। पहले इस सुनसान से मार्ग से गुजरते डर लगता था...अब पालिका बाजार में घुसते डर लगता है। भीड़ के बीच में भी डर मनुष्य का पीछा नहीं छोड़ता...कब कोई घात लगा दे और यह बाजार सामूहिक कब्र में तब्दील हो जाए। अजीब-सा है न ! उम्र आपकी प्रौढ़ता बताने लगे और दिमाग से आप वही सोलह साल के बने रहें...शायद यह उम्र की सच्चाई को जानने का डर हो। सफेद पल्लू से अपने सिर को ढँके बड़ी-बड़ी आँखों को फौलादी छोटी करती वृन्दा कहती हैं, 'दोस्तो ! यह दिल्ली है, यहाँ कुतुबमीनार है...।' उसकी आवाज़ लौट-लौट आती है—दोस्तो, यह दिल्ली है, यहाँ कुतुबमीनार है...कुतुबमीनार।

यहाँ सब कुछ है, नहीं है तो खुशहाली। अस्पताल...सफाई...शिक्षा...खुशनसीबी... आखिर क्या है यहाँ। बड़े-बड़े बँगले, उनके पीछे लाखों झोपड़ियाँ, उस पर भी दिल्ली राजधानी है। यह नेताओं की बस्ती है। यह मेले-ठेलों की दुनिया है। यहाँ अपना उत्सव होता है। यह कलाकारों की मंडी है...और यहाँ !!! उसका, वृन्दा का चेहरा तमतमा रहा है। सूरज सिर पर चमक रहा है। ठेले से मूली खरीदता बाबू...। बुके को काँख में दबाए युवती...बच्चे को घास पर लिटकार एक-एक अखबार बेचती माँ...सब... एक...दो-तीन-दस..सौ...सबके कान एक साथ वृन्दा की तरफ लगे हैं...देखें आगे क्या कहती है। 'साली इन्द्रा गांधी बन रही है !' एक लाटरी वाला हँसकर कहता है। मैं उसे घूरती हूँ तो वह थोड़ा परे सरक जाता है, लेकिन दूर खड़ी वृन्दा को वह उन्हीं नजरों से देखता है...। नजरों में क्या हो सकता है...वृन्दा भी डरती हो। वह कहती है—वह किसी से नहीं डरती...आदमी सिर्फ अपने आप से डरता है, जब वह किसी से नहीं डरता...लेकिन यह कैसे पता चल सकता है कि हम अपने आप से डरते हैं ? दिल को चीरकर भी कोई बताने के लिए, पूरा-का-पूरा तो किसी को नहीं बताते...वह भी

क्यों बताएगी ! सड़कों पर बसें, कारें, मोटर साइकिलें सब भागी जा रही हैं...सब कहाँ जा रहे हैं...सभी का तो नहीं मालूम...लेकिन सभी कहीं न कहीं जा तो रहे हैं। तेज़ धूल भरी आँधी चल रही है...गर्म हवा जैसे सूरज के ताप को और अधिक बढ़ा रही है। सब कुछ आलस से भरा है। पूरा शहर दौड़ते-भागते, हँसते-गाते भी कैसी मायूसी में डूबा-सा लगता है। न जाने क्यों...क्यों नहीं जानती मुझे वृन्दा, जस्सू की माँ जैसी लगती है। दोनों में कोई साम्य नहीं। न शक्ल का, न सूरत का। न उम्र का, न विचारों का फिर भी जब वह बोलती है तो लगता है, जस्सू की माँ बोल रही है, 'तुम !'

जैसी लड़कियाँ होती ही सिर्फ ऐसी हैं। काम क्या है लड़कों को फँसाने के सिवा। जस्सू सुन रहा है—मेरे दिमाग में वह चित्र साफ है अभी तक। उसकी आँखों में दुख हो ऐसा भी नहीं लगता...वह सुन रहा है। उसकी माँ कह रही है...मैं काँप रही हूँ...आँखें छलक रही हैं...अपमान से, क्रोध से, दुख से एकाएक पैदा हो गए अपमान से... उसकी माँ कह रही है, उसके घरवाले सुन रहे हैं—मेरी तरफ खा जानेवाली नजरों से देखते और जस्सू सुन रहा है चुप रहने के लिए, वृन्दा और जस्सू की माँ, कोई भी तो साम्य नहीं है मगर न जाने क्यों...मैं वापस लौट रही हूँ। कभी न आने के लिए...एक बकरी का बच्चा मेरे आगे दौड़ता चला जाता है। जस्सू के घर की दीवार पर पानी की मोटी धारा बह रही है...कोई टंकी लीक कर रही...या मेरी हालत पर दहाड़ें मारकर रो रही है।

एक जस्सू नहीं तो क्या ? वह न हो...है भी नहीं मगर अपमान का वह भाव... रिजेक्शन की वह फीलिंग जैसे इतने वर्षों से साथ...साथ चलती रही है। इन वर्षों में कितनी बार जस्सू से कल्पना में मिली हूँ मैं...बस मैं, सड़क पर गाड़ी में...हर बार उससे मुँह फेरती अपने अपमान का बदला लेती और उस भावना भर से भरी दोपहरी में ठंडक मिलती है मुझे...ऊबड़-खाबड़ सड़कें हरी घास के मैदान बन जाते हैं...ठूँठ पड़े पेड़ों पर सैकड़ों फूल इकट्ठे उग आते हैं, लेकिन मन में कोई फूल नहीं है...काम...नहीं, नहीं लालसा, किसी भी औरत को पुरुष होने के विशेषाधिकार से पा लेने की इच्छा। भीड़ छँट रही है...। पता नहीं छँट रही है कि नहीं। शायद लोग इधर-उधर हो रहे हैं...कहीं नहीं जा रहे हैं...बतिया रहे हैं...मियाँ-बीवी के चुटकुले हो रहे हैं। पास से गुजरती स्त्रियाँ...लड़कियों को घूर रहे हैं। वृन्दा सामान समेट रही है, नहीं-नहीं दूसरे लोग उसका सामान उठा रहे हैं...उसे तो जाना है। भाषण देने...लोगों को जागरूक करने...एक बार लोग चैतन्य हो जाएँ तो फिर अपने फैसले वे खुद करते हैं। तब वे किसी से पूछने नहीं आते...गलत भी करते हैं तो उनसे सीखते हैं। वीरू भाई कहते हैं, 'देखो ! एक तो होता है समाज, दूसरा होता है समाज सेवा का उद्योग...तो यह समाज सेवा का उद्योग चलाती हैं।' 'नहीं-नहीं, मैं उसे वर्षों से जानती हूँ।' 'मैं भी उसे वर्षों से जानता हूँ।' 'मगर सिर्फ दिखावे के लिए वह ऐसा क्यों करेगी ? अच्छी-भली नौकरी करती थी...अमीर बाप की बेटी है...सिर्फ दिखावे के लिए तो कोई अपनी सुख-सुविधाएँ नहीं तजता।' यही तो बात

है, एक खूबसूरत अमीर बाप की बेटी गरीबों की बात करे तो लोग उसे ज्यादा ध्यान से सुनते हैं...फिर उसके वर्ग में भी इज्जत बढ़ जाती है। तुम्हें नहीं पता, दिन भर भाषण देगी और शाम को मौर्या होटल में तो कभी ओबराय होटल में, कभी ताज में खाना खाएगी। 'तो इससे क्या ओबेराय और ताज में खाना खाना क्या इस बात का सर्टिफिकेट है कि आप गरीबों की बात नहीं कर सकते।' 'नहीं, मैं यह नहीं कहना चाहता...आप कुछ भी करें...वह आपके जीवन का हिस्सा होना चाहती।' वीरू भाई की यह विशेषता है...वह सन्देह का एक कीड़ा कुलबुलाता छोड़ जाते हैं...जो दिमाग के किसी कोने में बैठा लगातार काटता रहता है...बिना नागा।

आखिर जीवन का हिस्सा क्या होता है ? लोग एक हाथ से दान दे दूसरे से लूटते हैं...सुबह पूजा कर पूरे दिन के पाप कर्मों को करने का लाइसेंस पा जाते हैं। क्या है जीवन का हिस्सा सच...नहीं...झूठ...नहीं नहीं, दोनों। सवाल यह होता है कि आप कितनी सादगी और कुशलता से सच को झूठ और झूठ को सच बना सकते हैं। मैं मद्रास होटल की तरफ जा रही हूँ। वहीं से बस मिलेगी। हो सकता है बस एकदम आ जाए। हो सकता है बहुत देर से आए। क्या पता कि लम्बी लाइन हो। क्या पता न हो। थोड़ी देर में ही पता चलता है जिसे घास का मैदान समझ रही थी, वह तो ऊबड़-खाबड़ सड़क है। बस मंडी हाउस की तरफ से जा रही है। ठसाठस भरी बस। गर्मी के दिन और ऐसे में खिड़की के पासवाली सीट किसी लग्जरी से कम नहीं। नेचुरल हिस्ट्री म्यूजियम का डायनोसोर...मंडी हाउस के गोल चककर की विपरीत दिशा में अपने नुकीले दाँतोंवाला मुँह फाड़ रहा है। यदि सीमेंट का न बना हो तो जो भी इस गोल घेरे में जमा होते हैं...कलाकार...नाटककार...छात्र-मजदूर...सबको एक झटके में गड़क कर जाएगा—कभी पुलिस बनकर, अफसर बनकर तो कभी धर्माचार्य बनकर। वीरू भाई कहते हैं...पता नहीं हमारा समाज, बल्कि कहना चाहिए दुनिया भर में किसी आदमी को सिर्फ सेक्स की नजर से देखा जाता है। कोई औरत एक से अधिक आदमियों से सम्बन्ध रखकर बुद्धिमान, होशियार, दयालु सब कुछ हो सकती है। कोई आदमी भी...वीरू भाई। आपको सब पता है, यह पता है न कि समाज में औरत, औरत ही होती है। क्या पता यह बात आप सिर्फ मुझे सुनाने के लिए कह रहे हों...मैं भी तो एक औरत ही हूँ न...। त्रिवेणी की वह प्रदर्शनी दिमाग में घूमने लगती है...महिला चित्रकारों की प्रदर्शनी...हालाँकि इस वक्त उसका कोई सन्दर्भ नहीं, लेकिन कई बार बातें बिना सन्दर्भ के याद तो आ ही जाती हैं। जस्सू याद आता है तो वीरू भाई बीच में आ जाते हैं। उस प्रदर्शनी में एक नीले से कपड़े को पीले धागे से सिल दिया था और कीमत थी ग्यारह सौ रुपए। क्या था वह नीला कपड़ा ? समुद्र था या आसमान या दोनों में से एक भी नहीं। आसमान था तो चिड़िया कहाँ थी ? सूरज कहाँ था ? समुद्र था तो नाव नहीं थी। जहाज नहीं था। मछली-सीपियाँ। बालू के ढेर कुछ भी नहीं था...न जाने वह नीला कपड़ा क्या कहता था !

बस रुक गई है। मैं उतरती हूँ तो गिरते-गिरते बचती हूँ। सड़क का काम चल रहा

है। इलेक्शन नजदीक हैं...। यहाँ से वहाँ तक, वहाँ से यहाँ तक। सलेटी-काले-सफेद रंग के पत्थर-ही-पत्थर बिखरे हैं। पत्थर कितने सुन्दर होते हैं। औरतें कितनी सुन्दर होती हैं। पत्थर कभी औरत नहीं बनते, औरतें चाहे जब पत्थर बना दी जाती हैं। मैं कूदती-फाँदती घर की तरफ जा रही हूँ।

(दैनिक भास्कर)

अगली सदी में एक लड़की

इतने वर्षों में पहली बार नाथू सामनेवाले फ्लोरिस्ट के पास एक भी फूल नहीं बचा था। वह नीचे उतरकर साथ खड़े आदमी से कुछ बातें कर रहा था और हँस रहा था। उसकी पल-पल की हँसी में पूरे दिन की कमाई कुछ ही घंटों में कर लेने का भी कुछ हाथ था। अब इस वक्त चाहे किसी बच्चे का जन्मदिन, किसी की मैरिज एनीवर्सरी या कोई और सफलता हो यहाँ एक भी फूल नहीं मिल सकता। फूल न मिल पाने की निराशा क्या इस आदमी की खिलखिलाहट से कुछ कमतर होती।

मैंने घड़ी देखी। तीन बजने में दस मिनट थे। वह आती होगी। चलूँ अन्दर ही बैठ जाऊँ। यहाँ खड़े-खड़े पैर थकाने से क्या फायदा ? बुढ़ापे का सबसे पहला पता पैर ही देते हैं।

लेकिन अन्दर बैठी हुई मैं कहीं उसे नहीं देख सकी तो ? हो सकता है वह वापस ही लौट जाए तब ? नहीं-नहीं मुझे यहीं खड़े रहना चाहिए।

यहाँ आते-आते एक के बाद एक कितने वर्ष बीत गए, लेकिन सही मायने में इस सड़क से अभी तक ठीक-ठीक जान-पहचान नहीं हो पाई है। इसकी गलियाँ कहाँ-से-कहाँ तक मुड़ जाती हैं, ठीक से पता नहीं। हाँ, इसके दोनों ओर लगे अमलतास और गुलमोहर के बूढ़े पेड़ इसके उम्र जितने पुराने होने का पता अवश्य देते हैं। हो सकता है मुझसे पहले, उससे भी पहले, वर्षों पहले न जाने कितनों ने अपनी उम्र के बीत जाने का एहसास इसी तरह से किया हो। सारे युवा कितनी उमंग और जोश से भरे होते हैं और लड़कियाँ...उनकी खिलखिलाहट का कोई अन्त नहीं होता। क्या अपने जीवन के सारे दुखों को वे इस खिलखिलाहट के जरिए बटोरकर बाहर फेंक देती हैं। वे कितनी देर तक हँसती रह सकती हैं। उस दिन बस में लड़कियों का एक झुंड अगले दरवाजे से चढ़ा था। वे एक के ऊपर एक गिरी जा रही थीं और हँस रही थीं। हँसने के लिए भी कैसी बातें ? किसी के पर्स से पैसा नीचे गिरना, किसी की किताब के भीतर रुपए का न मिलना, किसी के हुक का दूसरों के कपड़ों में उलझना।

सड़क के किनारे तक यमुना का पानी भरा था। वहाँ लगे छोटे पेड़ गर्दन तक पानी में डूबे थे। 'ओफ ये लड़कियाँ कितनी हँसती हैं ?' फिर मुझे याद आया कि मैं भी तो

कितना हँसती थी...हँसती ही जाती थी, तब मेरी बहन चीखती थी, 'इस लड़की को तो कुछ पता ही नहीं चलता। हर बात पर हँसती है।' एक उम्र के बाद लड़कियों की हँसी किस तरह गुम हो जाती है और माथे पर सिवाय चिन्ता की लकीरों के कुछ दिखाई नहीं देता।

मैंने देखा, वह चली आ रही थी, उसने मुझे देख लिया था और उसकी चाल में तेजी आ गई थी। मुझे वहम हुआ कि वह जोर से हँसी थी। नहीं, वह हँसी नहीं थी मुस्कुराई थी। लेकिन क्या पता मुस्कुराई भी न हो मुझे भी वहम हुआ हो। कायदे से तो अपनी उम्र के हिसाब से उसे जोर से हँसना चाहिए था।

'मुझे देर तो नहीं हुई। आपको ज्यादा इन्तजार तो नहीं करना पड़ा।' उसने पूछा मैंने नहीं कहा और हम अन्दर चले आए। जब से नाथू में चारों ओर शीशे लगे थे, वहाँ बैठना किसी मुसीबत से कम न था। शीशों के डर से अक्सर हमारे मनोभाव सच्चे नहीं होते थे। वे बनावटी भी बने रहते थे। इसलिए मैंने एक ऐसी सीट चुनी, जहाँ बीच में पिलर था। जो सामने लगे शीशे के बीच में दीवार बनकर खड़ा था।

वेटर मेन्यू पकड़ा गया, तो उसने कहा, 'बताइए क्या लेंगी ?'

'पहले आप बताइए।'

'मैं, मुझे तो यहाँ के छोले-भठूरे बहुत पसन्द हैं।' उसने चहकते हुए कहा।

'ठीक है मैं भी छोले-भटूरे ही खा लूँगी।' मुझे लगा बात अब शुरू कर देनी चाहिए।

'आपको पता ही है' अभी मैं बात शुरू ही कर रही थी कि उसने टोका–'आप मुझे आप मत कहिए।'

'नहीं, मुझे आप कहने की आदत है। दूसरों को सम्मान देने से ही सम्मान बढ़ता है। खैर, आपके मम्मी-पापा हमारे यहाँ आए थे। मैं तो सोच रही थी कि आप भी होंगी। जो बातचीत हुई थी, उन्होंने कुछ बताया।'

'हाँ, वे यकीन ही नहीं कर पा रहे हैं। उन्होंने मुझसे कहा कि उन्होंने ऐसी बातें आज तक नहीं सुनीं।'

"जैसे कि ?"

अब तक छोले-भटूरे आ गए थे। हमने खाना शुरू किया। वह फिर बोली, "आपने उनसे कहा कि शादी के बाद हमें अलग रहना होगा। लेकिन क्यों, मैं तो आपके साथ ही रहना चाहती हूँ।"

''यह निर्णय कोई आसान नहीं होता कि आप अपने ही बच्चे को दूर चले जाने को कहें, लेकिन साथ रहते ऐसी नौबत आ जाए कि कड़वाहट बढ़े, इससे अच्छा है पहले दिन से अलग रहना।'' मैंने हरी मिर्च काटी। वह अपने नाखूनों पर लगे घी को पोंछ रही थी। हालाँकि, भठूरा खत्म होने तक घी बार-बार लगता ही। फिर वह कुछ सोचते हुए बोली, ''लेकिन आंटी अगर हम अलग रहेंगे, तो हममें से एक की तनख्वाह तो किराए में चली जाएगी। फिर मम्मी-पापा से आपने कहा कि आप दहेज में कुछ नहीं लेना चाहतीं। तो मेरी और बकुल की तो जिन्दगी घर बनाने में ही निकल जाएगी।''

"लेकिन मैं दहेज को पूरी स्त्री जाति का अपमान मानती हूँ। एक रिश्ता जो खूबसूरत होते-होते मौलिक सुख-सुविधाओं के कारण लालच में बदल जाता है। आखिर लड़की के पैदा होते ही माता-पिता क्यों उसके दहेज की चिन्ता में घुलने लगें !"

"आपकी बात ठीक है। अक्सर लोग आदर्श की बातें दिखाने के लिए करते हैं। मगर मौका आते ही उन्हें भूल जाते हैं। लेकिन मेरा कहना तो यह है कि दहेज तो वह होता है, जो माँगा जाए। आप तो कुछ नहीं माँग रहीं। लेकिन अगर मेरे माता-पिता दे सकते हैं और खुशी-खुशी देना चाहते हैं, तो आप क्यों मना कर रही हैं। वैसे भी लड़की को उनके प्रॉपर्टी राइट्स तो मिलने ही चाहिए।"

यह इस दौर की लड़की बोल रही थी, एकदम कैल्कुलेटेड, प्रेक्टीकल। जिसे अपना घर बनाने के लिए बहुत कुछ चाहिए था। जिसे दहेज की परिभाषा मालूम थी।

"तुम जो भी...नहीं आप जो भी कहें, मुझे विवाह में होनेवाले इस दिखावे से घोर नफरत है। घोड़ी, बैंड, जेवर, शराब, अश्लीलता से भरे नाच। इसीलिए मैंने आपके माता-पिता से कोर्ट या मन्दिर में विवाह करने को कहा था।" मैंने सीधे उसकी आँखों में देखा। वहाँ एक-से-एक भाव कौंध रहे थे।

"आपके विचार अच्छे हैं, लेकिन यह तो अपने विचारों को दूसरे पर लादना हुआ। मेरे मम्मी-पापा को धूमधाम की शादी पसन्द है। मुझे भी लगता है कि यह मौका जिन्दगी में एक ही बार आता है, इसलिए मुझे वैसी ही दुल्हन बनना चाहिए। आखिर शादी के वक्त कुछ तो ग्लैमरस लगना चाहिए। सादगी अच्छी चीज है, मगर जरूरी नहीं कि वह सबको पसन्द हो।"

उसका जींस, उसके कटे बाल, उसके बात करने का ढंग, कुछ भी तो उसके विचारों का पता नहीं देते थे। वह हर विचार को अपने पक्ष में लाने के लिए तर्क दे सकती थी। उन्हें उलट-पुलट सकती थी। उसे वह मानना था, जो उसका मन कहता था। चीजें आश्चर्यजनक रूप से बदल गई थीं। चीजें बदल जाती हैं—हमें दिखाई नहीं देतीं। हमें वे ठहरी हुई लगती हैं, जबकि संसार में कुछ भी ठहरा हुआ नहीं है...नाथू के सामनेवाली अमलतास, गुलमोहर और इमली से अटी सड़क भी।

कोई अच्छा विचार भी कैसे दम तोड़ता है ?

उसने कहा कि वह रसमलाई खाना चाहती है। वेटर रसमलाई रख गया, तो कहा, "आंटी, आपको लग रहा होगा कि मैं बहुत बोलती हूँ। लेकिन अपनी बात सही तरह से रखना क्या बहुत बोलना है ? और आपके सामने अपनी बात सही तरह से रखना मैं जरूरी समझती हूँ जिससे कि गलतफहमी की कोई गुंजाइश न रहे।"

मैं अभी तक समझ नहीं पा रही थी, जो कुछ सोचकर आई थी, उसे इस लड़की ने सिर के बल खड़ा कर दिया था। उसे स्त्रीधन और प्रॉपर्टी राइट्स के बारे में मालूम था। दहेज के प्रति उसके मन में कोई आदर्शवादी प्रतिरोध नहीं था। उसके अनुसार यदि माता-पिता दे सकते हैं, तो लेने में बुराई भी क्या है ? लेकिन जो माता-पिता नहीं दे सकते...उनके बारे में भला वह क्यों सोचे ?

तब मुझे क्या करना चाहिए ? अपने ही बेटे के विवाह में शामिल नहीं होना चाहिए और एक नया विवाद...''बेटा अपनी पसन्द से विवाह कर रहा था, तो पढ़ी-लिखी माँ को देखो चौथी सदी में जा पहुँची। जाति का विरोध, दहेज का विरोध, सब दूसरों के लिए होता है। जब अपने ऊपर आ पड़ती है, तो सब दकियानूसी बन मनु महाराज की शरण में चले जाते हैं।' सच बात क्या किसी को पता चलेगी ? क्या अपने ही बेटे बकुल से यह कह सकती हूँ कि तू इस लड़की से शादी मत कर। आज तक जिस चीज को बुरा कहती-मानती आई हूँ कि अपनी बात दूसरे पर नहीं लादनी चाहिए, क्या खुद वही करूँ ? क्यों करूँ ? मेरी क्या मजबूरी है ? आज तक दहेज कम मिलने के कारण शादियाँ टूटती आई हैं। सदियों से लड़कियों ने अपने माता-पिता की आर्थिक मजबूरी के कारण कितने कष्ट उठाए हैं। यह लड़की इस बात को क्यों नहीं समझती ? एक लड़की चाहे तो दुनिया की बहुत-सी लड़कियों के लिए रास्ता बना सकती है।

''देखो, मैं तुम्हारे कहीं...आपके और बकुल के जीवन के बारे में कुछ नहीं बोलना चाहती। मगर अपने मम्मी-पापा से कहो कि उनकी दी हुई एक भी चीज मेरे घर में न आए। यह समझौता तो उन्हें करना ही होगा।'' मेरी आवाज़ थोड़ी तल्ख थी।

''मगर आंटी यह तो आप मेरे माता-पिता के साथ अन्याय कर रही हैं, वे लोग इतना खर्च भी करेंगे और किसी को पता भी नहीं चलेगा।'' उसने अपनी छोटी अँगुली के नाखून को काटते हुए कहा।

''जो भी हो यह बात तो तुम्हें कहनी ही होगी। दूसरी बात जो मुझे जरूर कहनी चाहिए वह यह कि कभी मुझे अपनी माँ मत मानना। रिश्तों को हमेशा सही तरह से डिफाइन होना चाहिए। हमारे जीवन में जो कुछ दिखावा है, उसे तो हमें पहले दिन से ही उखाड़कर फेंक देना चाहिए। जो सच नहीं है, उसे मैं क्यों मानूँ ? जिस माँ ने तुम्हें पाल-पोसकर बड़ा किया है, उसकी जगह भला मैं कैसे ले सकती हूँ।''

हम उठे तो दूर तक चले गए शीशे में हमें अपनी छवियाँ दिखाई दीं...जिससे मैं बचना चाहती थी...खैर।

उसने चलते हुए मुझे चूमा। बाय कहा और आगे बढ़ गई।

अगली शाम बकुल घर लौटा तो नाराज था...बेहद नाराज। उसने कहा, ''तुम्हें पता है आज उन लोगों का फोन आया था दफ्तर में। उनका कहना है कि वे अपनी लड़की ऐसे लड़के से नहीं ब्याह सकते, जिसकी माँ पागल हो।''

''पागल।'' मेरा सिर चकरा गया।

''और क्या फालतू के आदर्श उन लोगों के सामने बघारती फिरोगी, जो उन्हें समझ नहीं सकते, तो लोग पागल ही कहेंगे। तुम्हें पता नहीं चलता कि कब किसके सामने क्या बात कहनी चाहिए।''

मुझे लगा, सचमुच क्या लोग मेरी बात नहीं समझ सकते। क्या वाकई मैं कई सदी पहले पैदा हो गई हूँ।

●●●